選堂詩詞評注

南方出版传媒

花城出版社

饶宗颐 著

陈韩曦 赵松元 陈伟 评注

中国·广州

长洲集

图书在版编目（ＣＩＰ）数据

长洲集 / 饶宗颐著；陈韩曦，赵松元，陈伟评注
. -- 广州：花城出版社，2011.4（2018.3重印）
（选堂诗词评注）
ISBN 978-7-5360-6165-1

Ⅰ．①长… Ⅱ．①饶… ②陈… ③赵… ④陈… Ⅲ.
①阮籍（210～263）－古典诗歌－文学评论 Ⅳ.
①I207.22

中国版本图书馆CIP数据核字(2011)第018131号

出 版 人：詹秀敏
策划编辑：詹秀敏
责任编辑：李　谓　杜小烨
技术编辑：薛伟民　凌春梅
装帧设计：王　越

书　　　名　长洲集
　　　　　　CHANGZHOU JI
出版发行　花城出版社
　　　　　　（广州市环市东路水荫路 11 号）
经　　　销　全国新华书店
印　　　刷　佛山市浩文彩色印刷有限公司
　　　　　　（广东省佛山市南海区狮山科技工业园 A 区）
开　　　本　787 毫米×1092 毫米　16 开
印　　　张　16.75　6 插页
字　　　数　275,000 字
版　　　次　2011 年 4 月第 1 版　2018 年 3 月第 2 次印刷
定　　　价　35.00 元

如发现印装质量问题，请直接与印刷厂联系调换。
购书热线：020 – 37604658　37602954
欢迎登陆花城出版社网站：http://www.fcph.com.cn

饶宗颐：1917年生于广东潮州。号固庵，又号选堂，斋名梨俱室、爱宾室。是海内外著名的史学家、经学家、考古学家、古文字家、翻译家、文学家和书画家。曾任印度班达伽东方研究所、法国科学研究中心研究员；历任法国法兰西远东学院院士、香港大学中文系、新加坡国立大学中文系、香港中文大学中文系、艺术系教授、讲座教授、系主任，美国耶鲁大学、日本京都大学、法国巴黎高等研究院等院校教授。

1962年获法国法兰西学院颁发汉学儒莲奖，1980年被选为巴黎亚洲学会荣誉会员，1982年获香港大学颁授荣誉文学博士，1993年荣获法国索邦高等研究院抒予该院建院125年以来第一个华人荣誉人文科学国家博士。同年，获法国文化部颁授高等艺术文化勋章。2000年获香港特区政府颁授大紫荆勋章，2009年由温家宝总理聘请为中央文史研究馆馆员，同年，获香港艺术发展局颁授终身成就奖。2010年获澳洲塔斯曼尼亚颁发首个华人名誉文学博士。

现为香港中文大学中文系荣休讲座教授、艺术系伟伦讲座教授、香港大学、北京大学、南京大学、武汉大学、复旦大学、中山大学、厦门大学、首都师范大学等校名誉教授。

香港大学成立饶宗颐学术馆、潮州市成立饶宗颐学术馆，以研究其学术和艺术成果，表彰其杰出贡献。

阮籍：(210～263)，三国魏诗人。字嗣宗。陈留尉氏(今属河南)人。是建安七子之一阮瑀的儿子。曾任步兵校尉，世称阮步兵。崇奉老庄之学，政治上则采谨慎避祸的态度。阮籍与嵇康、刘伶等七人为友，常集于竹林之下肆意酣畅，世称竹林七贤。阮籍是"正始之音"的代表，其诗以《咏怀》八十二首最为著名。

夢　影　亦
幻　如　如
泡　露　電

2010年8月于敦煌研究院展览厅

选堂对《长洲集》非常看重，他作了《自题长洲集》一首：

阮公在竹林，青眼送白日。
飞鸿号外野，赋篇遂八十。
江山助凄婉，代有才人出。
东坡谪惠州，和陶饱饫隙。
归趣终难求，兴咏敢攀昔。
独有幼安床，坐久已穿席。
望古意云遥，旧尘空污壁。

1961年春节，饶教授在香港长洲岛"勺瀛楼"（见左图）用五天五夜时间和阮籍咏怀诗八十二首诗，期间每天休息不足三个小时，不辞劳苦，直抒胸臆。短短五天时间完成诗作《长洲集》，古今中外可以说没有第二人。

目　录

说　真

　　阮公《咏怀诗》第四十二首原句云："保身念道真，宠耀焉足崇。"直称"真"为道。《文选》陶公《杂诗》第一首"结庐在人境……此中有真意，欲辩已忘言。"《饮酒诗》第二十首"羲农去我久，举世少复真。汲汲鲁中叟，弥缝使其淳。"《庄子·秋水》篇："是谓反其'真'。"郭象注："真在性分之内。"

　　颜延年《陶徵士诔》："初辞州府三命，后为彭泽令。道不偶物，弃官从好。"有诏徵为著作郎，称疾不到。故有"靖节"之谥。盖真有所不为，乘化归尽，乐乎天命。《庄子·天下》篇："不离于'真'谓之至人。"《文选》卢子谅《时兴》结句云："澹乎至人心，恬然，有玄谟。"此亦至人之追求者，此求真之真义。

二○一一年四月二十二日饶宗颐于香港爱宾室

1

长洲集

小引

余十二始学为诗，为之卅余年。旋作旋弃，仅存栖大藤峡诸作，颇谓能状邝湛若未状之境，顾亦视同敝帚也。南来十年，久辍吟咏，自习操缦，复稍稍间作，岂诗心与琴心有相资为用者乎？魏晋人诗，惟阮公能尽其情，陶公能尽其性。东坡谪岭南，尽和陶诸作。余尤爱阮诗，欲次其韵以宣我胸中蕴积，庶几得其情之万一而未遑也。新历除夕旅长洲，携琴宿双玉簃，环屋涛声汹涌，如鸿号外野，动我忧思。案上有《咏怀诗》，乃依韵和之，五日而毕。非敢效其体也，间用前人成句，意有所极，遂忘人我。夫百年之念，万里之思，岂数日间所能尽之耶？但以鸣我天籁而已。

一九六一年春饶宗颐识

往岁庚子，寓长洲岛上，尽和阮公诗八十二首，未遑改定。嗣有事于四方，曾于台北中央图书馆书库，遍检明人别集，所见效阮之作，有薛（薛蕙《西原集》，嘉靖十四年刊本，内有《效阮公咏怀诗》三十首）、何（何鳌《沅陵诗集》，莆田黄松林选，万历刊本，内有《咏怀》十五首）、周（周是修《刍荛集》六卷，万历十八年丹阳令周应鳌刊，内《述怀》五十三首，学阮）、陈（陈第《寄心集》六卷，万历卅九年刊，诗学魏晋，有《咏怀》十六首）诸家。王船山庚戌稿亦和步兵《咏怀》八十二首。江文通、庾子山始拟《咏怀》，此皆步其后尘者也。乙巳秋，居京都，悉蕲水郭阶有拟《咏怀诗》六十一首（《春晖杂稿》）。近人段凌辰亦曾和阮。皆前乎我而为之。余诗本非效阮公之体，特次其韵，写我忧劳，聊复存之。抒哀乐于一时，表遐心于百代，后之览者，倘有取焉。

一九六六年冬宗颐又识，时客巴黎

芭蕉分緑新綠

三分春色春林

天與相激欲

上盡素心

庚寅 魚 道生

寒濤初洗耳

幽以羅鳴琴

颯颯遠風生

柳爾佳沢淇

和阮公咏怀诗

第一首

寒涛初洗耳①，可以罢鸣琴②。

飒飒③远风生，聊尔④涤烦襟⑤。

芭蕉舒⑥新绿，三两未成林。

看看似相识，欲与盟⑦素心⑧。

注释：

①洗耳：晋·皇甫谧《高士传·许由》："尧又召为九州长，由不欲闻之，洗耳于颍水滨。"

②鸣琴：晋·阮籍《咏怀诗》第一首："夜中不能寐，起坐弹鸣琴。"

③飒飒：风声。《楚辞·九歌》："风飒飒兮木萧萧。"

④聊尔：姑且，暂且。宋·杨万里《多稼亭前黄菊》诗："持以寿君子，聊尔慰孤斟。"

⑤烦襟：烦闷的心怀。唐·王勃《游梵宇三觉寺》诗："遽忻陪妙躅，延赏涤烦襟。"

⑥舒：伸展。明·袁宏道《满井游记》："柳条将舒未舒，柔梢披风。"

⑦盟：指在神前发誓结盟，后泛指起誓、定约。

⑧素心：本心，质朴之心。晋·陶潜《归园田居》诗："闻多素心人，乐与数晨夕。"

浅解：

阮公咏怀，胸中多块垒。于是"夜中不能寐，起坐弹鸣琴。薄帷鉴明月，清风吹我襟。"琴因不平而鸣，况逢夜不能寐，明月入户，风乱衣襟，哀鸿野外，翔鸟北林，诸多愁绪。以至于"徘徊将何见，忧思独伤心。"

饶诗咏怀，豁然淡定，境界更高一筹。读教授咏怀诗，深感千古之间，文人惺惺相惜。此诗既对阮公劝慰，亦是惋惜。惋惜其愁思太深，纠结难解，不能洒脱自任。倘阮公有知，当引为知己！

全诗简译："有寒涛声声在耳，鸣琴已是多余。纵有烦恼满怀，远处飒飒风来，自会消逝无形。眼前，更有三三两两芭蕉，正舒新绿，何其疏朗清新。怎看怎像心底相识，正可互诉彼此质朴的内心。"

附：阮籍咏怀诗第一首

夜中不能寐，起坐弹鸣琴。
薄帷鉴明月，清风吹我襟。
孤鸿号外野，翔鸟鸣北林。
徘徊将何见，忧思独伤心。

第二首

去帆①如飞鸟，颉颃②随风翔。

光风③泛蕙芷④，市远味自香。

临流赋新诗，结习⑤不能忘。

欲掬不停波，浣彼将腐肠⑥。

无尽此江山，曲处隐兰房⑦。

烟波⑧浩无际，杲杲⑨日正阳。

海角⑩早得春，羁旅⑪有何伤。

注释：

①去帆：挂帆而去，比喻辞别朋友。唐·刘长卿《送杜越江佐觐省往新安江》诗："去帆楚天外，望远愁复积。"

②颉颃：鸟飞上下貌。语本《诗·邶风·燕燕》："燕燕于飞，颉之颃之。"汉·司马相如《琴歌》之一："何缘交颈为鸳鸯，胡颉颃兮共翱翔。"

③光风：雨止日出时的和风。《楚辞·招魂》："光风转蕙，泛崇兰些。"

④蕙芷：即蕙兰。多年生草本植物。叶丛生，狭长而尖，初夏开花，色黄绿，有香味，庭园栽植，可供观赏。三国·魏·阮籍《咏怀诗》之二："濯缨醴泉，被服蕙兰。"

⑤结习：佛教称烦恼。《维摩经·观众生品》："时维摩诘室有一天女，见诸大人，闻所说法，便现其身，即以天华散诸菩萨大弟子上。华至诸菩萨，即皆堕落，至大弟子便著不堕……结习未尽，华著身耳，结习尽者，华不著也。"

⑥欲掬不停波，浣彼将腐肠：暗用王仁裕典。《新五代史·王仁裕传》："其少也，尝梦剖其肠胃，以西江水涤之，顾见江中沙石皆为篆籀之文，由是

3

文思益进。"

⑦兰房：高雅的居室。三国·魏·阮籍《咏怀诗》之二三："仙者四五人，逍遥晏兰房。"

⑧烟波：指烟雾苍茫的水面。隋·江总《秋日侍宴娄苑湖应诏》诗："雾开楼阙近，日迥烟波长。"

⑨杲杲：明亮貌。南朝·梁·刘勰《文心雕龙·物色》："杲杲为出日之容，瀌瀌拟雨雪之状。"

⑩海角：本指突出于海中的狭长形陆地，常形容极远僻的地方。元·范梈《游南台闽粤王庙》诗："海角钓龙人杳杳，云间待雁路迢迢。"

⑪羁旅：寄居异乡。《左传·庄公二十二年》："齐侯使敬仲为卿，辞曰：'羁旅之臣……敢辱高位？'"

浅解：

　　阮诗借用遥远的神话爱情故事讽刺现实君臣关系，而又加以想像渲染，诗中多用典故，使诗歌寄托遥深。饶诗则借反映人生在世的种种无奈和漂泊的艰苦，并羁旅之情表达自己的人生观点："羁旅有何伤"，表现出其豁达的心境。

全诗简译："自己挂帆而去，犹如鸟儿随风飞翔。蕙兰花香随和风飘荡，渐远渐泛幽香。独自望着东去的河流赋诗，烦恼久久不能忘怀。希望能像王仁裕那样，掬起滔滔长流的江水，来洗涤我将要变腐的肠胃，从此也像他一样文思益进。然而这无尽的江山，到处隐藏着幽静高雅的居处。弥漫无际的苍茫的烟雾，明亮通透的阳光，一切都是那么美。海角虽然远僻，春天却早早到来，寄居异乡又有什么值得悲伤的呢。"

附：阮籍咏怀诗第二首

二妃游江滨，逍遥顺风翔。
交甫怀环佩，婉娈有芬芳。
猗靡情欢爱，千载不相忘。

倾城迷下蔡，容好结中肠。
感激生忧思，萱草树兰房。
膏沐为谁施，其雨怨朝阳。
如何金石交，一旦更离伤。

第三首

刻意迟春回①，心花②发桃李。
凋年③此夕尽，明朝岁更始。
弃我者昔日，去程生荆杞④。
今昔苦络绎⑤，有如足随趾。
旋磨⑥不能休，高歌⑦望我子。
畏隹⑧风满林，吹万⑨待其已。

注释：

①刻意：潜心致志。南朝·梁·刘勰《文心雕龙·通变》："才颖之士，刻意学文。"

迟：等待。读 zhì。《荀子·修身》："故学曰迟，彼止而待我，我行而就之。"杨倞注："迟，待也。"选堂此句意谓：潜心致志等待春天的归来。

②心花：佛教语。喻开朗的心情。明·王徵《〈远西奇器图说〉序》："种种巧用，令人心花开爽。"

③凋年：岁暮。南朝·宋·鲍照《芜城赋》："于是穷阴杀节，急景凋年。凉沙振野，箕风动天。严严苦雾，皎皎悲泉。冰塞长河，雪满群山。"

④荆杞：指荆棘和枸杞，皆野生灌木，带钩刺，每视为恶木。因亦用以形容蓁莽荒秽、残破萧条的景象。《山海经·西山经》："小华之山，其木多荆杞。"

⑤络绎：连续不断；往来不绝。《文选·马融〈长笛赋〉》："繁缛络绎，范蔡之说也。"

⑥旋磨：汉·杨雄《法言义疏》："譬之于蚁行磨石之上，磨左旋而蚁右去，磨疾而蚁迟，故不得不随磨以左回焉。"后以旋磨喻芸芸众生皆由命运摆

布。宋·黄庭坚《僧景宣相访寄法王航禅师》诗:"万古同归蚁旋磨。"

⑦高歌望我子:唐·杜甫《短歌行》:"青眼高歌望吾子。"我子:即吾子,
　对对方的敬爱之称。

⑧畏佳:高峻貌。《庄子·齐物论》:"山林之畏佳。"

⑨吹万:《庄子·齐物论》:"夫吹万不同,而使其自已也。"成玄英疏:"风
　唯一体,窍则万殊。"吹,指风而言;万,万窍。谓风吹万窍,发出各种
　音响。宋·苏轼《飓风赋》:"呜呼,小大出于相形,忧喜因于相遇。昔之
　飘然者,若为巨耶?吹万不同,果足怖耶?"已:止也。待其已:待其停
　止。

浅解:

　　阮诗和饶诗都是表达了对季节的变化有感而发的情感,阮诗感叹"一身
不自保,何况恋妻子。"心态悲凉消极。而饶诗则坚强面对人生的各种挑战,
表达"旋磨不能休,高歌望我子"的积极心态,与阮诗截然相反。

全诗简译:"潜心致志等待春天的归来,心情舒畅犹如桃李盛开。旧年
从今晚结束,明朝又是一年的开始。昔日已经离我而去,逝去的日子残破萧
条。而今后的日子继续犹如足踝接连着脚趾一样连续不断。虽然人生如蚁旋
于磨石之上不能自休,但仍高声歌吟盼望你来。人生纵使像山高险峻风吹万
窍,何妨静以观之,待其自已停止。"

附:阮籍咏怀诗第三首

嘉树下成蹊,东园桃与李。
秋风吹飞藿,零落从此始。
繁华有憔悴,堂上生荆杞。
驱马舍之去,去上西山趾。
一身不自保,何况恋妻子。
凝霜被野草,岁暮亦云已。

第四首

海势①到此穷，稍出即坦道。
鸡犬忽成村，佳兴②知常保。
南服③冬无雪，行处皆春草。
四时④不可分，无为⑤颂难老。
孤屿媚中流⑥，容光⑦日姣好。

注释：

①海势：海水的气势。

②佳兴：饶有兴味的情趣。唐·王维《崔濮阳兄季重前山兴》诗："秋色有佳兴，况君池上闲。"

③南服：古代王畿以外地区分为五服，故称南方为"南服"。《文选·谢瞻〈王抚军庾西阳集别时为豫章太守庾被征还东〉诗》："祗召旋北京，守官反南服。"

④四时：四季。《易·恒》："四时变化而能久成。"前蜀·韦庄《晚春》诗："万物不如酒，四时唯爱春。"

⑤无为：道家主张清静虚无，顺应自然，称为"无为"。《老子》："道常无为而无不为，侯王若能守之，万物将自化。"

⑥孤屿媚中流：南朝·宋·谢灵运《登江中孤屿》诗："孤屿媚中川。"

⑦容光：景物的风貌。唐·刘禹锡《谢乐天闻新蝉见赠》诗："碧树有蝉后，烟云改容光。瑟然引秋气，芳草日夜黄。"

浅解：

　　阮诗和饶诗皆表达了对时间流逝的看法。阮诗表达了岁月无情，时光易逝的无奈，而饶诗则表达了对人生易老的坦然面对，只要与自然融洽相处，感悟自然界的一切，心态将一如既往的保持青春。

全诗简译： "大海的气势到此处变得穷尽，呈现给我们的是平坦的大道。还有人丁兴旺畜牧业繁荣的村落，到处都充满兴味情趣的生活景象。南方的冬天没有飘雪，四季如春天般的郁郁葱葱。一年四季一样美丽无法区分，顺应自然无所作为让人感觉不容易老去。孤岛在如此明媚的水流中屹立，景物风采愈发欣欣向荣。"

附：阮籍咏怀诗第四首

天马出西北。由来从东道。
春秋非有托。富贵焉常保。
清露被皋兰。凝霜沾野草。
朝为媚少年。夕暮成丑老。
自非王子晋。谁能常美好。

第五首

手牵^①百丈涛，口咏九曲歌^②。
长绳系羲和^③，缓辔^④莫轻过。
此间俯九州^⑤，人事伤蹉跎^⑥。
鱼盐堪^⑦敌^⑧国，带砺有山河^⑨。
樯^⑩危^⑪惊风^⑫起，楼^⑬高坠叶多。
逝川^⑭如可问，阅世^⑮竟如何。

注释：

①牵：拉；挽引向前。《说文》"牵，引前也。"《周礼·牛人》："与其牵傍。"
（注："牵傍，在辕外牛也。人御之，居其前曰牵，居其傍曰傍。"）

②九曲歌：晋·傅玄《九曲歌》诗："岁暮景迈群光绝，安得长绳系白日。"
下句"长绳系羲和，缓辔莫轻过。"即指此。

③羲和：古代神话传说中的人物。驾驭日车的神。《楚辞·离骚》："吾令羲
和弭节兮，望崦嵫而勿迫。"王逸注："羲和，日御也。"代指太阳。

④辔：驾驭牲口的缰绳。《史记·魏公子列传》："公子执辔愈恭。"

⑤九州：《禹贡》中冀州、兖州、青州、徐州、扬州、荆州、豫州、幽州、
雍州。后来又有十二州说，即从冀州分出并州，从青州分出营州，从雍州
分出梁州。一般地说，"九州"泛指中国。清·龚自珍《己亥杂诗》："九
州生气恃风雷，万马齐喑究可哀。"

⑥蹉跎：时间过得飞快。晋·阮籍《咏怀诗》："白日忽蹉跎，驱马复来归。"

⑦堪：可，能。唐·李白《子夜四时歌》诗："素手抽针冷，那堪把剪刀！"

⑧敌：同等，相当。如成语："势均力敌。"

⑨带砺：语出"山河带砺"：指泰山挺立似磨刀石，黄河如衣带不断绝。《史

记·高祖功臣侯者年表》："封爵之誓曰：'使河如带，泰山若厉，国以永宁，爰及苗裔。'"

⑩樯：挂风帆的桅杆。唐·杜甫《旋夜书怀》诗："危樯独夜舟。"宋·范仲淹《岳阳楼记》："商旅不行，樯倾楫摧。"

⑪危：高。唐·李白《夜宿山寺》诗："危楼高百尺，手可摘星辰。"

⑫惊风：指猛烈、强劲的风。三国·魏·曹植《赠徐干》："惊风飘白日，忽然归西山。"

⑬楼：两层以上的房屋。唐·杜牧《阿房宫赋》："五步一楼，十步一阁。"

⑭逝川：一去不返的江水。《论语·子罕》："子在川上曰：'逝者如斯夫，不舍昼夜。'"

⑮阅世：经历时世。宋·苏轼《楼观》诗："门前古碣卧斜阳，阅世如流事可伤。"

浅解：

阮公咏怀诗（其五）以时光轻纵，岁月蹉跎，反顾三河而有失路之悲为意。情深意切，让人读之心酸。饶诗取感慨之意而行吟，但意境更为苍茫浑厚。其中，诗之立足点让人叹绝，以俯瞰九州的方式来展开，下界之中，鱼盐堪敌国，山河如带砺。樯高而惊风穿行，楼高而落叶纷纷。于是，慨然而问：若逝川能言，古往今来，时世之变迁能否说得清。这一问，使诗之时空感，历史感，以及人生百味充分展现出来。

全诗简译："手拉着百丈涛，口中吟诵《九曲歌》。长绳系白日，缓扬缰绳使脚步放慢。好好的俯视九州的景色，感慨人世间时间飞快逝去。物产之丰富可敌国，黄河如带泰山若厉。高高的桅杆伴随风起而扬帆，楼高而落叶纷纷。若逝川能言，古往今来，时世之变迁能否说得清。"

附：阮籍咏怀诗第五首

平生少年时，轻薄好弦歌。
西游咸阳中，赵李相经过。
娱乐未终极，白日忽蹉跎。

驱马复来归，反顾望三河。
黄金百镒尽，资用常苦多。
北临太行道，失路将如何。

第六首

皎月①出东山②，朦胧青天③外。
缭之以白云，绰兮如缓带④。
明夕正当头，与客成嘉会⑤。
有人倚树眠，斧斤⑥不能害。
独照此山川，孤吟足聊赖⑦。

注释：

①皎月：明月。晋·张协《七命》："天骥之骏，逸态超越。禀气灵渊，受精皎月。"

②东山：泛指东面的山。宋·苏轼《赤壁赋》："少焉，月出于东山之上。"

③青天：天空。青天，即蓝天。《庄子·田子方》："夫至人者，上窥青天，下潜黄泉，挥斥八极，神气不变。"

④缓带：宽束衣带。形容悠闲自在，从容不迫。宋·王安石《次韵酬子玉同年》诗："塞垣高垒深沟地，幕府轻裘缓带时。"

⑤嘉会：欢乐美好的聚会。多指美好的宴集。三国·魏·曹植《送应氏》诗之二："清时难屡得，嘉会不可常。"

⑥斧斤：泛指各种斧子。《庄子·逍遥游》："今子有大树，患其无用，何不树之于无何有之乡，广莫之野，彷徨乎无为其侧，逍遥乎寝卧其下。不夭斤斧，物无害者，无所可用，安所困苦哉。"

⑦聊赖：依赖。指生活上的凭借或精神上的寄托。汉·蔡琰《悲愤诗》："为复强视息，虽生何聊赖。"唐·韩愈《答渝州李使君书》："使至，连辱两书，告以恩情迫切，不自聊赖。"

浅解：

　　阮诗（其六）以八句咏史，以最后二句收束全篇，点出主题。而区区十句之内，有史有论，构思新颖，结构完备。其语言本身明白晓畅，但言近旨远，以召平、萧何的对比论证人生的大道理"布衣可终身，宠禄岂足赖！"

　　饶诗则更多是对自己人生追求的一个总结，对恬静幽处的人生境界的美好追求。

　　全诗简译："皎洁的月亮从东边的山坡升起，朦朦胧胧的挂在天空中。几朵白云缭绕其旁，就像是人宽束衣带一样从容自在。如此明亮的夜晚，正是与朋友相聚的美好时刻。有人如庄子《逍遥游》中所说的那样倚树而眠，没有斧子能够伤害这样能得天全的树木。明月独照此山川，纵使孤身吟唱也足以让精神有所寄托。"

附：阮籍咏怀诗第六首

昔闻东陵瓜，近在青门外。
连畛距阡陌，子母相钩带。
五色曜朝日，嘉宾四面会。
膏火自煎熬，多财为患害。
布衣可终身，宠禄岂足赖。

第七首

坐觉①堂堂去②，灯上③日潜移④。

开帘一以⑤眺，断岸⑥何逶迤⑦。

蔽亏⑧林木间，倒影复参差⑨。

奔涛欲卷⑩人，天压⑪讶⑫不知。

不见牛羊下⑬，碧草空离离⑭。

注释：

①坐觉：唐·杜甫《北征》诗："仰观天色改，坐觉妖氛豁。"

②堂堂去：此处暗用唐·薛能《春日使府寓怀》诗之一："青春背我堂堂去"
诗意。堂堂：犹公然。堂堂去：指时光公然而逝。

③灯上：即上灯，黄昏时。唐·元稹《重夸州宅旦暮景色兼酬前篇末句》
诗："绕郭烟岚新雨后，满山楼阁上灯初。"

④潜移：无形中变化。宋·陆游《无题》诗："新春欲近犹贪喜，旧爱潜移
不自知。"

⑤以：加在句中，表语气舒缓或调整节奏。《诗·邶风》："微我无酒，以敖
以游。"

⑥断岸：江边绝壁。南朝·宋·鲍照《芜城赋》："崒若断岸，矗似长云。"

⑦逶迤：曲折绵延貌。亦作逶蛇。《淮南子·泰族训》："河以逶蛇故能远，
山以陵迟故能高。"

⑧蔽亏：因遮蔽而半隐半现。唐·孟郊《梦泽行》诗："楚山争蔽亏，日月
无全辉。"

⑨参差：不齐貌。《诗·周南·关雎》："参差荇菜，左右流之。"

⑩卷：席卷。唐·岑参《白雪歌送武判官归京》诗："北风卷地白草折，胡

天八月即飞雪。"

⑪压：从上往下增加重力。唐·李贺《雁门太守行》诗："黑云压城城欲摧，甲光向日金鳞开。"此处天压指天黑。

⑫讶：诧异，感到意外。《吕氏春秋·必己》："若夫道德，则不然，无讶无訾。"

⑬牛羊下：取自《诗·王风·君子于役》："日之夕矣，羊牛下括。君子于役，苟无饥渴！"

⑭离离：浓密貌。三国·魏·曹操《塘上行》诗："蒲生我池中，其叶何离离。"

浅解：

　　两诗皆以睹物思人为意。阮诗以时光流逝，树又绿夏，而人隔阴阳，世间无人知其内心，于是心中悲怆，以至呼喊：愿觌卒欢好，不见悲别离。情感真挚，让人动容！

　　饶诗在诗味上更为含蓄。全诗未着一字疼痛，却在"碧草空离离"之"空"字，将内心呈现无遗。诗在用典方面自然而含蓄，既与眼前长洲之景相和，又巧借《诗经》中《君子于役》的女子的悲叹，将一种惆怅、落寞与疼痛化于纸上，让读者在细品之后，内心一片苍茫，若有所丧。

　　全诗简译："坐觉时光公然而逝，黄昏的日光慢慢变暗而消失在天边。打开窗帘眺望远方，江边绝壁曲折绵延不绝。被不远处的山林遮蔽着若隐若现，只留下参差不齐的倒影。汹涌的波涛似乎要将人卷去，天黑了，诧异看不到外面的景象。不见牛羊下括，空余碧草离离。"

附：阮籍咏怀诗第七首

炎暑惟兹夏，三旬将欲移。
芳树垂绿叶，青云自逶迤。
四时更代谢，日月递参差。
徘徊空堂上，忉怛莫我知。
愿觌卒欢好，不见悲别离。

第八首

已从月入海，流光①照满衣。
更随鸟巢南②，去去相因依。
低徊③思故乡，怒焉如朝饥④。
荒畴⑤可复田，游子久不归。
归去惟梦中，梦醒辄成悲。
除却梦中心，何因随雁飞。
醒来余四壁⑥，漆黑更安归。

注释：

①流光：特指如水般流泻的月光。三国·魏·曹植《七哀》诗："明月照高
　楼，流光正徘徊。"
②巢南：《古诗十九首·行行重行行》："胡马依北风，越鸟巢南枝。"后因以
　"巢南"指思念故土。
③低徊：徘徊，流连。《汉书·司马相如传》："低徊阴山翔以纡曲兮，吾乃
　今日靓西王母。"
④朝饥：早晨空腹时感到的饥饿。《诗·周南·汝坟》："怒如调饥。"汉·郑
　玄笺："怒，思也。未见君子之时，如朝饥之思食。"
⑤荒畴：荒芜的田地。三国·魏·曹植《藉田论》之二："夫农者，始于种，
　终于穫，泽既时矣，苗既美矣，弃而不耘，则故为荒畴。"
⑥四壁：指屋内的四面。唐·韩愈《病中赠张十八》诗："倾尊与斟酌，四
　壁堆瓦缸。"

浅解：

　　阮诗以日落西山余光照衣表明自己的心情，诗中托物兴寄，隤日，喻魏

也，尚有余德及人。回风喻晋武，四壁喻大臣，寒鸟喻小臣，以不念己之短翮，不随燕雀为侣，而欲与黄鹄比游比喻当世之人。而阮籍却觉得黄鹄一举冲天，翱翔四海，短翮追而不逮，将安归乎？倒不如与燕雀相随，不与黄鹄齐举，表明诗人不想依附司马家族取得尊显而忘致君之道的态度。

饶诗以明月入海之流光照衣来和阮公诗，表达了"归去惟梦中"，"醒来余四壁"的悲情，在与阮诗对应的同时又更加深入，流光、朝饥、梦，表达了诗人对故乡的思念和可望不可即而产生的孤寂心情。

全诗简译："明月已从海平面沉落，如水般流泻的月光照亮我的衣襟。我的心随着朝南飞去的鸟儿，相互依偎而越飞越远。徘徊着思念自己的故乡，那种心境犹如朝饥之思食一样。荒芜的土地可以再变为良田，远方的游子却久久无法回去。回到家乡只能在梦中实现，梦醒了则泣不成声。除了梦回故乡之外，思乡之情只能寄托于朝南飞去的大雁。醒来的时候只留下屋内空空的四面墙壁，漆黑更让人无法排除忧愁。"

附：阮籍咏怀诗第八首

灼灼西隤日，余光照我衣。
回风吹四壁，寒鸟相因依。
周周尚衔羽，蛩蛩亦念饥。
如何当路子，磬折忘所归。
岂为夸誉名，憔悴使心悲。
宁与燕雀翔，不随黄鹄飞。
黄鹄游四海，中路将安归。

第九首

余晖①剩一线，云是北山岑②。
冥冥③日沉夕，萧萧④风振林。
万顷⑤起波澜，月色冷满襟。
谁能叫帝阍⑥，为我排重阴⑦。
泉石⑧饶萧瑟⑨，偏恋弦上音。
谙尽寂寞味，珍重⑩诗人心。

注释：

①余晖：傍晚的阳光。《文选·王粲〈从军诗〉之三》："白日半西山，桑梓有余晖。"唐·戴叔伦《山居即事》诗："严云掩竹扉，去鸟带余晖。"

②北山岑：泛指北面的山。《诗·小雅·南山有台》："南山有台，北山有莱。"唐·李白《题元丹丘颍阳山居》诗："却顾北山断，前瞻南岭分。"岑，《说文》："岑，山小而高。"也作形容词，高。唐·白居易《池上作》诗："华亭双鹤白矫矫，太湖四石青岑岑。"

③冥冥：昏暗貌。《诗·小雅·无将大车》："无将大车，维尘冥冥。"汉·蔡琰《悲愤诗》之二："沙漠壅兮尘冥冥，有草木兮春不荣。"

④萧萧：象声词。常形容马叫声、风雨声、流水声、草木摇落声、乐器声等。《诗·小雅·车攻》："萧萧马鸣，悠悠旆旌。"晋·陶潜《咏荆轲》诗："萧萧哀风逝，淡淡寒波生。"

⑤万顷：形容面积广阔。南朝·梁·任昉《齐竟陵文宣王行状》："渊然万顷，直上千仞。"

⑥帝阍：古人想象中掌管天门的人。《楚辞·离骚》："吾令帝阍开关兮，倚阊阖而望予。"

⑦重阴：指云层密布的阴天。汉·张衡《南都赋》："玄云合而重阴，谷风起而增哀。"

⑧泉石：指山水。《梁书·徐摛传》："〔朱异〕遂承间白高祖曰：'摛年老，又爱泉石，意在一郡，以自怡养。'高祖谓摛欲之，乃召摛曰：'新安大好山水，任昉等并经为之，卿为我卧治此郡。'"

⑨萧瑟：形容风吹树木的声音。宋·苏轼《仙都山鹿》诗："长松千树风萧瑟，仙宫去人无咫尺。"

⑩珍重：爱惜；珍爱。《楚辞·王逸〈远游序〉》："是以君子珍重其志，而玮其辞焉。"

浅解：

　　阮诗（其九）以举步走出东门，向北眺望首阳山，山下有隐士，山上有树林，美好的时光何时再来？而今到处散发着秋天的特质，它是那么凄凉，而令人伤心。饶诗以日暮山空，风震长林，波翻月冷，道出人生路上亦有阴云密布。于是，举目世间，直问："谁能叫帝阍，为我排重阴。"这种直抒直问的方式既道出遗世独立的无奈，又将内心的情感推向极致，使诗歌呈现出节奏变化，高亢的直问，与默默顾泉相怜，形成强烈的对比感。

　　全诗简译："随着太阳落山，阳光变得微弱细长如线，白云漂浮在北面的高山边。天色渐暗日落山头，萧萧的风声在树林的间隙中穿梭。天地间起伏变化，苍白的夜色伴随着冷风使人倍感寒冷。谁能让掌管天门的神啊，为我排除这云层密布的阴暗天气。山水夹杂着风吹树木的美妙声音，我就是偏爱琴弦发出的这种天然的声音。只有历尽寂寞的人，才能深知诗人对此种心境的珍惜。"

附：阮籍咏怀诗第九首

步出上东门，北望首阳岑。

下有采薇士，上有嘉树林。

良辰在何许，凝霜沾衣襟。

寒风振山冈，玄云起重阴。

鸣雁飞南征，鶗鸠发哀音。

素质游商声，凄怆伤我心。

第十首

万籁①此俱寂，惟闻海潮②音。
栖山③不厌④高，临渊不怍沉。
独讶岁何之，人海⑤且滞淫⑥。
果如赴壑蛇⑦，夸父⑧已化林。
萧条⑨玉局翁⑩，难慰岁暮心。

注释：

①万籁：各种声响。籁，从孔穴中发出的声音。南朝·齐·谢朓《答王世子》诗："苍云暗九重，北风吹万籁。"唐·杜甫《玉华宫》诗："万籁真笙竽，秋色正萧洒。"唐·常建《题破山寺后禅院》诗："万籁此俱寂，惟闻钟磬音。"

②海潮：海洋潮汐。指海水定时涨落的现象。北周·庾信《哀江南赋》："海潮迎舰，江萍送王。"

③栖山：栖息于山。指隐遁。南朝·梁·江淹《建平王聘隐逸教》："虽周惠之富，犹有鱼潭之士；汉教之隆，亦见栖山之夫。"

④不厌：不嫌；不加以排斥。《论语·乡党》："食不厌精，脍不厌细。"

⑤人海：比喻人世社会。元·无名氏《冤家债主》第一折："浊骨凡胎，递生人海。"

⑥滞淫：长久停留。汉·王粲《七哀诗》之二："荆蛮非我乡，何为久滞淫。"

⑦赴壑蛇：流动之垂岁。李商隐《樊南甲集》有云：（蛇）"赴壑而一去无返。"宋·苏轼《守岁》："欲知垂岁尽，有似赴壑蛇。"

⑧夸父：中国神话人物。传说夸父曾追逐落日，途中口渴，饮尽黄、渭河水未止。欲北去饮大泽水，中途渴死。死后手杖化为"邓林"。

⑨萧条：犹逍遥。闲逸貌。南朝·宋·刘义庆《世说新语·品藻》："明帝问周伯仁：'卿自谓何如庾元规?'对曰：'萧条方外，亮不如臣；从容廊庙，臣不如亮。'"南朝·宋·刘义庆《世说新语·品藻》："抚军问孙兴公：'卿自谓何如?'曰：'下官才能所经，悉不如诸贤。至于斟酌时宣，笼罩当世，亦多所不及。然以不才，时复托怀玄胜，远咏老庄，萧条高寄，不与时务经怀，自谓此心无所与让也。'"

⑩玉局翁：宋朝文学家苏轼自称。宋·苏轼《永和清都观谢道士求诗》诗："镜湖敕赐老江东，未似西归玉局翁。"

浅解：

阮诗与饶诗一样抒发了对人生浮沉以及生命易逝的感叹，在历史的两个时期，两位诗人有着共同的感受，阮诗带有讽刺意味，自言生于乱世，独有求仙之法能慰我心，而仙人却不可见也。饶诗中的"难慰岁暮心"比阮诗中的"可以慰我心"在阐释上更加深刻，更加凄凉。

全诗简译："各种声响在此俱寂，唯能听见海洋潮汐的声音。隐遁山林不嫌山高，亲临深渊不怕水深。常常独自惊讶岁月究竟往哪里去。人世社会为何长久停留。流动的垂岁犹如赴壑的蛇而一去无返，夸父的手杖也早已化成邓林。纵使逍遥乐观的东坡翁，也难以慰藉人之将老的心境。"

附：阮籍咏怀诗第十首

北里多奇舞，濮上有微音。
轻薄闲游子，俯仰乍浮沉。
方式从狭路，僶俛趋荒淫。
焉见王子乔，乘云翔邓林。
独有延年术，可以慰我心。

第十一首

松风①喧不定，歌吹②出虚林。
为言岁云暮，背我去骎骎③。
梅花数点香，天地此何心。
骊驹④已在门，徂年⑤岂久淫。
一夕⑥判修岁，来日苦相寻。
万里人未归，念此涕难禁。

注释：

①松风：松林之风。南朝·宋·颜延之《拜陵庙作》诗："松风遵路急，山
  烟冒垄生。"
②歌吹：歌唱吹奏。宋·司马光《早春戏作呈范景仁》诗："常思去岁初，
  西轩习歌吹。"
③骎骎：马跑得很快。三国·魏·阮籍《咏怀诗》："皋兰被径路，青骊逝骎
  骎。"
④骊驹：纯黑色的马。亦泛指马。《乐府诗集·相和歌辞三·陌上桑》："何
  用识夫婿，白马从骊驹。"
⑤徂年：流年，光阴。《后汉书·马援传赞》："徂年已流，壮情方勇。"
⑥一夕：指极短的时间。宋·苏轼《徐州上皇帝书》："散冶户之财以啸召无
  赖，则乌合之众，数千人之仗，可以一夕具也。"

浅解：

　　阮诗多对其时代各种不平作出讽刺，通过借用、引用而抒发出诗人对时
事的深沉感慨。作者意旨遥深地抒写了伤时忧生、愤世嫉俗的复杂感情，展

示了他身处黑暗现实中的痛苦心灵，同时也反映了他对理想的人生和人格的追求。饶诗以同样的笔力，展现了现代版的伤世忧生。

全诗简译："松林之风早已按捺不住躁动，像歌唱吹奏般的吹出充满间隙的树林。岁月如此飞逝，犹如马儿背我快速地奔跑。梅花散发数点余香，天地为何如此用心。马儿已在门口等候，时间留给你的哪有可能都那么充足。朋友亲人在短暂的时间里的相聚，一夕聊当长岁，来日苦苦的相寻。山河万里人未归还，想念至此常常难忍涕下。"

附：阮籍咏怀诗第十一首

湛湛长江水，上有枫树林。
皋兰被径路，青骊逝骎骎。
远望令人悲，春气感我心。
三楚多秀士，朝云进荒淫。
朱华振芬芳，高蔡相追寻。
一为黄雀哀，泪下谁能禁。

第十二首

穷冬①龙战野，告我阴疑阳②。

譬彼夜篝灯③，面暗背生光。

一阳④终可复，所戒在履霜⑤。

啼鴂⑥屡先鸣，百草行不芳。

芙蓉⑦擪作衣，薜荔⑧缀为裳。

何方许轻举⑨，霞佩⑩共翱翔。

不尔⑪侣鱼虾，江湖永相忘⑫。

注释：

①穷冬：隆冬；深冬。唐·韩愈《重云李观疾赠之》诗："穷冬百草死，幽桂乃芬芳。"

②阴疑阳：阴疑阳战，比喻侵略者气焰嚣张，逼使被侵略者奋起自卫。《易·坤》："阴疑于阳必战。"

③篝灯：谓置灯于笼中。《宋史·陈彭年传》："彭年幼好学，母惟一子，爱之，禁其夜读书，彭年篝灯密室，不令母知。"宋·王安石《书定院窗》诗："竹鸡呼我出华胥，起灭篝灯拥燎炉。"

④一阳：指一阳初动。《易》："一阳来复，复旦无心。"元·王惟一《道法心传·一阳下手》曰："下手工夫在一阳，一阳初动合玄黄；先天一炁从中得，炼就金丹是药王。"就是说修炼者的入手功夫就在于一阳，经过收心入静，调节身心，使体身产生新的生炁，此生炁为阳炁，称为一阳。此生炁在体内运行一周，称为一候。从《周易》卦象来看，可为"震为雷"或"地雷复"。此中阳爻，即表示一阳初动之炁。

⑤履霜：《易·坤》坤卦初九系辞："履霜坚冰至。"

⑥啼鴂：杜鹃的啼叫，杜鹃鸟在百花凋残之时啼叫。屈原《离骚》："恐鹈鴂
之先鸣兮，使夫百草为之不芳。"

⑦芙蓉：荷花的别名。《楚辞·离骚》："制芰荷以为衣兮，集芙蓉以为裳。"

⑧薜荔：植物名。又称木莲。常绿藤本，蔓生，叶椭圆形，花极小，隐于花
托内。果实富胶汁，可制凉粉，有解暑作用。《楚辞·离骚》："揽木根以
结茞兮，贯薜荔之落蕊。"

⑨轻举：轻轻飘动。谓飞升，登仙。宋·李石《续博物志》卷三："后世必
有人主，好高而慕大，以久生轻举为美慕者。"

⑩霞佩：仙女的饰物。借指仙女。元·蒲绍简《登瀛州赋》："参霞佩于群
仙，溢埃风于万里。"

⑪不尔：不如此；不然。《管子·海王》："不尔而成事者，天下无有。"

⑫江湖永相忘：《庄子·大宗师》："泉涸，鱼相与处于陆，相呴以湿，相濡
以沫，不如相忘于江湖。"

浅解：

阮诗借事讽喻，吕延济曰："安陵龙阳以色事主，犹尽心如此。而晋文
王蒙厚恩于魏，将行篡夺。籍恨之甚，故以刺也。"丹青明誓，指司马懿受
魏文帝明帝两世托孤寄命之重，不应背之。饶诗则借诗反映变化无常的宇宙
永恒如一，在宇宙人生中寻找自我。

全诗简译："隆冬有龙战于野之象，此谓'阴疑于阳必战。'譬如夜里点
起篝灯，面暗而背光。一阳初动终可循序运动，往返无穷，所需要乃在懂得
'履霜坚冰至'之自然界天道易理。杜鹃开始啼叫，即在百花凋残之时。将
芙蓉拔取作为衣服，用木莲点缀为霓裳。谁允许我轻轻飘扬的飞升上天，陪
伴仙女在空中翱翔。与其让'羁旅怀抱'像绳索似的把人捆绑，不如侣鱼虾
相忘于江湖。"

附：阮籍咏怀诗第十二首

昔日繁华子，安陵与龙阳。

夭夭桃李花，灼灼有辉光。

悦怿若九春，磬折似秋霜。

流盼发姿媚，言笑吐芬芳。
携手等欢爱，宿昔同衾裳。
愿为双飞鸟，比翼共翱翔。
丹青著明誓，永世不相忘。

第十三首

苍天与碧海，相去等唯阿①。
填海以为门，欲阻西日过。
一夫可当关②，保疆不在多。
海诚志士泪，经天复倾河③。
风起看云飞，万古一咨嗟④。

注释：

①唯阿：《老子》："唯之与阿，相去几何。"唯、阿皆应诺声。后因以"唯阿"喻差别极小。

②一夫可当关：山海关古称榆关，战国时期即开始修建防御的城墙，秦始皇时把原来不相连的长城连接了起来，并且修了一些城楼，但那时的城墙是土垒的。直到明朝时，为了抵抗关外的少数民族（主要是蒙古族）的入侵，派大将徐达率军清剿，并且修筑了山海关，从这时候起，陆续把北京以及河北山西一带的长城用砖包裹。山海关在临海处，一边是山脉，一边紧靠大海，在冷兵器时代，不易进攻，故云。山海关城楼上的"天下第一关"是当时的书法家萧显所书。唐·李白《蜀道难》："剑阁峥嵘而崔嵬，一夫当关，万夫莫开。"

③经天复倾河：《世说新语》："顾长康哭桓宣武，声如震雷破山，泪如倾河注海。"唐·杜甫《得舍弟消息》："犹有泪成河，经天复东注。"

④咨嗟：叹息。汉·焦赣《易林·离之升》："车伤牛罢，日暮咨嗟。"

浅解：

两首同样以"悲伤"贯通全诗，阮诗是借诗讲述李斯苏秦志图富贵，而亦卒贻东门之悔、车裂之殃，抒发对求仁得仁者杀身无怨的理想的难以企及的感叹；饶诗则站在整个历史的角度上，视野更加开阔，感叹千古之中"一夫当关万夫莫开"的志士抛头颅洒热血的伟业的咏叹。

全诗简译："苍天与碧海，相比差别极小。将海填平作为关门，阻断关外敌人的侵略。一夫即可当关，保卫边疆不在于人多。千古的志士热诚之泪，如经天倾河注海。风刮起来云飘扬，让人常常感叹这千秋万古的丰功伟业。"

附：阮籍咏怀诗第十三首

登高临四野，北望青山阿。
松柏翳冈岑，飞鸟鸣相过。
感慨怀辛酸，怨毒常苦多。
李公悲东门，苏子狭三河。
求仁自得仁，岂复叹咨嗟。

第十四首

惝恍①无所见，峥嵘②风满帷③。

无酒难成醉，杯底郁深悲。

冥坐④天地间，去影将语谁。

自有清明⑤生，不借月光辉。

且留冈寔野，少坐莫言归。

注释：

①惝恍：惆怅。失意；伤感。《楚辞·远游》："步徙倚而遥思兮，怊惝恍而乖怀。"

②峥嵘：高爽空旷。唐·李白《金陵与诸贤送权十一序》："举目四顾，露天峥嵘。"

③风满帷：风吹满帐帷。宋·石孝友《长相思》词："月入扉。风满帷。坐到黄昏人静时。清愁君不知。"

④冥坐：闭目而坐。《敦煌变文集·大目乾连冥间救母变文》："目连冥坐虚无境，内外证心渐渐修。"

⑤清明：清澈明朗。《荀子·解蔽》："故人心譬如盘水，正错而勿动，则湛浊在下而清明在上，则足以见须眉而察理矣。"

浅解：

　　阮诗托兴于蟋蟀，感物怀所思，表达对大自然一切的向往，"微风吹罗袂，明月耀清晖。"抒发诗人对返山林以避世的渴望。

　　饶诗从不同的角度表达了对自身的孤独产生的哀伤以及归隐山林的向往，在"冥坐天地间"只有影相伴，"去影将语谁"，道出了诗人内心的孤独，而"清明"的心境是诗人在外"莫言归"的真正原因。

全诗简译："惆怅无所见，山峰高峻风满帐帷。无酒难有醉意，杯底积聚着深沉的悲痛。在天地之间闭目而坐，除了影子还能同谁倾诉呢？心中自有清澈明朗产生，不必借助月亮的辉光。姑且在野外多驻留一会，稍坐而不言归期。"

附：阮籍咏怀诗第十四首

开秋兆凉气，蟋蟀鸣床帷。
感物怀殷忧，悄悄令心悲。
多言焉所告，繁辞将诉谁。
微风吹罗袂，明月耀清晖。
晨鸡鸣高树，命驾起旋归。

第十五首

冥茫①触心兵②，朔风③著哀诗。

百哀岂尔劳，待与素心④期。

吾意在笔先⑤，诗以遗所思⑥。

所思心如一，异代即同时⑦。

顾瞻⑧周道⑨间，坦荡任所之。

自是怀昭旷⑩，安计婴嘲嗤⑪。

注释：

①冥茫：虚空；渺茫。唐·李翱《祭从祖弟秘书少监文》："报施之道，冥茫孰知。"

②心兵：《吕氏春秋·荡兵》："在心而未发，兵也。"后以"心兵"喻心事。唐·韩愈《秋怀》诗之十："诘屈避语宎，冥茫触心兵。"

③朔风：北风，寒风。三国·魏·曹植《朔方》诗："仰彼朔风，用怀魏都。"

④素心：本心；素愿。《晋书·孙绰传》："播流江表，已经数世，存者长子老孙，亡者丘陇成行，虽《北风》之思，感其素心，目前之哀，实为交切。"

⑤意在笔先：指写字画画，先构思成熟，然后下笔。晋·王羲之《题卫夫人笔阵图后》："夫欲书者，先干研墨，凝神静思，预想字形大小，偃仰平直振动，令筋脉相连，意在笔前，然后作字。"

⑥诗以遗所思：遗读 wèi，赠予之意。屈原《湘夫人》："搴汀洲兮杜若，将以遗兮远者。""所思"是所思念的那个人。汉·张衡：《四愁诗》："我所思兮在太山。"

32

⑦异代：语出唐·杜甫《咏怀古迹》诗："怅望千秋一洒泪，萧条异代不同时。"

⑧顾瞻：回视；环视。《诗·桧风·匪风》："顾瞻周道，中心怛兮。"

⑨周道：大路。《诗·小雅·四杜》："四杜騑騑，周道倭迟。"

⑩昭旷：开朗豁达。汉·邹阳《狱中上书自明》："秦信左右而亡，周用乌集而王，何则？以其能越拘挛之语，驰域外之义，独观于昭旷之道也。"

⑪嘲嗤：调笑；讥笑。唐·刘禹锡《插田歌》诗："但闻怨响音，不辨俚语词。时时一大笑，此必相嘲嗤。"

浅解：

　　两首诗同样的表达了诗人对诗文的喜好以及一生追求的孜孜不倦，"颜闵相与期"透露了阮籍的好学，对自己一生追求"死有遗业，生有荣名。"经过千秋万岁之后"安所之"所负累的自嗤，抒发了自己对人生价值的怀疑。饶诗在表达自身对诗文的追求同时，更注重表明自己对开朗豁达、坦坦荡荡的心境的追求，抒发"安计婴嘲嗤"，此种追求让诗人更加潇洒、更加充实。

　　全诗简译："渺茫的境况触动心兵，在北风吹拂的时节里著述哀痛的诗歌。百种哀愁岂是你能操心的，还是应以平常的本心对待哀愁。我构思成熟然后下笔，用所作的诗歌来赠予我所思念的人。所要表达的情思如果能（和古人）两心如一，即使身处异代也像在同时一样。回望那空荡的大道，应该坦坦荡荡随意任所之。既然自视开朗豁达，何必理会别人的讥笑呢。"

附：阮籍咏怀诗第十五首

昔年十四五，志尚好诗书。

被褐怀珠玉，颜闵相与期。

开轩临四野，登高有所思。

丘墓蔽山冈，万代同一时。

千秋万岁后，荣名安所之。

乃悟羡门子，嗷嗷令自嗤。

第十六首

狂攘①此何世，海啸转强梁②。
息我乎沈墨③，携我乎苍茫。
冯夷④欲我归，风伯⑤挟我翔。
过眼⑥如风灯⑦，契阔⑧徒相望。
寒梅可着花⑨，丛菊几经霜。
一念下泉⑩人，喟焉⑪增心伤。
滔天⑫如此水，百变异其常。
君莫赋七哀⑬，我已废九章⑭。

注释：

①狂攘：纷乱貌。《楚辞·严忌〈哀时命〉》："撼尘垢之狂攘兮，除秽累而反真。"

②强梁：强横凶暴。《墨子·鲁问》："譬有人于此，其子强梁不材，故其父笞之，其邻家之父举木而击之。"

③沈墨：无声无息。沈，即沉。墨，通"默"。《淮南子》："若我南游乎冈㝗之野，北息乎沈墨之乡。"

④冯夷：传说中的黄河之神，即河伯。泛指水神。《庄子·大宗师》："冯夷得之，以游大川。"唐·成玄英疏："姓冯名夷，弘农华阴潼乡堤首里人也。服八石，得山仙。大川，黄河也。天帝锡冯夷为河伯，故游处盟津大川之中也。"三国·魏·曹植《洛神赋》："于是屏翳收风，川后静波，冯夷鸣鼓，女娲清歌。"

⑤风伯：神话中的风神。《楚辞·远游》："风伯为余先驱兮，氛埃辟而清凉。"

⑥过眼：经过眼前。喻迅疾短暂。宋·苏轼《吉祥寺僧求阁名》诗："过眼

荣枯电与风，久长那得似花红。"

⑦风灯：有罩能防风的灯。比喻生命短促，人事无常。唐·杜甫《漫成一绝》诗："江月去人只数尺，风灯照夜欲三更。"

⑧契阔：久别的情愫。《后汉书·独行传·范冉》："奂曰：'行路仓卒，非陈契阔之所，可共前亭宿息，以叙分隔。'"

⑨寒梅可着花：着花，长出花蕾或花朵。唐·王维《杂诗》之二："君自故乡来，应知故乡事，来日绮窗前，寒梅着花未？"

⑩下泉：地下，犹言黄泉。《南史·任昉传》："范、张歆歆于下泉，尹、班陶陶于永夕。"

⑪喟焉：感叹貌。《吕氏春秋·慎势》："简公喟焉太息。"

⑫滔天：弥漫天际。形容水势极大。《书·尧典》："汤汤洪水方割，荡荡怀山襄陵，浩浩滔天。"

⑬七哀：魏晋乐府的一种诗题。起于汉末。汉·王粲、三国·魏·曹植、晋·张载皆有《七哀诗》，为反映社会动乱，抒发悲伤感情的五言诗。唐·吕向题解："七哀，谓痛而哀，义而哀，感而哀，怨而哀，耳目闻见而哀，口叹而哀，鼻酸而哀也。"

⑭九章：指《楚辞》的篇名。包括屈原的 9 篇作品：《惜诵》、《涉江》、《哀郢》、《抽思》、《怀沙》、《思美人》、《惜往日》、《桔颂》、《悲回风》。

浅解：

阮诗据何焯所考是指司马师废齐王芳立高贵乡公髦之事。诗人对此无能为力，却也并不甘心，他用不惜憔悴的语言，表示他的抗议。

饶诗亦表达了对当世的无能为力，认为如此的社会，就连《七哀》都莫赋了，那个时代除了沉默已经没有什么可以付诸行动的了，这是一种极端的心境，如此的悲哀恰到好处的表明了时代的疮痍惨淡和破败萧条，与阮诗相比有过而无不及。

全诗简译："猖狂作乱，这是个什么样的时代啊，世俗之人都犹如海啸般的强横凶暴。请让我栖息于沉默之中，携带我超乎苍茫之外。冯夷要我同他归去，风伯挟我同他飞翔。人生过眼之事迅疾短暂犹如泡沫风灯一样短促，久别只能徒劳相望。梅树在寒风中可以长出美丽的花朵，菊花几经秋霜可以绽放。怀念已经奔赴黄泉的人，只能感叹并心伤。浩浩滔天如此大水，千变万化改变其常态。劝君莫赋七哀诗，我也已罢读九章。"

附：阮籍咏怀诗第十六首

徘徊蓬池上，还顾望大梁。
绿水扬洪波，旷野莽茫茫。
走兽交横驰，飞鸟相随翔。
是时鹑火中，日月正相望。
朔风厉严寒，阴气下微霜。
羁旅无俦匹，俛仰怀哀伤。
小人计其功，君子道其常。
岂惜终憔悴，咏言著斯章。

第十七首

浮生①邈②山河，负手③待来者④。
世短蕺⑤百忧，意多类⑥走马⑦。
百虫莫予和⑧，率⑨彼来旷野。
九天⑩在其上，万川尽归下。
皓月照千山，余怀渺⑪难写⑫。

注释：

①浮生：虚浮不定的人生。《庄子·刻意》："其生若浮，其死若休。"
②邈：距离遥远。吴均《与朱元思书》："互相轩邈。"
③负手：两手反交于背后。《淮南子·说林训》："过府而负手者，希不有盗心。"
④来者：将来的人，后辈。唐·陈子昂《登幽州台歌》诗："前不见古人，后不见来者，念天地之悠悠，独怆然而涕下。"
⑤蕺：读cóng，聚集。《商君书·开塞》："古者，民蕺生而群处。"
⑥类：相似，像。《易·系辞下》："于是始作八卦，以通神明之德，以类万物之情。"
⑦走马：跑马。《诗·大雅·緜》："古公亶父，来朝走马。"
⑧和：响应。《说文》："和，相应也。"莫予和，即莫和予的倒装。
⑨率：循。出自《诗经·雅·小雅》："匪兕匪虎，率彼旷野。"意为不是野兽，怎么穿行旷野不停步。
⑩九天：《楚辞·天问》："九天之际，安放安属？"王逸注："九天，东方曰皞天，东南方阳天，南方赤天，西南方朱天，西方成天，西北方幽天，北方玄天，东北方变天，中央钧天。皞一作昊；变一作栾，一作鸾。"

⑪渺：渺远，渺茫。宋·苏轼《前赤壁赋》："渺渺兮余怀，望美人兮天一方。"

⑫写：倾吐，抒发。《诗·邶风·泉水》："驾言出游，以写我忧。"

浅解：

此两诗都极具苍茫高旷之气象，让人读着顿生天地茫茫，余情难寄之感慨！阮诗以记游踪的方式进行叙述，由空堂引向登高，感慨大地而最后又引向思亲，情思跌宕起伏，让人心醉。特别是"登高望九州，悠悠分旷野"中，一个"分"字，极尽诗家真味！而饶诗中登高之情态，更让人击节三叹！"九天在其上，万川归其下。"天地之间，苍苍茫茫，碧落黄泉，却遗世独立！此种孤独，入眼入骨入心。开篇之"浮生邈山河，负手待来者。"大气豪迈，既是望尽天涯路之自信，亦是对后辈诸生之殷殷期盼。于是，结尾一个"渺"字，磅礴苍茫，诗人形象跃然！读至此处，掩卷回神，竟感慨莫名，顿生不见斯人，此生憾矣之感！

全诗简译："平生远离故国山河，只能负手等待来者。人生虽短却有许多烦忧，思绪虽复杂却犹如走马一样易放难收。所有的动物都响应着，穿行在旷野中不停步。九天在其上方，万川尽归其下而流。明月照遍千山，我的心绪渺茫难以抒发。"

附：阮籍咏怀诗第十七首

独坐空堂上，谁可与欢者。
出门临永路，不见行车马。
登高望九州，悠悠分旷野。
孤鸟西北飞，离兽东南下。
日暮思亲友，晤言用自写。

第十八首

去日①尽如梦②，梦中意独倾③。
绮语④偶一为，聊以破沉冥⑤。
嫣然⑥心花⑦开，帘罅⑧吐春荣⑨。
此心如朝彻⑩，种种⑪今日生。
吟白几茎髭⑫，坐对青灯荧⑬。
灯花⑭与盆花⑮，粲⑯比二难并⑰。
甘苦敢⑱喻⑲人，但⑳取慰吾情㉑。

注释：

①去日：东汉·曹操《短歌行》诗："对酒当歌，人生几何？譬如朝露，去日苦多。"

②如梦：宋·晏几道《清平乐》词："眼中前事分明，可怜如梦难凭。"

③意独倾：意谓独为之倾意。明·胡汝嘉《为禹门兄书》诗："与君踪迹两如萍，客路相逢意独倾。"

④绮语：美妙的词语，词之纤婉言情者；佛教语，指涉及爱情或闺门的艳丽词藻及一切杂秽语，佛家列为四口业之一。宋·苏轼《登州海市》诗："新诗绮语亦安用？相与变灭随东风。"

⑤沉冥：低沉冥寂。宋·陆游《病榻消寒杂咏四十六首》其四十六："排日春光不暂停，凭将笑口破沉冥。"

⑥嫣然：形容女子笑得很美。战国·楚·宋玉《登徒子好色赋》："嫣然一笑，惑阳城，迷下蔡。"

⑦心花：佛教语，指慧心，或开朗的心情。

⑧罅：读 xià，缝隙。宋·陆游《露坐》："花枝栖露蝶，帘罅度风萤。"

⑨春荣：春天的花朵。三国·魏·曹植《与吴季重书》："得所来讯，文采委曲，晔若春荣，浏若清风。"

⑩朝彻：道家修炼的一种境界。《庄子·大宗师》"以圣人之道，告圣人之才，亦易矣。吾犹守而告之，参日，而后能外天下；已外天下矣，吾又守之七日，而后能外物；已外物矣，吾又守之九日，而后能外生；已外生矣，而后能朝彻；朝彻而后能见独，见独而后能无古今，无古今而后能入于不死不生。"

⑪种种：淳厚朴实。《庄子·胠箧》："舍夫种种之民，而悦夫役役之佞。"

⑫髭：嘴唇上方的短须。《汉乐府·陌上桑》："下担捋髭须。"此句出自唐·方干《赠喻凫》诗："所得非众语，众人那得知？才吟五字句，又白几茎髭。"

⑬青灯荧：荧：微弱的光亮。《后汉书·班固传》："琳珉青荧，珊瑚碧树。"《红楼梦》第一一八回："可怜绣户侯门女，独卧青灯古佛旁。"

⑭灯花：灯芯燃尽结成花状物。南宋·赵师秀《约客》诗："黄梅时节家家雨，青草池塘处处蛙。有约不来过夜半，闲敲棋子落灯花。"

⑮盆花：盆栽之花。即指前边"帘蟏吐春荣。"

⑯粲：鲜艳，灿烂。《诗经·小雅·大东》："西人之子，衣服粲粲。"

⑰二难并：指贤主嘉宾，因二者难以并得，故称。唐·王勃《滕王阁序》："爽籁发而清风生，纤歌凝而白云遏。睢园绿竹，气凌彭泽之樽；邺水朱华，光照临川之笔。四美具，二难并。"

⑱敢：不敢，岂敢。《玉台新咏·古诗为焦仲卿妻作》："奉事循公姥，进止敢自专？"

⑲喻：佛教语，本义"见边"，即以所见之边推断未见之边。《因明入正理论疏》："喻者，譬也，况也，晓也。由此譬况，晓明所宗，故名为喻。"

⑳但：表范围，只，仅，不过。《乐府诗集·木兰诗》："不闻爷娘唤女声，但闻黄河流水鸣溅溅。"

㉑情：本性，本心。《吕氏春秋·上德》："情，性也。"

浅解：

阮诗借日出日入，桃李开花不能久，来喻人世间追名逐利，不过转眼间零落成泥，并由景山松老而弥坚自许，以表内心。饶诗亦以托物起兴的方式来展开。但取意更为淡泊宁静。由静夜写诗，偶见帘外花开，而笔前灯花闪烁，遂想起昔日王勃写《滕王阁序》之时，笑言"四美具，二难并"。此时之"二难"，乃灯花盆花与作者心花嫣然之绽放，相比《滕王阁序》中之"二难"（贤主、嘉宾），看似气势不够恢宏，而陶然之趣则过之。而这种感觉，又怎能教得世人知晓呢？也就用来稍稍告慰自己的内心罢了。饶诗中，盆花，灯花，心花，三花俱现，禅味甚浓，极耐品。叹！

　　全诗简译："逝去的日子如同梦境般，梦中我犹独为之倾意。偶尔创作出美妙的诗句，用来排解低沉冥寂。心里美好的感觉，犹如从帘罅里窥见春天新长出的美丽花朵。这种心境如朝彻，淳厚朴实从中而生。日复一日坐着面对着青灯发出微亮的光芒，苦吟而使嘴唇上方的短须变得花白。灯花或是盆栽之花，犹如难得一遇的贤主、嘉宾并现眼前。我哪里敢用之来吟喻他人，只是用它们来慰藉我的心灵。"

附：阮籍咏怀诗十八首

悬车在西南。羲和将欲倾。
流光耀四海。忽忽至夕冥。
朝为咸池晖。蒙汜受其荣。
岂知穷达士。一死不再生。
视彼桃李花。谁能久荧荧。
君子在何计。叹息未合并。
瞻仰景山松。可以慰吾情。

第十九首

海波^①汩没^②处，暂分片刻光。
须臾^③霞彩^④生，天际见琮璜^⑤。
案头^⑥隔岁花，犹发去年芳。
披衣未明起，端坐待初阳。
孤鹤^⑦天际来，群鸥已争翔。
逃虚^⑧将焉往，恨不置汝旁。
令威^⑨久不归，黯然徒自伤。

注释：

①海波：大海的波浪。唐·方干《题睦州乌龙山禅居》诗："人世驱驰方丈
　内，海波摇动一杯中。"

②汩没：浮沉，唐·李白《日出入行》："羲和，羲和，汝奚汩没于荒淫之
　波。"

③须臾：片刻，短时间。《荀子·劝学》："吾尝终日而思矣，不如须臾之所
　学也。"

④霞彩：彩霞。隋·薛道衡《重酬杨仆射山亭》诗："朝朝散霞彩，暮暮澄
　秋色。"

⑤琮璜：琮与璜，皆庙堂玉器。《墨子·明鬼下》："珪璧琮璜，称财为度。"

⑥案头：几案上或书桌上。唐·杜甫《题郑十八著作丈故居》诗："穷巷悄
　然车马绝，案头干死读书萤。"

⑦孤鹤：孤单的鹤。隋炀帝《舍舟登陆示慧日道场玉清玄坛德众》诗："孤
　鹤近追群，啼莺远相唤。"

⑧逃虚：逃避世俗，寻求清静无欲的境界。宋·王安石《次韵酬吴彦珍见

寄》之二："白日忆君聊远望，青林嗟我似逃虚。"

⑨令威：即丁令威。传说中的神仙名。晋·陶潜《搜神后记·丁令威》："丁令威，本辽东人，学道于灵虚山。后化鹤归辽，集城门华表柱。时有少年，举弓欲射之。鹤乃飞，徘徊空中而言曰：'有鸟有鸟丁令威，去家千年今始归。城郭如故人民非，何不学仙冢垒垒。'遂高上冲天。"

浅解：

对"佳人"的描写，实际上是诗人托言圣贤，阮籍根据魏晋人特有的审美标准构建出来的理想人物，此诗是对其"佳人"理想的构建，以旁观者的角度描写了"佳人"的感受，表达了对圣贤的渴望和求之不可得的失望之情。而饶诗则从自己的角度来表达，直观的表达了"恨不置汝旁"的难受之情，对圣贤怀才不遇、感时不遇的感伤，使诗歌能在读者之中产生共鸣。

全诗简译："大海的波浪起起伏伏，暂时分得片刻光芒。须臾之间彩霞生于天际，犹如琮璜美玉般绽放光泽。书桌上的隔岁花，似乎还散发着去年的芳香。天还未亮披上衣裳起来，端坐着等待初阳的升起。孤鹤已在天际畅游，海鸥也在嬉戏飞翔。逃避世俗将往何处去，恨不得永远在你身旁。令威久久不曾归来，自己唯有黯然心伤。"

附：阮籍咏怀诗第十九首

西方有佳人，皎若白日光。
被服纤罗衣，左右佩双璜。
修容耀姿美，顺风振微芳。
登高眺所思，举袂当朝阳。
寄颜云霄间，挥袖凌虚翔。
飘飖恍惚中，流盻顾我傍。
悦怿未交接，晤言用感伤。

第二十首

潮声破吾寐，揽镜①惊鬓丝②。
日月不相饶，难与玄发③期。
海桑眼中生，入海更何之。
冒寒此候潮，甘作渔父辞④。
忧与忧相接⑤，屈子⑥不余欺。
沧浪之水清⑦，忧来还自持⑧。

注释：

①揽镜：持镜；对镜。《晋书·王衍传》："然心不能平，在车中揽镜自照，
谓导曰：'尔看吾目光乃在牛背上矣。'"
②鬓丝：鬓发。唐·李商隐《赠司勋杜十三员外》诗："心铁已从干镆利，
鬓丝休叹雪霜垂。"
③玄发：黑发。此指少年。三国·魏·阮籍《咏怀诗》之四三："玄发发朱
颜，睎盱有光华。"
④渔父辞：《楚辞》有《渔父》篇。写一渔父因见屈原憔悴困苦，劝他随波
逐流，与世浮沉；而屈原则表示决不妥协。篇中表达了两种处世哲学的对
立，并明显赞同屈原的立场。
⑤忧与忧相接：屈原《哀郢》："心不怡之长久兮，忧与愁其相接。"
⑥屈子：指屈原。唐·戴叔伦《过三闾庙》诗："沅湘流不尽，屈子怨何
深。"
⑦沧浪之水清：楚辞《渔父》："渔父莞尔而笑，鼓枻而去。乃歌曰：'沧浪
之水清兮，可以濯我缨；沧浪之水浊兮，可以濯吾足。'遂去，不复与
言。"

⑧自持：谓自己掌握或处理。《新五代史·吴世家·杨隆演传》："宋氏之专政也，隆演幼懦，不能自持，而知训尤凌侮之。"

浅解：

　　阮诗用"歧路染丝"来表达变迁不定，反复无常的世态之下丧亡之悲，灾祸之难避免，"自保"的难度也见于此，对世事的无助和无奈之情表露无遗。饶诗则阐述了在岁月无情的人世间对人生价值的自我追求，"沧浪之水"虽清，而我们仍得自己亲力亲为，去排除忧愁，去面对各种人事无奈，去塑造自己的人生。

　　全诗简译："窗外的潮声让我久不能寐，揽镜自照惊觉鬓发早已发白。岁月不饶人，少年的时光难以常驻。沧海桑田已经映入眼帘，入海又能往哪儿去。冒着寒风在此等候潮汐，甘作渔父之辞。忧愁接连不断，屈原没有欺骗我们啊。沧浪之水清啊，忧愁还得靠自己排除。"

附：阮籍咏怀诗第二十首

杨朱泣歧路，墨子悲染丝。
揖让长离别，飘飖难与期。
岂徒燕婉情，存亡诚有之。
萧索人所悲，祸衅不可辞。
赵女媚中山，谦柔愈见欺。
嗟嗟涂上士，何用自保持。

第二十一首

后浪推前浪，相推入渺冥①。
浪花恣意②发，慰我事孤征③。
偶尔作飞雪，卷起杂哀声。
破寂除此声，枕畔有鸡鸣。
忘却天涯老，风露④正盈庭。

注释：

①渺冥：渺远。宋·叶梦得《石林燕语》卷十："苍苍渺冥，吾一夫区区之诚，安知必能尽达？"

②恣意：放纵，肆意。《列子·周穆王》："游燕宫观，恣意所欲，其乐无比。"

③孤征：单身远行。晋·陶潜《辛丑岁七月赴假还江陵夜行涂口》诗："怀役不遑寐，中宵尚孤征。"

④风露：风和露。《韩非子·解老》："时雨降集，旷野闲静，而以昏晨犯山川，则风露之爪角害之。"

浅解：

阮诗表达了"旷世不再鸣"的决心，对整个国家和社会失去了信心，在万般痛苦和无奈之下，继续保持自己人格的独立，在乱世之中，这需要多大的勇气、多大的志气啊！饶诗表达了对岁月逝去的无奈和自己内心的孤寂，在这种环境之下，仍能在孤单的情境中找到属于自己的心灵归宿，"枕畔有鸡鸣"、"风露正盈庭"，展现诗人积极的人生态度。

全诗简译："后浪推前浪，相推渐入渺远。浪花肆意地拍打着，慰藉我孤身远行者的心灵。偶尔犹如飞雪，卷起的波浪似乎夹杂着哀伤的声音。夜晚破解寂寞除此声音，枕边又响起了鸡鸣。暂时忘却天涯逝去的岁月，享受风露正充满我的庭院的幽静时刻。"

附：阮籍咏怀诗第二十一首

于心怀寸阴，羲阳将欲冥。

挥袂抚长剑，仰观浮云征。

云间有玄鹤，抗志扬哀声。

一飞冲青天，旷世不再鸣。

岂与鹑鷃游，连翩戏中庭。

第二十二首

浮云蔽朝曦①，寒气②方蚀林。
不知是亭午③，反作虞渊④沉。
天意多翻覆⑤，沧海有遗音⑥。
皦日⑦自可回，积阴⑧更相寻。
冥冥⑨塞两间⑩，何处见春心。

注释：

①朝曦：指朝阳，早晨的太阳。唐·韩愈《东都遇春》诗："朝曦入牖来，
　鸟唤昏不醒。"
②寒气：寒冷之气。《礼记·月令》："季春行冬令，则寒气时发，草木皆肃，
　国有大恐。"
③亭午：正午。晋·孙绰《游天台山赋》："尔乃羲和亭午，游气高褰。"
④虞渊：亦称"虞泉"。传说为日没处。《淮南子·天文训》："日至于虞渊，
　是谓黄昏。"
⑤翻覆：谓反复无常；变化不定。晋·陆机《君子行》诗："休咎相乘蹑，
　翻覆若波澜。"
⑥遗音：谓留下声音。宋·苏轼《雷州》诗之三："终日数椽间，但闻鸟遗
　音。"
⑦皦日：明亮的太阳。多用于誓辞。《诗·王风·大车》："谓予不信，有如
　皦日。"
⑧积阴：谓阴气聚集。《文子·上仁》："积阴不生，积阳不化；阴阳交接，
　乃能成和。"
⑨冥冥：渺茫貌。汉·刘向《九叹·远逝》："水波远以冥冥兮，眇不睹其东

西。"

⑩两间：谓天地之间。指人间。唐·韩愈《原人》："形于上者谓之天，形于
下者谓之地，命于其两间者谓之人。"

浅解：

阮诗借用山海经描写的神话来抒发自己的情感，表达自己对超脱尘寰、
远离人间、美妙绝伦而又虚无飘缈的神仙境界的追求，颇有游仙的意味。饶
诗表达了世间变化的不可预知、不可明辨，表明自己对变化莫测的事物的困
惑之感和茫然。

全诗简译："朝阳早被浮云遮蔽，寒气开始侵袭山林。正午来临也不知
道，以为早巳日落山头。天意反复无常，沧海亦留下声音。太阳自可朝升夕
落，积阴更是接连不断。迷迷茫茫天地之间，何处方可抒发春天的情怀呢。"

附：阮籍咏怀诗第二十二首

夏后乘灵舆，夸父为邓林。
存亡从变化，日月有浮沉。
凤凰鸣参差，伶伦发其音。
王子好箫管，世世相追寻。
谁言不可见，青鸟明我心。

第二十三首

四海①环此堂，崇山②在其阳。
乐只③古君子，四方且为纲。
沆瀣④既充闾⑤，云气接洞房⑥。
日出露已晞，犹恋叶上霜。
吾生直如寄⑦，惜此炳烛⑧光。
澄怀⑨独乐处，飞鸢⑩与翱翔。

注释：

①四海：古以中国四境有海环绕，各按方位为"东海"、"南海"、"西海"和
"北海"，但亦因时而异，说法不一。《书·益稷》："予决九川，距四海。"
孔传："距，至也。决九州名川通之至海。"《孟子·告子下》："禹之治水，
水之道也，是故禹以四海为壑。"《淮南子·俶真训》："神经于骊山、太行
而不能难，入于四海、九江而不能濡。"此处犹言天下，全国各处。

②崇山：高山。汉·司马相如《上林赋》："崇山矗矗，巃嵸崔巍。"

③乐只：和美；快乐。只，语助词。《诗·小雅·南山有台》："乐只君子，
邦家之基。乐只君子，万寿无期。"

④沆瀣：夜间的水气，露水。旧谓仙人所饮。《楚辞·远游》："餐六气而饮
沆瀣兮，漱正阳而含朝霞。"

⑤充闾：本指光大门庭。《晋书·贾充传》："逵〔父逵〕晚始生充，言后当
有充闾之庆，故以为名字焉。"此处指充满门庭。

⑥洞房：幽深的内室。多指卧室、闺房。《楚辞·招魂》："姱容修态，絙洞
房些。"

⑦如寄：好像暂时寄居。比喻时间短促。《古诗十九首·驱车上东门》："人

生忽如寄，寿无金石固。”

⑧炳烛：汉·刘向《说苑·建本》：“晋平公问于师旷曰：‘吾年七十，欲学恐已暮矣。’师旷曰：‘何不炳烛乎……臣闻之少而好学，如日出之阳；长而好学，如日中之光；老而好学，如炳烛之明。炳烛之明，孰与昧行乎?’”后因以“炳烛”比喻老而好学。

⑨澄怀：清心，静心。《南史·隐逸传上·宗少文》：“老疾俱至，名山恐难遍覩，唯澄怀观道，卧以游之。”

⑩飞鸢：飞翔的鸢。《后汉书·马援传》：“仰视飞鸢跕跕堕水中。”

浅解：

阮诗借仙人不食人间烟火来表达自己“岂安通灵台，游瀁去高翔”不甘追逐凡俗的独立人格。饶诗则表达了对人生如寄的感叹，要珍惜这来之不易又短促的人生旅程，享受其中追求人生理想的乐趣，饶诗总透露出积极的人生观，这与诗人所处的时代环境有着很重要的关系。

全诗简译：“天下环绕此堂，崇山在其南面。快乐的古君子啊，能为天下之纲纪立法度以理治之。沆瀣之气充满门庭，云气连接着洞房。太阳初升晨露已蒸发，而寒霜却犹恋叶子而久久没有散去。我的一生犹如暂时寄居在天地间那样短促，要更加珍惜炳烛学习的美好时光。静心单独享受此种快乐，并有翱翔的飞鸢伴随着我。”

附：阮籍咏怀诗第二十三首

东南有射山，汾水出其阳。
六龙服气舆，云盖切天纲。
仙者四五人，逍遥晏兰房。
寝息一纯和，呼噏成露霜。
沐浴丹渊中，照耀日月光。
岂安通灵台，游瀁去高翔。

第二十四首

众山何巍巍①，风涛②自不惊。

日出见高楼，顿使一座倾。

揖我如大宾③，延之入户庭④。

亦有悠然⑤想，足以遗世情⑥。

春意⑦茁几枝，枝上翠禽⑧鸣。

德音⑨不远人，聊复乐此生。

注释：

① 巍巍：高耸貌。晋·陶潜《感士不遇赋》："山巍巍而怀影，川汪汪而藏声。"

② 风涛：风浪。唐·杜甫《曲江三章章五句》诗："曲江萧条秋气高，菱荷枯折随风涛。"

③ 大宾：泛指国宾。《论语·颜渊》："出门如见大宾，使民如承大祭。"

④ 户庭：户外庭院。亦泛指门庭、家门。《易·节》："不出户庭，无咎。"

⑤ 悠然：闲适貌；淡泊貌。晋·陶潜《饮酒》诗之五："采菊东篱下，悠然见南山。"

⑥ 世情：世俗之情。晋·陶潜《饮酒》诗第七首："泛此忘忧物，远我遗世情。"

⑦ 春意：春天的气象。南朝·梁·江淹《卧疾愁别刘长史》诗："始怀未回叹，春意秋方惊。"

⑧ 翠禽：翠鸟。晋·郭璞《客傲》："夫攀骊龙之髯，抚翠禽之毛，而不得绝霞肆、跨天津者，未之前闻也。"

⑨ 德音：犹德言，指合乎仁德的言语、教令。《国语·楚语上》："忠信以发

之，德音以扬之。"

浅解：

　　阮诗中的"朱晖忽西倾"，预示着国运即将终了，诗人的悲伤岂是"蟋蟀"、"蟪蛄"所能理解的，即使冲向云间化作飞鸟，也只是"一哀鸣"，表达了诗人的无限痛苦难以得到别人的理解的苦闷，悲夫！饶诗和阮公诗，表达了"德音不远人"的事实，认为只要保持德音，坚持自己的理想和人格，"风涛自不惊"，对阮籍即是一种理解，也是一种劝解。

　　全诗简译："众山巍然高耸，风浪再大也无法撼动它。在高楼上观看日出，初阳的出现顿时使在座的人都为之倾倒。主人待我如贵宾，请我进入门庭。此时此景让我悠然遐想，足以忘世遗情。春天来临枝叶茁长，新生的鸟儿在枝上啼叫。德言善言是离人不远的，姑且快乐的度过此生。"

附：阮籍咏怀诗第二十四首

殷忧令志结，怵惕常若惊。
逍遥未终晏，朱晖忽西倾。
蟋蟀在户牖，蟪蛄鸣中庭。
心肠未相好，谁云亮我情。
愿为云间鸟，千里一哀鸣。
三芝延瀛洲，远游可长生。

第二十五首

有竹可医俗，居俗亦何伤。
塘柳拂前檐，篱①犬吠我旁。
此中有桃源②，岂问海③与桑。
田家勤秉耒④，但恐多霰⑤霜⑥。
碧落⑦故悠悠⑧，放怀⑨日月长⑩。

注释：

①篱：篱笆。晋·陶潜《饮酒》："采菊东篱下，悠然见南山。"

②桃源：桃花源。晋·陶潜《桃花源记》："阡陌交通，鸡犬相闻。"

③海：沧海。与后边的桑：桑田，合言人世沧桑变化。

④耒：古代一种农具，状如木叉。《韩非子·五蠹》："禹天下王也，身执耒
臿为天下先。"

⑤霰：称雪珠或软雹。《楚辞·九章·涉江》"霰雪纷其无垠兮，云霏霏其承
宇。"

⑥霜：气温降到0℃以下时，近地面空气中水汽之白色结晶。《诗经·蒹
葭》："蒹葭苍苍，白露为霜。"

⑦碧落：道教语，天空，青天。唐·杨炯《和辅先入昊天观星瞻》诗："碧
落三乾外，黄图四海中。"唐·白居易《长恨歌》诗："上穷碧落下黄泉，
两处茫茫皆不见。"

⑧悠悠：悠闲自在。唐·王勃《滕王阁序》："闲云潭影日悠悠，物换星移几
度秋。"

⑨放怀：开怀，放宽心怀。唐·温庭筠《春日偶作》诗："自欲放怀犹未得，
不知经世竟如何？"

⑩日月长：元·张养浩《雁儿落兼清江引》曲："绰然亭后遂闲堂，更比仙家日月长。"

浅解：

阮诗以巧言令色之害更甚与白刃利剑起意，言时光悠悠，势路穷达不定，不可久恋尘世官场，空自咨嗟。饶诗则以归隐为意。诗中，居住处，有竹子，池塘，柳树，篱笆，犬吠为伴，同时，能随农家田事。结尾句"碧落故悠悠，放怀日月长。"极为旷远宁静，深得田园之趣！"故"字写出放下一切尘事后的解脱之感，"放怀日月长"句将人与时空很好结合在一起，极耐品味！

全诗简译："有竹子的地方可以避免庸俗，然居住在庸俗的地方又有何伤呢。池塘边的柳树轻拂着屋檐，篱笆边的小狗在我身旁叫着。这里有桃花源，岂需要问沧海桑田。耕田的农户辛勤劳动，终日担心田里的稻谷受到霜冻。在天地里悠闲自在的生活，放宽心怀比仙家日月皆长。"

附：阮籍咏怀诗第二十五首

拔剑临白刃，安能相中伤。
但畏工言字，称我三江旁。
飞泉流玉山，悬车栖扶桑。
日月径千里，素风发微霜。
势路有穷达，咨嗟安可长。

第二十六首

平芜①酿暮色，小雨浥②西山。
群鸟倦知还，飞去何翩翩③。
放眼穷苍昊④，重得返自然。
当头此夜月，千里共婵娟⑤。
还我少年心，花下且流连⑥。

（新历一九六一年元旦适值农历十一月十五是夕月当头。）

注释：

①平芜：草木丛生的平旷原野。南朝·梁·江淹《去故乡赋》："穷阴匝海，
  平芜带天。"
②浥：湿润。唐·王维《渭城曲》诗："渭城朝雨浥轻尘。"
③翩翩：飞行轻快貌。《易·泰》："六四，翩翩，不富以其邻，不戒以孚。"
④苍昊：苍天。《文选·王延寿〈鲁灵光殿赋〉》："据坤灵之宝势，承苍昊之
  纯殷。"唐·李白《荆州贼乱临洞庭言怀作》诗："长叫天可闻，吾将问苍
  昊。"
⑤千里共婵娟：宋·苏轼《水调歌头》词："人有悲欢离合，月有阴晴圆缺，
  此事古难全。但愿人长久，千里共婵娟。"
⑥流连：耽于游乐而忘归。《孟子·梁惠王下》："流连荒亡，为诸侯忧。从
  流下而忘反谓之流，从流上而忘反谓之连……先王无流连之乐，荒亡之
  行。"

浅解：

　　阮诗以"鸾鷖"能够受命于天、"建木"的枝叶能够立于高山之上，而

"葛蔓"则"相勾连",体现了乱世之中,群小攀附的种种丑陋现象,而自己对此种现象深恶痛绝、独立不改其度的处世态度。饶诗表达了对"返自然"回归本性、真性的追求,并表现了自己懂得"倦知还",而能够如此坦荡的在世间"飞去何翩翩",展现个人的人格魅力,并非一般人所能做到。

  全诗简译:"平旷的原野正酝酿着暮色,小雨湿润着西边的山。群鸟疲倦了知道归还,所以离家飞翔时那么的轻快自如。放眼仰望苍天,重新回归大自然。适值此夜月,纵使相隔千里也能通过月光来传递思念。还原到我少年的本心,徜徉在绚烂花中流连忘返。"

附:阮籍咏怀诗第二十六首

朝登洪坡颠,日夕望西山。
荆棘被原野,群鸟飞翩翩。
鸾鹥时栖宿,性命有自然。
建木谁能近,射干复婵娟。
不见林中葛,延蔓相勾连。

第二十七首

临海①成四塞②，披山且带河③。
江行何所见，野卉纷吐葩。
山石睨④向人，阅尽几春华⑤。
水落石乃出⑥，无用⑦以相夸。
难得如尔寿，吾意⑧亦蹉跎⑨。
漱石⑩复枕流，不乐复如何。

注释：

①海：百川会聚之处。后指大洋靠近陆地的部分。《诗·小雅·沔水》："沔
彼流水，朝宗于海。"《淮南子·氾论训》："百川异源，皆归于海。"古人
认为陆地四周皆为海。此言四围皆茫茫大海，故成四塞。

②四塞：指四境皆有天险，可作屏障。《战国策·齐策》："齐南有泰山，东
有琅邪，西有清河，北有渤海，此所谓四塞之国也。"鲍彪注："四面有山
关之固，故曰四塞之国也。"

③披山带河：背靠着山，四周环绕着河。指形势险要的地方。被，同披。
《战国策·楚策》："秦地半天下，被山带河，四塞以为固。"此处一指山河
壮美，二指襟怀壮阔。

④睨：斜着（眼）看。《礼记·中庸》："执柯以伐柯，睨而视之，犹以为
远。"

⑤春华：喻青春年华；少壮之时。唐·李白《惜余春赋》："望夫君兮兴咨
嗟，横涕泪兮怨春华。"

⑥水落石出：水位下降，水底石头露出。宋·欧阳修《醉翁亭记》："野芳发
而幽香，佳木秀而繁阴，风霜高洁，水落而石出者，山间之四时也。"此

处借水落石出，言人之厚重亦是岁月的流水使然。

⑦无用：不需要，不用。金·元好问《喜李彦深过聊城》诗："老眼天公只如此，穷途无用说悲辛。"

⑧意：胸怀，内心。《玉台新咏·古诗〈为焦仲卿妻作〉》："吾意久怀忿，汝岂得自由。"

⑨蹉跎：虚度光阴。南朝·齐·谢朓《和王长史卧病》诗："日与岁眇邈，归恨积蹉跎。"

⑩漱石：南朝·刘义庆《世说新语·排调》："孙子荆（楚）年少时欲隐，语王武子（济），当'枕石漱流'，误曰'漱石枕流'。王曰：'流可枕，石可漱乎？'孙曰：'所以枕流，欲洗其耳；所以漱石，欲砺其齿。'"咏隐居生活。

浅解：

　　阮诗充满了惆怅。以盛衰在须臾间，纵使再美，再牢固的东西，也抵不过时光漫过。名誉权势弹指飞灰湮灭，言尘世不可贪恋。而饶诗则更达观豁然，以举目天下，言山河壮阔与内心之释然。最喜"山石睨向人，阅尽几春华。水落石乃出，无用以相夸。"两句，其中对答，确为神来之笔！石头历经世代，看尽世间沧桑，确有斜眼看人之资格；而诗人却笑语：不过"水落石出。"似与石头机锋相对，极有妙趣。而又以"无用以相夸"言彼此皆不足骄傲。人与石，巧妙结合在一起，似人在石边，人已化石，人石之寿，之乐，自然形成一体。写尽归隐之妙趣！

　　全诗简译："临海的陆地四面有天然的屏障，背靠着山四周环绕着河。在江水之中航行，缤纷的野花绽放于旁。奇形怪状的山石向人倾斜着，屹立在这山头不知览阅了多少代人。水落石乃出，不需借此来相互夸耀。难得有石头那样的年寿，我已经虚度了我的年华。我欲漱石枕流过悠闲的日子，如果这样还不够快乐，那还有什么能吸引我的呢？"

附：阮籍咏怀诗第二十七首

周郑天下交，街术当三河。
妖冶闲都子，焕耀何芬葩。
玄发发朱颜，睇盼有光华。
倾城思一顾，遗视来相夸。
愿为三春游，朝阳忽蹉跎。
盛衰在须臾，离别将如何。

第二十八首

犹观山海图，眼中是十洲①。
排闼②两山青，对峙③如簿仇。
一水浸其中，哀鸣④若有求。
世已无卢敖⑤，仍期汗漫⑥游。
日月互出没，阴阳⑦载沉浮。
百年责丘墟⑧，何遽⑨蹈沧洲⑩。
尧舜⑪等糠秕⑫，清浊⑬此分流。
良乐⑭今则无，骥骙⑮徒倚辀⑯。
默思老氏言⑰，绝学故无忧⑱。

注释：

①十洲：道教称大海中神仙居住的十处名山胜境。亦泛指仙境。《海内十洲
　记》："汉武帝既闻王母说八方巨海之中有祖洲、瀛洲、玄洲、炎洲、长
　洲、元洲、流洲、生洲、凤麟洲、聚窟洲。有此十洲，乃人迹所稀绝处。"
　唐·卢照邻《赠李荣道士》诗："风摇十洲影，日乱九江文。"

②排闼：推门。宋·王安石《书湖阴先生壁》："两山排闼送青来。"

③对峙：相对而立。北魏·郦道元《水经注·资水》："县左右二冈对峙。"
　唐·杨炯《浮沤赋》："排两足而分规，擘波心而对峙。"

④哀鸣：悲痛哀伤或凄厉的鸣叫。《文选·司马相如·上林赋》："獑胡豰蛫，
　栖息乎其间，长啸哀鸣，翩幡互经。"

⑤卢敖：晋·葛洪《神仙传》云："卢敖者，燕人也。秦时游北海，至于蒙
　谷之山，见若士焉，方迎风而舞，顾见敖曰：吾与汗漫期于九陔之上，不
　可久。乃竦身入云中。"

⑥汗漫：《神仙传》中"若士"游于"九陔之上"（即天之最高处）的仙人。

⑦阴阳：昼夜。《礼记·祭义》："日出于东，月生于西，阴阳长短，终始相巡。"

⑧丘墟：形容荒凉残破。南朝·宋·刘义庆《世说新语·轻诋》："遂使神州陆沉，百年丘墟，王夷甫诸人不得不任其责。"公元306年，司马越毒死晋惠帝，立晋怀帝，自己与清谈派首领"口中雌黄"的王衍把持朝政，结果政权被北方匈奴刘渊推翻。20多年后东晋明帝派桓温率军收复洛阳，桓温不胜感慨王衍等人使神州陆沉，繁华的洛阳变成一片废墟。

⑨何遽：亦作"何渠"。如何，怎么。《墨子·公孟》："子墨子曰：'虽子不得福，吾言何遽不善？而鬼神何遽不明？'"

⑩沧洲：滨水的地方。古时常用以称隐士的居处。三国·魏·阮籍《为郑冲劝晋王笺》："然后临沧洲而谢支伯，登箕山以揖许由。"

⑪尧舜：唐尧和虞舜的并称。远古部落联盟的首领。古史传说中的圣明君主。《易·系辞下》："黄帝尧舜，垂衣裳而天下治。"

⑫糠秕：谷皮和瘪谷。比喻粗劣而无价值之物。

⑬清浊：喻人事的优劣、善恶、高下等。《史记·吴太伯世家》："延陵季子之仁心，慕义无穷，见微而知清浊。"

⑭良乐：春秋时晋王良和秦伯乐的并称。王良善御马，伯乐善相马。汉·班固《答宾戏》："良乐轶能于相驭，乌获抗力于千钧。"

⑮骐骥：指良马。汉·王充《论衡·案书》："故马效千里，不必骐骥；人期贤知，不必孔墨。"

⑯倚辀：指马靠着车辕停步不前。《文选·张衡〈思玄赋〉》："魂眷眷而屡顾兮，马倚辀而裵佪。"旧注："辀，车辕也。"晋·刘琨《答卢谌书》："昔骐骥倚辀于吴坂，鸣于良乐，知与不知也。"

⑰老氏：指老子。汉·张衡《东京赋》："思仲尼之克己，履老氏之常足。"

⑱绝学故无忧：《老子》第二十章："绝学无忧。"指与文化学问断绝，才能免忧患。

浅解：

阮诗往往摆脱不了诗人心里丝丝的忧愁，那是在诗人所处的时代的一种反映，诗人承认阴阳变化，任何事情都有始有终，自己要追求自己的理想，而不应与"驽骏同一辀"，去贪图名利而忘却自己的追求，体现阮籍淡泊名利，坚持己见的崇高人格。饶诗表达了对阮籍的同情，对其所处的时代理想的难以实现表达了无奈之情，对于王良、伯乐无存的时代，作为"良马"的仁人志士也只能默默的淹没在历史的长河之中，按老子的观点，如果弃绝学问，就不会有忧患和烦恼了。

全诗简译："犹如观看画中的山海那样，映入眼中的是像仙境般的胜境。推开门只见两排青山，相对而立犹如抗衡的两个仇敌。中间隔着一条河流，鸟儿在树上哀鸣似乎有所求索。世上已经没有卢敖，但仍然期待与汗漫的同游。日月交替着出没，昼夜的更替反映着盛衰消长。中原百年来成为一片废墟，王衍等人摆脱不了他们的罪责，中原事未了怎么能隐居此山林。是像尧舜一样的圣人还是糠秕无价值之辈，善恶、高下从他们的所作所为辨别。王良、伯乐之辈今已无存，良马也只能默默靠着车辕而没有被相中。默思老子教导我们的言行，绝学所以能无忧。"

附：阮籍咏怀诗第二十八首

若花耀四海，扶桑翳瀛洲。
日月经天涂，明暗不相仇。
穷达自有常，得失又何求。
岂效路上童，携手共遨游。
阴阳有变化，谁云沉不浮。
朱鳖跃飞泉，夜飞过吴洲。
俛仰运天地，再抚四海流。
系累名利场，驽骏同一辀。
岂若遗耳目，升遐去殷忧。

第二十九首

对花作长揖①，心共春风颠。
搔首②偶弄琴，未敢以问天③。
纸花④冷⑤于人，依依⑥希见怜⑦。
花诚⑧可乱真，不必问媸妍⑨。
此中饶真意⑩，烧烛⑪照无眠。
置身外是非，聊尽养生年⑫。

注释：

①作揖：行礼形式。两手抱拳高抬，身体略弯，两脚并放，以示敬意。
②搔首：以手搔头。焦急或有所思貌。《诗·邶风·静女》："爱而不见，搔首踟蹰。"
③问天：谓心有委屈而诉问于天。汉·王逸《〈楚辞·天问〉序》："《天问》者，屈原之所作也。何不言问天？天尊不可问，故日天问也。"
④纸花：指画中的花朵。
⑤冷：寂静，不热闹。
⑥依依：依稀貌；隐约貌。晋·陶潜《归园田居》："暧暧远人村，依依墟里烟。"
⑦见怜：被爱怜。《西游记》第六四回："十八公道：'杏仙尽有仰高之情，圣僧岂可无俯就之意？如不见怜，是不知趣了也。'"
⑧诚：确实，的确。《楚辞·九歌·国殇》："诚既勇兮又以武。"
⑨媸妍：美丑。唐·张彦远《法书要录·梁中书侍郎虞龢论书表》："题勒美恶，指示媸妍。点画之情，昭若发蒙。"
⑩真意：自然的意趣。晋·陶潜《饮酒》："此中有真意，欲辩已忘言。"

⑪烧烛：宋·苏轼《海棠》诗："只恐深夜花睡去，故烧高烛照红妆。"

⑫生年：活着的时候。北周·庾信《周柱国大将军长孙俭神道碑》："杜镇南之作牧，当世树碑；窦车骑之临戎，生年刻石。"

浅解：

阮诗中，阮公身为魏国故臣，面对旧都思绪万千，又不能直抒其臆，因此，借用神话来讽刺为政者穷奢极侈，不得长久的感慨。诗中神话与生活交相错杂，似真似幻，极尽隐晦之能事。饶诗则更为写意随心，把作画中的情态娓娓道来。其中，对花"作揖"与心共春风"颠"，写出诗人的痴与真。把弹琴，画画，看画的生活场景写得极为自然传神。于是"聊尽养生年"之"聊"字，将诗人的淡定豁然呈现得淋漓尽致，依稀让人看到，诗人在画完画后怡然自乐的情境。

全诗简译："时常对花作揖，心里和春风一样疯癫。抚琴弹奏来缓解心中的焦虑，心有委屈而不敢诉问于天。画中的花朵不知人情温暖，却被人所爱怜。画中的花朵确实可以乱真，无论美与丑。此中富含自然的意趣，燃烧蜡烛伴随我的无眠之夜。置是非于身外，无拘无束度过我的有生之年。"

附：阮籍咏怀诗第二十九首

昔余游大梁，登于黄华颠。
共工宅玄冥，高台造青天。
幽荒邈悠悠，凄怆怀所怜。
所怜者谁子，明察自照妍。
应龙沉冀州，妖女不得眠。
肆侈陵世俗，岂云永厥年。

第三十首

日月去不息①，浮云终日行。
云水②各异态，往往不知名。
无名天地初③，畴④能识物情。
云水终不言，报以万壑⑤声。
此水合天地，一往归苍冥⑥。
仙人蜃楼⑦居，其下郁佳城⑧。
日月之所照，百卉复滋荣⑨。
荣枯⑩理则常，譬如影随形。
且看水穷处，又拥晚云生⑪。

注释：

①不息：不停止。《易·乾》："天行健，君子以自强不息。"马王堆汉墓帛书
　《经法·国次》："天地无私，四时不息。"

②云水：云与水。唐·杜甫《题郑十八著作丈故居》诗："台州地阔海冥冥，
　云水长和岛屿青。"

③无名天地初：道家称天地未形成时的状态为"无名"。《老子》："无名天地
　之始，有名万物之母。"王弼注："凡有皆始于无，故未形无名之时，则为
　万物之始。"

④畴：谁。《书·说命上》："后克圣，臣不命其承，畴敢不祗若王之休命？"

⑤万壑：形容山峦绵延起伏，高低重叠。唐·杜甫《咏怀古迹五首》诗：
　"群山万壑赴荆门，生长明妃尚有村。"

⑥苍冥：苍天。北周·庾信《贺平邺都表》："然后命东后，诏苍冥。"

⑦蜃楼：古人谓蜃气变幻成的楼阁。宋·陈允平《渡江云·三潭印月》词：

"烟沉雾回，怪蜃楼飞入清虚。秋夜长，一轮蟾素，渐渐出云衢。"

⑧佳城：指墓地。《西京杂记》："滕公驾至东都门，马鸣踬不肯前，以足跑地久之。滕公使士卒掘马所跑地，入三尺所，得石椁。滕公以烛照之，有铭焉……曰：'佳城郁郁，三千年见白日。吁嗟滕公居此室！'滕公曰："嗟乎天也！吾死其即安此乎？'死遂葬焉。"

⑨滋荣：生长繁茂。汉·张衡《归田赋》："于是仲春令月，时和气清，原隰郁茂，百草滋荣。"

⑩荣枯：草木茂盛与枯萎。唐·温庭筠《题端正树》诗："草木荣枯似人事，绿阴寂寞汉陵秋。"

⑪且看水穷处，又拥晚云生。此二句化自唐·王维《终南别业》诗："行到水穷处，坐看云起时。"

浅解：

阮诗借与友人寄言来表达自己的境地，对时局已经无法扭转表达自己的看法，"繁华不再荣"体现自己从容就义，义不再荣的观点，与友生分享自己的忧伤。

饶诗多是对自然界变化莫可名状的描写，认为人世兴衰、百草荣枯是人之常情、物之常理，我们只能从容面对。

全诗简译："日月永不停息，空中的浮云终日飘行。云和水在自然界中表现出各种状态，往往莫可名状。当天地初始处于无名的状态下，又有谁能识得各类物象的情状。云水始终不会言语，而用群山万壑的声音来回报。仙人居住在充满蜃气的楼阁中，底下都是世人郁郁的坟墓。日月所能照射到的地方，百草千花生长繁茂。草木茂盛与枯萎，譬如影随形一般的是大自然的常理。且看水流到尽头处，又和天边的晚霞相拥而生。"

附：阮籍咏怀诗第三十首

驱车出门去，意欲远征行。

征行安所如，背弃夸与名。

夸名不在己，但愿适中情。

单帷蔽皎日，高树隔微声。
谗邪使交疏，浮云令昼冥。
嬿婉同衣裳，一顾倾人城。
从容在一时，繁华不再荣。
晨朝奄复暮，不见所欢形。
黄鸟东南飞，寄言谢友生。

第三十一首

昔年荆棘①处，平地起楼台。
芜秽②一以治，峻宇③何壮哉。
民生④诚多艰，谁为辟蒿莱⑤。
不见踏潮儿⑥，赤足⑦暮归来。
海上苦多风，卷屋作飞埃。
灌莽⑧短墙⑨颓，犹可辨劫灰⑩。

注释：

①荆棘：泛指山野丛生多刺的灌木。《老子》："师之所处，荆棘生焉。"

②芜秽：荒芜。谓田地不整治而杂草丛生。《楚辞·离骚》："虽萎绝其亦何伤兮，哀众芳之芜秽。"

③峻宇：高大的屋宇。南朝·齐·王融《法乐辞》诗之十一："峻宇临层穹，茗茗疏远风。"

④民生：民众的生计、生活。《左传·宣公十二年》："民生在勤，勤则不匮。"

⑤蒿莱：野草；杂草。《韩诗外传》卷一："原宪居鲁，环堵之室，茨以蒿莱。"

⑥踏潮儿：踏潮儿即弄潮儿，指朝夕与潮水周旋的水手。

⑦赤足：光脚，不着鞋袜。唐·韩愈《山石》诗："当流赤足蹋涧石，水声激激风吹衣。"

⑧灌莽：丛生的草木。《文选·鲍照〈芜城赋〉》："灌莽杳而无际，丛薄纷其相依。"

⑨短墙：矮墙。《左传·襄公二十五年》："吴子门焉，牛臣隐于短墙以射之，

卒。"

⑩劫灰：本谓劫火的余灰。南朝·梁·慧皎《高僧传·译经上·竺法兰》："昔汉武穿昆明池底，得黑灰，问东方朔。朔云：'不知，可问西域胡人。'后法兰既至，众人追以问之，兰云：'世界终尽，劫火洞烧，此灰是也。'"后因谓战乱或大火毁坏后的残迹或灰烬。

浅解：

　　阮诗借古喻今，明帝末年歌舞荒淫，不亲贤人，崇尚武力，在外树敌无数，在内奸臣当道，必致亡国，以历史史实来谏今，反映了阮籍忧国忧民的思想。

　　饶诗反映了民众为社会创造财富的艰难困苦，"哀民生之多艰"，表达了对为自己的人生而奋斗的人们的赞扬和同情，赞扬他们的持之以恒，同情他们的无助。亦是对自身在奋斗的种种磨练和艰难的感叹。

　　全诗简译："多年前的山野是长满多刺灌木的地方，如今平地而起建成了许多楼台。荒芜的田地经过整治，高大的屋宇多么壮观啊。民众的生计艰难困苦，谁能为他们在生活的面前披荆斩棘。谁没有看见那些踏潮奔波的人们，赤足在暮色中归来的疲惫样子。住在海边狂风多，狂风能卷起屋宇化作飞埃。昔日的矮墙边草木丛生尽显颓废状，犹可辨认灾难毁坏后的残迹。"

附：阮籍咏怀诗第三十一首

驾言发魏都，南向望吹台。
箫管有遗音，梁王安在哉。
战士食糟糠，贤者处蒿莱。
歌舞曲未终，秦兵已复来。
夹林非吾有，朱宫生尘埃。
军败华阳下，身竟为土灰。

第三十二首

我心静如水，朗可澈九幽①。
林木何窅冥②，严冬宛如秋。
我亦有卮言③，时时杂谬悠④。
洗心⑤问此水，何故出山流⑥。
山畔暮云生，苍茫⑦挟海浮。
泽风⑧中夜⑨起，凛乎不可留。
山海⑩诚壮观，想像凌虚⑪游。
何处觅子春，入海挈扁舟⑫。

注释：

①九幽：极深暗的地方，指地下。南朝·宋·谢庄《为朝臣与雍州刺史袁顗书》："德洞九幽，功贯三曜。"

②窅冥：幽暗貌。汉·陆贾《新语·资质》："夫楩柟豫章……仆于嵬崔之山，顿于窅冥之溪。"

③卮言：自然随意之言。一说为支离破碎之言。语出《庄子·寓言》："卮言日出，和以天倪。"后人亦常用为对自己著作的谦词，如《艺苑卮言》、《经学卮言》。

④谬悠：虚空悠远。引申为荒诞无稽。《庄子·天下》："庄周闻其风而悦之，以谬悠之说，荒唐之言，无端崖之辞，时恣纵而不傥，不以奇见之也。"

⑤洗心：洗涤心胸。比喻除去恶念或杂念。《易·系辞上》："圣人以此洗心。"

⑥出山流：用唐·杜甫《佳人》诗："在山泉水清，出山泉水浊。"句意。

⑦苍茫：广阔无边的样子。晋·潘岳《哀永逝文》："视天日兮苍茫，面邑里

分萧散。"

⑧泽风：谓下雨刮风。《文选·谢庄〈月赋〉》："顺辰通烛，从星泽风。"

⑨中夜：半夜。《书·同命》："怵惕惟厉，中夜以兴，思免厥愆。"

⑩山海：山与海。《史记·列传第四十六·吴王濞》："吴王……能薄赋敛，使其众，以擅山海利。"

⑪凌虚：升于空际。三国·魏·曹植《七启》："华阁缘云，飞陛凌虚，俯眺流星，仰观八隅。"

⑫清·蒋文勋《二香琴谱》："伯牙学琴于成连先生，三年而不成。成连云：'我师方子春在东海中，能移人情。'乃与俱至海上，成连刺船而去，旬时不返。伯牙延望无人，但闻海水汹涌，林岫杳冥，萃鸟啁啾。悄然而悲曰：'先生移我情哉！'援琴而作水仙之曲，遂为天下妙。"

浅解：

阮诗表现了阮籍的处世观点，"去者余不及，来者吾不留。"表明了他不为魏死，耻为晋生的观点，倒不如"去此若俯仰"，"上与松子游"更加潇洒。

饶诗表达了在俗世纷扰中，要始终保持心如止水，灵光自照，并谦言其著述皆是应事应世之作。而俗世难免有"泽风中夜起，凛乎不可留"之类的困顿。诗人真正的愿望，是要壮观山海，凌虚遨游，入海去寻找方子春，同鼓一曲知音之琴。

全诗简译："我的心静如水，明朗犹可洞澈九幽。山林树木多么幽暗，严冬季节宛如秋天。我亦有卮言，时时夹杂着荒诞无稽的想法。除去杂念问此水，为何要出此山而流去。山边上暮云油然而生，好像挟持着海洋漂浮在广阔无际的天空中。半夜中细雨夹杂着寒风下了起来，寒风凛冽让人不想多停留一会。大自然的山川河海的确壮观，我想象着在天空遨游。何处去找能移我情的方子春，且驾一叶扁舟入海寻觅。"

附：阮籍咏怀诗第三十二首

朝阳不再盛，白日忽西幽。
去此若俯仰，如何似九秋。
人生若尘露，天道邈悠悠。

齐景升丘山，涕泗纷交流。
孔圣临长川，惜逝忽若浮。
去者余不及，来者吾不留。
愿登太华山，上与松子游。
渔父知世患，乘流泛轻舟。

第三十三首

举杯送昨日，昨日又今朝。

旦暮①相乘除，如薰之自消。

仰首见飞鸢②，天外若相招③。

波涛催人老，昼夜苦不饶。

营魄④果能离，高举⑤随风飘。

人生终长勤，念之使心焦。

注释：

①旦暮：朝夕。谓整日。《国语·齐语》："旦暮从事，施于四方。"

②飞鸢：飞翔的鸢。《后汉书·马援传》："仰视飞鸢砧砧堕水中。"

③相招：邀请。唐·岑参《雪后与群公过慈恩寺》诗："乘兴忽相招，僧房
　暮与朝。"

④营魄：魂魄。《老子》："载营魄抱一，能无离乎？"

⑤高举：高飞。《楚辞·九辩》："凫雁皆唼夫梁藻兮，凤愈飘翔而高举。"

浅解：

　　阮诗中透露了他少年颜改之叹，终身履冰之思，对于追求无法实现，而
日复一日，年复一年的"心焦"使其深感无助和苦闷。

　　饶诗亦表达了其焦急的心情，对岁月不相饶，人生终艰勤的无奈而产生
的焦虑，"营魄果能离，高举随风飘。"表达了对生命永恒的渴望，这种对永
恒的追求并不是一种向往之情，更多的是表达对人生苦短的一种宣泄。

　　全诗简译："举杯送掉逝去的昨日，昨日逝去又迎来今朝。朝夕相乘除，
晨曦之易夕，像被火薰烤后而能自消。仰起头望着天空中飞翔的鸟儿，似乎

邀请我一起遨游天外。波涛催人老去，昼夜交替岁月不相饶。魂魄如果真的能够脱离身体，我希望能高举随风飘扬。感慨人生艰勤，念之使人心焦。"

附：阮籍咏怀诗第三十三首

一日复一夕，一夕复一朝。
颜色改平常，精神自损消。
胸中怀汤火，变化故相招。
万事无穷极，知谋苦不饶。
但恐须臾间，魂气随风飘。
终身履薄冰，谁知我心焦。

第三十四首

楼馆临远路①，旭日②丽霜晨③。

江湖④几钓竿，初不属隐沦⑤。

来游沧桑⑥外，罕逢尘外⑦人。

车马低去来，旧辙⑧隐悲辛⑨。

独立数梅花，颇得静者⑩真。

何必陟峰头，散为千亿身⑪。

斗室⑫足自宽，四海许为邻。

注释：

①远路：遥远的道路。《韩非子·大体》："心无结怨，口无烦言。故车马不疲弊于远路，旌旗不乱于大泽。"

②旭日：初升的太阳。《诗·邶风·匏有苦叶》："雝雝鸣雁，旭日始旦。"

③霜晨：结霜的早晨。唐·李华《吊古战场文》："蓬断草枯，凛若霜晨。"

④江湖：江河湖海。《庄子·大宗师》："泉涸，鱼相与处于陆，相呴以湿，相濡以沫，不如相忘于江湖。"

⑤隐沦：指隐者。唐·杜甫《奉赠韦左丞丈二十二韵》诗："此意竟萧条，行歌非隐沦。"

⑥沧桑："沧海桑田"的略语。明·汤显祖《牡丹亭·缮备》："乍想起琼花当年吹暗香，几点新亭，无限沧桑。"此指世俗人事。

⑦尘外：犹言世外。汉·张衡《思玄赋》："游尘外而瞥天兮，据冥翳而哀鸣。"

⑧旧辙：已往车马走过的痕迹。泛指走过的人生道路。

⑨悲辛：悲伤辛酸。唐·杜甫《奉赠韦左丞丈二十二韵》诗："残杯与冷炙，

到处潜悲辛。"

⑩静者：深得清静之道、超然恬静的人。《吕氏春秋·审分》："得道者必静，
　静者无知。"

⑪千亿身：唐·柳宗元《与浩初上人同看山寄京华亲故》诗："若为化作身
　千亿，散向峰头望故乡。"

⑫斗室：狭小的房间。《明史·儒林传二·邓以赞》："父闵其勤学，尝扃之
　斗室。"

浅解：

　　阮诗反映了自己不得时甘于"龙蛇我邻"的人生观点，在保持自己的高
风亮节的同时还要懂得能屈能伸的大丈夫气概，能够明哲保身，亦表现出自
己不能得时有所作为的痛苦之情。

　　饶诗更多的是表达了自己对归隐山林的向往之情，先生能够在如此的凡
世之中按捺住寂寞，"斗室足自宽"！陶公若在，必笑而颔之。

　　全诗简译："楼馆靠近漫长通往遥远地方的道路，初升的太阳让结霜的
早晨更加美丽。江湖上那些垂钓的人，只有几个是真的隐者。我来到这与世
隔绝的沧桑外，罕与世外的人相逢。道路上车水马龙，每一段走过的人生道
路都隐藏着悲伤辛酸。几束傲雪梅花独立于远处，颇得隐者的本性。何必登
上山峰顶头，散作千亿身逐个峰头皆到达去遥望故乡。狭小的房间一个人已
足够宽敞，四海皆为我的邻居。"

附：阮籍咏怀诗第三十四首

一日复一朝，一昏复一晨。
容色改平常，精神自飘沦。
临觞多哀楚，思我故时人。
对酒不能言，凄怆怀酸辛。
愿耕东皋阳，谁与守其真。
愁苦在一时，高行伤微身。
曲直何所为，龙蛇为我邻。

第三十五首

住山意良寂，避地①尚未遑②。
小坐看雨歇，晞发③沐朝阳。
揭日岂无心，只恐不成光。
少小多慷慨，济川④欲为梁。
临老登高丘，昆仑⑤忽在旁。
好日终恋山，山外茁奇芳。
采采⑥且在兹，无用高驰⑦翔。

注释：

①避地：犹言避世隐居。《后汉书·郅恽传》："〔郅恽〕后坐事左转芒长，
又免归，避地教授，著书八篇。"

②未遑：没有时间顾及；来不及。汉·扬雄《羽猎赋》："立君臣之节，崇贤
圣之业。未遑苑囿之丽、游猎之靡也。"

③晞发：晒发使干。常指高洁脱俗的行为。《楚辞·九歌·少司命》："与女
沐兮咸池，晞女发兮阳之阿。"

④济川：犹渡河。语出《书·说命上》："爰立作相，王置诸其左右。命之
曰：'朝夕纳诲，以辅台德。若金，用汝作砺；若济巨川，用汝作舟楫。'"
后多以"济川"比喻辅佐帝王。

⑤昆仑：昆仑山。在新疆西藏之间，西接帕米尔高原，东延入青海境内，势
极高峻，多雪峰、冰川，最高峰达7719米。古代神话传说昆仑山上有瑶
池、阆苑、增城、悬圃等仙境。《庄子·天地》："黄帝游乎赤水之北，登
乎昆仑之丘。"

⑥采采：茂盛，众多貌。《诗·秦风·蒹葭》："蒹葭采采，白露未已。"

⑦高驰：向高处远处飞驰。《楚辞·离骚》："抑志而弭节兮，神高驰之邈邈。"

浅解：

　　阮诗表达了诗人在世务缤纷、人道不遑的情况下将个人情感寄托于玄学游仙之中，委之乌足争，消极避世的无奈之举。

　　饶诗则表现对避世隐居的向往之情，以及自己来不及避世的无奈，在此境况之下，空发感慨，不如尽情地享受偶居山中的闲情逸致，无须再刻意追求的坦然之情。

　　全诗简译："居住在山中使人心意沉寂平静，避世隐居我已经来不及。稍坐看着细雨初歇的景色，晒发沐浴着朝阳。岂是没有心思拨云揭日，只是恐怕没法达到目的。年少时情绪激昂，有着辅佐帝王平天下为国之栋梁的远大目标。年老时登上高山，昆仑山忽然出现在身旁。闲暇的日子始终让我对山中的美景念念不忘，山外青山茁壮成长着奇花异草。各种美好的东西皆可在此处找到，无须再向高处飞驰翱翔。"

附：阮籍咏怀诗第三十五首

世务何缤纷，人道苦不遑。
壮年以时逝，朝露待太阳。
愿揽羲和辔，白日不移光。
天阶路殊绝，云汉邈无梁。
濯发旸谷滨，远游昆岳傍。
登彼列仙岨，采此秋兰芳。
时路乌足争，太极可翱翔。

第三十六首

塑胶以为竹，翳荟①竟丛生。
于兹观物化②，岂独论其形。
与可③见却步④，掷笔走青冥⑤。
青冥对朝昏⑥，可以移我情⑦。

注释：

①翳荟：指丛密的杂草。唐·白居易《养竹记》："乃芟翳荟，除粪壤。疏其
　间，封其下，不终日而毕。"
②物化：事物的变化。《庄子·齐物论》："昔者庄周梦为胡蝶，栩栩然胡蝶
　也；自喻适志与！不知周也。俄然觉，则蘧蘧然周也。不知周之梦为胡蝶
　与，胡蝶之梦为周与？周与胡蝶，则必有分矣。此之谓物化。"
③与可：文同，字与可。北宋画家，擅画竹。宋·苏轼《文与可画筼筜谷偃
　竹记》："故画竹，必先得成竹于胸中，执笔熟视，乃见其所欲画者，急起
　从之，振笔直遂，以追其所见，如兔起鹘落，少纵则逝矣。"
④却步：却行；后退。《孔子家语·儒行解》："是犹却步而欲求及前人，不
　可得已。"
⑤青冥：形容青苍幽远。指山岭。唐·施肩吾《瀑布》诗："豁开青冥颠，
　写出万丈泉。"
⑥朝昏：早晨和黄昏。南朝·宋·谢灵运《入彭蠡湖口》诗："千念集日夜，
　万感盈朝昏。"
⑦移我情：详见《和阮公咏怀诗》第三十二首注⑪。

浅解：

　　"慰情"和"移情"形象的反映了两位诗人不同的心境，"慰"字展现了

阮公的无奈，"移"字表现了饶公的闲情雅致。从中可以透露出两位诗人的内心变化和追求。

全诗简译："以塑胶做的竹子，看起来十分茂盛。观看事物的变化，岂是单独看其外形。画竹名家文与可也望而却步，不如掷笔归往山岭。与山朝夕相伴，可以使我移情。"

附：阮籍咏怀诗第三十六首

谁言万事难，逍遥可终生。

临堂翳华树，悠悠念无形。

彷徨思亲友，倏忽复至冥。

寄言东飞鸟，可用慰我情。

第三十七首

出门无所见，飞雨①湿轻埃②。
山色何③青青，扶船送我来。
雨过云成泥④，幽意⑤已难排⑥。
云归谷复封，归路安在哉。

注释：

①飞雨：飞飘的雨。南朝·齐·谢朓《观朝雨》诗："朔风吹飞雨，萧条江上来。"

②轻埃：南朝·齐·谢朓《观朝雨》诗："空蒙如薄雾，散漫似轻埃。"

③何：副词，多么。表示感叹。《汉书·东方朔传》："朔来！朔来！受赐不待诏，何无礼也！拔剑割肉，一何壮也！"

④云泥：语出《后汉书·逸民传·矫慎》："（吴苍）遗书以观其志曰：'仲彦足下，勤处隐约，虽乘云行泥，栖宿不同，每有西风，何尝不叹！'"云在天，泥在地。后因用"云泥"比喻两物相去甚远，差异很大。

⑤幽意：幽闲的情趣。唐·方干·《詹碏山居》诗："无人会幽意，来往在烟霞。"此处既言山色，也言内心。

⑥排：排解；消除。南唐·李煜《浪淘沙》诗："往事只堪哀，对景难排。"

浅解：

　　两诗皆以雨中景象入诗。阮诗以雨中等人人不来，于是感慨人情淡薄，辛酸哀伤却无人可诉来咏怀。饶诗则更多写雨后的快慰情景。山色青青，竟扶船送我，山之情何盛哉！云泥本殊途，而在诗人眼底，云却在雨后成泥，于是，走在山路上，竟如踩在云里。此情此景，山之幽意，心中的幽意，是怎么也排去不了的。于是，回首之间，只见云锁山谷，不知归路何在。苏轼道："味摩诘之诗，诗中有画，观摩诘之画，画中有诗。"今从饶诗看来，亦在此境。画在诗中，而情亦在诗中。其境，与苏轼"回首向来萧瑟处，归去，也无风雨也无晴。"当在伯仲间。

全诗简译："出门什么也没看见，飘飞的细雨淋湿着灰尘。山色何等的青翠，仿佛搀扶着船送我回来。雨过天晴后浮云犹如踩在我脚下的泥土，幽闲的情趣已经难以在我脑中消除。只见浮云封锁了山谷，不知归路何在。"

附：阮籍咏怀诗第三十七首

嘉时在今辰，零雨洒尘埃。
临路望所思，日夕复不来。
人情有感慨，荡漾焉能排。
挥涕怀哀伤，辛酸谁语哉。

第三十八首

入山①意不平，怒石激洄濑②。
源头尽活水③，滚滚自天外。
画地④聚成村，截江作襟带⑤。
山上有悬泉⑥，朝汲亦足赖⑦。
当年缠寇盗⑧，巢穴⑨久为害。
化险在吾侪⑩，保世日滋大。

（长洲有张保仔洞。）

注释：

①入山：进入山里。《史记·外戚世家》："少君年四五岁时，家贫……为其主人入山作炭。"亦指隐居。

②洄濑：洄，水回旋而流。濑，从沙石上流过的水。明·屠隆《夜宿天游峰》诗："驾言游名山，轻舠溯洄濑。"

③活水：有源头常流动的水。宋·朱熹《观书有感》诗："问渠那得清如许，为有源头活水来。"

④画地：在地上画界线。《孙子·虚实》："我不欲战，画地而守之，敌不得与我战者，乖其所之也。"

⑤襟带：代称防卫之事。汉·蔡邕《故太尉乔公庙碑》："循王悝，桓帝同产，以怀逆谋，黜封瘿陶王。以公长于襟带，拜钜鹿太守。悝畏怖明宪，检于静息。"

⑥悬泉：瀑布。唐·张九龄《入庐山仰望瀑布水》诗："绝顶有悬泉，喧喧出烟杪。"

⑦足赖：足以依赖。三国·魏·阮籍《咏怀》："膏火自煎熬，多财为患害。布衣可终身，宠禄岂足赖。"

⑧寇盗：张保仔洞传说是著名海盗张保仔收藏宝物的一个山洞。

⑨巢穴：敌人或盗贼盘踞之地。明·张居正《答殷石汀计剿海寇书》："林贼既失巢穴，漂泊海上，必不能久，宜与闽中约会图之。"

⑩吾侪：我辈。《左传·宣公十一年》："吾侪小人，所谓取诸其怀而与之也。"

浅解：

阮诗有屈子远游之意，表达自己不与"雄杰士"等功名之辈为伍的想法。饶诗是对香港长洲地区的境况和发展的描写，赞扬长洲地区的发展和壮大，从寇盗聚集的地方变为百姓安居乐业的福地，歌颂开天辟地创造辉煌的长洲百姓，全诗表达了积极进取的乐观精神。

全诗简译："进入山里心里开始兴奋不平，怒石阻挡着水流的前进。山泉从源头流出来，滚滚的流向遥远之地。规划地区聚集成村落，截取江流以备防卫之需。山上有瀑布，早晨汲取足以维持一天的水量。当年这里是聚集寇盗的地方，盘踞此地为害已久。将此地化险为夷的是吾辈，维护我们家园生生不息世代相传的信念越来越强大。"

附：阮籍咏怀诗第三十八首

炎光延万里，洪川荡湍濑。
弯弓挂扶桑，长剑倚天外。
泰山成砥砺，黄河为裳带。
视彼庄周子，荣枯何足赖。
捐身弃中野，乌鸢作患害。
岂若雄杰士，功名从此大。

第三十九首

原野入寥廓①，白日尚荒荒②。
翛然③寓无竟④，年义两俱忘。
楼外俯微波⑤，浴日弄晶光⑥。
中有古波澜，无风亦自扬。
泠泠⑦心上弦，拂之未终场。
戛然⑧一念止，其声郁弥彰⑨。
无住⑩以生心⑪，其理自寻常。

注释：

①寥廓：冷清；冷落。汉·陆贾《新语·慎微》："当世不蒙其功，后代不见其才，君倾而不扶，国危而不持，寂寞而无邻，寥廓而独寐，可谓避世，非谓怀道者也。"

②荒荒：萧条；冷落。明·方孝孺《祭童伯礼》："荒荒我里，士习日陋。谁能易之？力不能救。"

③翛然：无拘无束貌；超脱貌。《庄子·大宗师》："翛然而往，翛然而来而已矣。"

④无竟：没有穷尽；没有边际。晋·郭璞《〈山海经〉图赞·不死国》："禀此遐龄，悠悠无竟。"

⑤微波：微小的波浪。汉·刘向《新序·杂事二》："引纤缴，扬微波，折清风而殒。"

⑥晶光：光亮。唐·岑参《至大梁却寄匡城主人》诗："四郊阴气闭，万里无晶光。"

⑦泠泠：形容声音清越、悠扬。晋·陆机《招隐诗》之二："山溜何泠泠，

飞泉漱鸣玉。"

⑧戛然：指事情突然中止。清·黄轩祖《游梁琐记·裕州刀匪》："但见香烟袅篆，花朵摇荡，戛然曲终。"

⑨弥彰：更加明显。

⑩无住：佛教语。实相之异名。谓法无自性，无所住着，随缘而起。佛教称"无住"为万有之本。唐·张说《杂诗》之四："悟灭心非尽，求虚见后生。应将无住法，修到不成名。"

⑪生心：出自内心；产生于心中。《韩非子·解老》："仁者，谓其中心欣然爱人也。其喜人之有福，而恶人之有祸也。生心之所不能已也，非求其报也。"《金刚经》："应无所住，而生其心。"

浅解：

　　阮诗表现了诗人对气节的追求，"故有常"，《汉书·律历志》："铜为物之至精，不为燥湿寒暑变其节，不为风雨暴露改其形。"这就是阮籍所追求的气节，历来对此诗评价甚高，方东树曰："原本九歌国殇词旨，雄杰壮阔，可和子健白马篇同诵，皆有为言之，此等语古人已造极致。"表现了阮籍对"壮士"气节的赞赏。

　　饶诗表达了对人内心的思绪的变化以及外界对其影响的神奇之感，在作品中体现了中华传统文化的主体"天人合一"的哲学思想以及它们相辅相成所产生的奥妙感觉。

　　全诗简译："原野广阔而冷清，白天都如此的萧条。这种无拘无束没有穷尽，让人年义两相忘。楼外俯瞰微波的拍打，和煦的阳光让一切都很明亮。中间有古波澜，没有风也自己扬起浪花。波涛声清越悠扬触动心弦，让人心绪产生而久久无法忘怀。突然一念定止，心声更为彰显。这是没有任何缘由而产生自内心的思绪，这种不由自主的思绪的产生也是常理之事啊。"

附：阮籍咏怀诗第三十九首

壮士何慷慨，志欲威八荒。

驱车远行役，受命念自忘。

良弓挟乌号，明甲有精光。

临难不顾生，身死魂飞扬。
岂为全躯士，效命争战场。
忠为百世荣，义使令名彰。
垂声谢后世，气节故有常。

第四十首

独树①垂垂②发，葳蕤③杂珠玑④。

晨以茹朝霞，暮以挂落晖。

天意怜幽草⑤，莫嗟此物微。

坐阅风尘⑥老，屡经雨露晞。

孤根⑦无所倚，曾不假风威。

根枝本同生，一莳更相违。

根自连九地⑧，枝乃高崔巍⑨。

屹立无人顾，周道⑩甚平夷⑪。

注释：

①独树：一株树；一根木。晋·陶潜《饮酒》诗之九："连林人不觉，独树
  众乃奇。"

②垂垂：渐渐。唐·杜甫《和裴迪登蜀州东亭送客逢早梅相忆见寄》诗：
  "江边一树垂垂发，朝夕催人自白头。"

③葳蕤：草木茂盛枝叶下垂貌。汉·东方朔《七谏·初放》："便娟之修竹
  兮，寄生乎江潭。上葳蕤而防露兮，下泠泠而来风。"

④珠玑：诗文中常以比喻晶莹似珠玉之物。宋·刘克庄《朝天子》词："宿
  雨频飘洒……终朝连夜，有珠玑鸣瓦。"

⑤唐·李商隐《晚晴》诗："天意怜幽草，人间重晚晴。"

⑥风尘：谓行旅辛苦劳顿。《艺文类聚》卷三二引汉·秦嘉《与妻书》："当
  涉远路，趋走风尘。"

⑦孤根：独生的根。谓孤独无依或孤独无依者。唐·张九龄《叙怀》诗：
  "孤根亦何赖？感激此为邻。"

⑧九地：犹言遍地，大地。宋·张元干《贺新郎·送胡邦衡待制赴新州》
　词："底事昆仑倾砥柱，九地黄流乱注。"

⑨崔巍：高峻，高大雄伟。《楚辞·东方朔〈七谏·初放〉》："高山崔巍兮，
　水流汤汤。"

⑩周道：大路。《诗·小雅·四牡》："四牡骓骓，周道倭迟。"

⑪平夷：平坦。《汉书·沟洫志》："孙禁所欲开者，在九河南笃马河，失水
　之迹，处势平夷，旱则淤绝，水则为败。"

浅解：

　　阮诗再次透露了其求仙之意，这是魏晋时期诗人的某种追求，亦是对现
实社会的不满和无奈的某种程度的逃避，诗中的最后两句"嗟哉尼父志，何
为居九夷"透露出诗人对孔子居九夷的不平，自己亦是不得已，透露出淡淡
的哀愁。

　　饶诗以路旁的独树来比兴，树根和树枝本是同生之物，可一但生长之
后，却往相反的方向发展。树根深扎大地，默默无闻，树枝高耸云霄，风光
无限。它们分别象征着人世的两类人。而饶公赞赏同情的是"孤根无所倚，
曾不假风威。"这些孤根就好比世间那些出生贫贱、默默无闻、无私贡献的
人们一样，他们不被人所认识，却一直坚守自己的岗位，贡献自己的力量，
与世无争，此诗亦可从侧面彰显饶公的人格魅力和追求的人生境界。

　　全诗简译："独树渐渐的开枝散叶，枝叶茂盛犹如珠玉一样美丽。清晨
朝霞漂浮其上，夜晚落晖悬挂其边。上天有意怜此幽草，不要嘲笑此物微
贱。它屹立此处体验过行旅者的辛苦劳顿，经常饱受雨露的洗刷。孤独无所
依靠，也不曾假借别人的威风。树根和枝叶本是同树生的，一旦成长却朝不
同的方向生长着。根部接连着大地，枝叶则往上高大雄伟的生长。大道如此
的平坦，屹立在路旁的孤树是没有人顾及的。"

附：阮籍咏怀诗第四十首

混元生两仪，四象运衡玑。
暾日布炎精，素月垂景辉。
晷度有昭回，哀哉人命微。

飘若风尘逝，忽若庆云晞。
修龄适余愿，光宠非己威。
安期步天路，松子与世违。
焉得凌霄翼，飘飖登云湄。
嗟哉尼父志，何为居九夷。

第四十一首

穷阴①驱急节②，积惨③不能舒。

山海沉雾迷，咫尺④失双凫⑤。

林际偶吐光，清晖已足虞。

阑干伴一霎⑥，宿鸟⑦忽冲虚⑧。

如盲初发矇，顷刻气候殊。

闲来无一事，斗韵⑨作清娱⑩。

新诗寄远人，神惬理复符。

久矣倦登临⑪，吾意自踟躇⑫。

注释：

①穷阴：指极其阴沉的天气。唐·李华《吊古战场文》："至若穷阴凝闭，凛
冽海隅，积雪没胫，坚冰在须。"

②急节：指急变的时令。南朝·宋·颜延之《祭屈原文》："日若先生，逢辰
之缺，温风怠时，飞霜急节。"

③积惨：犹积忧。《文选·刘琨〈答卢谌书〉》："排终身之积惨，求数刻之暂
欢。"

④咫尺：形容距离近。《左传·僖公九年》："天威不违颜咫尺。"

⑤双凫：两只野鸭。汉·扬雄《解嘲》："譬若江湖之崖，渤澥之岛，乘雁集
不为之多，双凫飞不为之少。"

⑥此句化自宋·姜夔《庆宫春》词："如今安在？惟有阑干，伴人一霎。"阑
干：即栏杆。一霎：谓时间极短。

⑦宿鸟：归巢栖息的鸟。唐·吴融《西陵夜居》诗："林风移宿鸟，池雨定
流萤。"

⑧冲虚：飞升上天。三国·魏·阮籍《咏怀诗》之四一："列仙停修龄，养志在冲虚。飘飘云日间，邈与世路殊。"

⑨斗韵：谓联句或赋诗填词时以险韵竞胜。清·陈廷焯《〈白雨斋词话〉自序》："慧拾孟韩，转相斗韵，失之六也。"

⑩清娱：清雅欢娱。唐·宋之问《洞庭湖》诗："永言洗氛浊，卒岁为清娱。"

⑪登临：登山临水。也指游览。语本《楚辞·九辩》："憭栗兮若在远行，登山临水兮送将归。"

⑫踌躇：从容自得。《庄子·外物》："圣人踌躇以兴事。"

浅解：

阮诗表达了世途逼窄，自己无用武之地，又认为荣名声色不足以打动他，服药神仙之事，又不真实，让他一时踌躇不知如何，反映了阮籍内心的矛盾和困顿，颇似屈子远游时心烦意乱的心态。

饶诗亦在表现诗人心中忧虑无法舒张的情状，然而诗人自能在困苦之中寻找到缓解自己忧愁的方法，赋诗填词，与友人的信件交流，都足以让他感到温馨从容，这种在逆境中的自我解忧、从容面对，历史上除却苏东坡之外，当今则尚有饶公也！

全诗简译："天渐阴沉时节急变，心中的忧愁无法舒张。山林中雾气沉积，距离近却看不清水鸟的踪影。树林中偶尔有阳光透过缝隙照射进来，晴朗的光辉已足够照亮这片树林。倚着栏杆，看一霎间鸟儿飞升上天。天色从暗淡到开始渐渐发亮，气候顷刻间开始变化。闲来无事可作，赋诗填词作为清雅的娱乐。新作诗歌寄予远方的朋友，回信自觉能神惬理符。早已厌倦了登山临水，我自能在此从容自得。"

附：阮籍咏怀诗第四十一首

天网弥四野，六翮掩不舒。
随波纷纶客，泛泛若浮凫。
生命无期度，朝夕有不虞。
列仙停修龄，养志在冲虚。
飘飖云日间，邈与世路殊。
荣名非己宝，声色焉足娱。
采药无旋返，神仙志不符。
逼此良可惑，令我久踌躇。

庭宇凛此我陶中叔津美真之意風摧
崇情患工世編宣城隨年終所貴

浮之金穆氣水清風
真意参省和院最以弟廿二首
選堂

長洲集和阮第の十二首

詩宰以潤費世詩乾英雄記希青澤已

高仕若比隆廿年遒遁性多遠歲吟融

窘與自此端乱心人大沖歷佳案

第四十二首

诗宁以涩贵，世论①孰英雄。
托喻②在清远③，高流④差比隆⑤。
甘平直通性，于道最为融。
寄兴自无端⑥，和之以太冲⑦。
人代⑧虽冥灭⑨，良朋⑩岂无戎⑪。
陶公⑫致淳美，真意⑬夙推崇。
陈思⑭工发端，宣城⑮蹑其终。
所贵得天全⑯，穆矣⑰如清风。

注释：

①世论：当时的舆论。《晋书·庾冰传》："兄亮以名德流训，冰以雅素垂风，诸弟相率莫不好礼，为世论所重。"

②托喻：谓借他物寄托要表明的意思。

③清远：清美，幽远。唐·钱起《过桐柏山》诗："赏心无定极，仙步亦清远。"

④高流：指上乘的作品。南朝·梁·钟嵘《诗品》卷中："然托喻清远，良有鉴裁，亦未失高流矣。"

⑤比隆：同等兴盛。《史记·刘敬叔孙通列传》："娄敬说曰：'陛下都洛阳，岂欲与周室比隆哉？'"

⑥无端：无心；无意。唐·韩愈《感春》诗之四："今者无端读书史，智慧只是劳精神。"

⑦太冲：谓极其虚静和谐的境界。《庄子·应帝王》："吾乡示之以太冲莫胜，是殆见吾衡气机也。"

⑧人代：人世。南朝·梁武帝《守护晋宋齐诸陵诏》："命世兴王，嗣贤传业，声称不朽，人代徂迁。"

⑨冥灭：佛教语。犹寂灭，涅槃。南朝·梁武帝《摩诃般若忏文》："诸佛以慈悲之力，开方便之门，教之以遣荡，示之以冥灭，百非俱弃，四句皆亡。"

⑩良朋：好友。《诗·小雅·常棣》："每有良朋，况也永叹。"唐·李商隐《漫成》诗之一："沈宋裁辞矜变律，王杨落笔得良朋。"

⑪无戎：没有相助的人。《诗·小雅·常棣》："每有良朋，烝也无戎。"毛传："戎，相也。"郑玄笺："犹无相助己者。"

⑫陶公：指晋·陶潜。诗歌以自然清淡为世人称赞。南朝·梁·萧统《十二月启·南吕八月》："既传苏子之书，更汎陶公之酌。"

⑬真意：自然的意趣。晋·陶潜《饮酒》诗："此中有真意，欲辨已忘言。"

⑭陈思：指陈思王曹植。南朝·梁·刘勰《文心雕龙·时序》："陈思以公子之豪，下笔琳琅；并体貌英逸，故俊才云蒸。"

⑮宣城：谢朓，南朝齐著名诗人，南齐明帝建武年间（公元 491 年—公元 496 年）任宣城太守。他"视事高斋，吟啸自若，而郡亦治"，为官清廉，劝民教士的惠绩较多，世称"谢宣城"。钟嵘对他评论，"善自发端，而末篇多踬"、有"意锐而才弱"的缺点。

⑯天全：谓天然浑成，无斧凿雕饰之迹。金·王若虚《滹南诗话》卷中："〔东坡〕集中，次韵者几三分之一，虽穷极伎巧，倾动一时，而害于天全多矣。"

⑰穆矣：淳和，温和。《诗·大雅·烝民》："吉甫作颂，穆如清风。"

浅解：

　　阮籍此诗，薛方曾评道："尧舜在上，下有巢繇，晋公九锡，嗣宗诗，元凯康哉美，伯阳隐西戎，春秋志畏而言谨，可谓兼之矣。"用这些例子，阮籍是在表现自己对他们能克终者的崇敬之情，"人谁不善始，勘能克厥终。"在盛世之中想一展宏图，是每个人愿望，然并不是每个人都能遇到如此的盛世，往往生不逢时，在不逢时而退隐山林田野，实非得已也，然真正想归隐而能坚持者，亦少矣！当今社会，能够坚持己见的亦鲜矣！这就是阮诗所要表达的内容。

　　饶公此诗重在抒发自己对诗歌创作的看法，认为好诗应该"寄兴自无端，和之以太冲。"而不应生涩难懂使人难以诵读，认为陶渊明其诗歌能为人所推崇，正是因为他能够达到自然醇美的境界，即使是曹植、谢朓的诗作，为人赞赏的亦是那些浑然天成毫无雕琢的好诗。

全诗简译："世人认为作诗宁可以生涩难懂为最好，而由世间的舆论来评定孰好孰坏。我则以为好的诗歌要借他物寄托自己的意愿才能达到清美幽远的境界，上乘的作品受欢迎都是有共同的原因。诗歌自然清淡直通本性，合乎本原的是最为融洽的。托物寄兴要自然不留雕琢痕迹，才能达到虚静和谐的境界。现实社会人世寂灭，朋友岂没有相互帮助。陶公的诗歌能够达到自然醇美的境界，其诗歌自然的意趣为诗人所推崇。曹植作诗极工起调，谢朓则末篇多踬。他们共同值得称赞的是他们的诗歌能够天然浑成，温和如沐清风。"

附：阮籍咏怀诗第四十二首

王业须良辅，建功俟英雄。
元凯康哉美，多士颂声隆。
阴阳有舛错，日月不当融。
天时有否泰，人事多盈冲。
园绮遯南岳，伯阳隐西戎。
保身念道真，宠耀焉足崇。
人谁不善始，尟能克厥终。
休哉上世士，万载垂清风。

第四十三首

寄情①极八荒②，栖迟③穷海裔④。
作诗行自念，论文或叹逝⑤。
深藏岂自珍⑥，奇想喻天际。
语及平生欢，感怆⑦辄难制。
骐骥等犬羊，谁与诵惜誓⑧。

注释：

①寄情：寄托感情。北齐·刘昼《新论·韬光》："托性于山林，寄情于物
　　外，非有求于人也。"

②八荒：八方荒远的地方。《关尹子·四符》："知夫此物如梦中物，随情所
　　见者，可以凝精作物，而驾八荒。"

③栖迟：漂泊失意。唐·李贺《致酒行》："零落栖迟一杯酒，主人奉觞客长
　　寿。"

④海裔：海边。常形容边远之地。《淮南子·原道训》："游于江浔海裔。"

⑤叹逝：晋·陆机有《叹逝文》。

⑥自珍：自爱；珍惜己体。《汉书·贾谊传》："袭九渊之神龙兮，沕渊潜以
　　自珍。"

⑦感怆：感慨悲伤。《东观汉记·丁鸿传》："鸿感怆，垂涕叹息，乃还就
　　国。"

⑧惜誓：《楚辞》篇名。作者不详，或谓汉·贾谊作。王逸注："《惜誓》
　　者，不知谁所作也。或曰贾谊，疑不能明也。惜者，哀也；誓者，信也，
　　约也。言哀惜怀王与己信约而复背之也。古者君臣将共为治，必以信誓相
　　约，然后言乃从而身以亲也。盖刺怀王有始而无终也。"亦借指遭谗见忌

的怨愤之作。

浅解：

　　阮诗的"乡曲士"为晋朝司马家族的代指，此暗指阮籍不与他们同流合污，携手共言誓，交托肺腑之言也，惟远逝可以避患的想法。

　　饶诗主要是在诗中寄托自己的感受，诗人吟诗作赋是为了在大自然中寄托自己的奇思妙想，而对此骐骥与犬羊同等对待时代中，诗人无法寻觅到知音而内心感到苦闷。

　　全诗简译："寄托情感遍及八方荒远之地，漂泊走遍边远的他方。作诗抒发自己的感想，论文叹息岁月的飞逝。深藏岂是为了自己珍惜，主要是在大自然这天际中寄托自己的奇思妙想。待到诗歌涉及自己平生的悲欢离合，感慨悲伤的情绪难以控制。在这个骐骥与犬羊同等对待的时代，我将同谁朗诵惜誓呢？"

附：阮籍咏怀诗第四十三首

鸿鹄相随飞，飞飞适荒裔。
双翮临长风，须臾万里逝。
朝餐琅玕实，夕宿丹山际。
抗身青云中，网罗孰能制。
岂与乡曲士，携手共言誓。

第四十四首

诗成须有神，神乖理无方①。
楚人咏灵修②，芳菲③袭满堂④。
天机⑤日月行，雕斫⑥徒自伤。
要如磁石⑦灵，吸引动三光⑧。
三复伊安篇⑨，聊此道其常。

（柏拉图对话，论诗须赖神力，诗人予人以灵感，有如磁石互相吸引，传递于无穷。磁石有灵魂说，似肇于泰利士，见亚氏论灵魂篇。）

注释：

①无方：没有方法；不得法。《穀梁传·昭公十九年》："就师学问无方，心志不通，身之罪也。"

②灵修：指贤德明哲的人。或君主，或神灵。《楚辞·离骚》："指九天以为正兮，夫唯灵修之故也。"

③芳菲：芳香。南朝·宋·谢灵运《江妃赋》："留眄光溢，动袂芳菲。"

④满堂：充满堂上。《楚辞·九歌·东皇太一》："灵偃蹇兮姣服，芳菲菲兮满堂。"

⑤天机：犹灵性。谓天赋灵机。《庄子·大宗师》："其耆欲深者，其天机浅。"

⑥雕斫：刻意修饰文辞。唐·柳宗元《复杜温夫书》："吾虽少，为文不能自雕斫，引笔行墨，快意累累，意尽便止。"

⑦磁石：磁铁矿的矿石。即天然的吸铁石。《鬼谷子·反应》："其察言也不失，若磁石之取针，舌之取燔骨。"

⑧三光：日、月、星。《庄子·说剑》："上法圆天以顺三光，下法方地以顺四时，中和民意以安四乡。"

⑨伊安篇：柏拉图的早期对话录《伊安篇》（《Ion》，又译作《埃奥恩》约写于公元前390年），是对灵感问题所作的全面探讨。

浅解：

　　阮公此诗有自比之意，凌风树，有托根霄汉而终古不凋之意，然人非凌风树，"憔悴乌有常"，此亦实属无奈，主要表达了阮籍对现状的自伤之情。

　　饶诗主要是阐述自己的诗歌创作方法论，认为诗作的成功须借助神力，并自然天成，而且需要灵感，如此作诗方能使诗歌在创作上更加成功，这首诗表现诗人在诗歌上的追求，亦可为学作诗者提供良好的教材。

　　全诗简译："诗作的成功须借用神力，与神力乖背则不得法。楚人咏贤德之人，芳菲充满堂上。诗作的灵性随着日月运行，刻意雕饰文辞只能使作品自伤。作诗要如磁石吸针一样，一旦灵感契合可以撼动日月星三光。反复拜读伊安篇多遍，借此来抒发我对诗歌写作常理的体悟。"

附：阮籍咏怀诗第四十四首

儵物终始殊，修短各异方。
琅玕生高山，芝英耀朱堂。
荧荧桃李花，成蹊将夭伤。
焉敢希千术，三春表微光。
自非凌风树，憔悴乌有常。

第四十五首

佳诗如佩玉①，温润发为荣。
内美②在收视，何取乎倾城③。
良苗日怀新，平畴④翠秀生。
山林皋壤⑤间，缅焉起深情⑥。
句懒不胜思⑦，因风入太清⑧。

注释：

①佩玉：古代系于衣带用作装饰的玉。《礼记·玉藻》："君子在车，则闻鸾和之声，行则鸣佩玉。"

②内美：内在的美好德性。《楚辞·离骚》："纷吾既有此内美兮，又重之以修能。"朱熹集注："生得日月之良，是天赋我美质于内也。"

③倾城：形容女子极其美丽。《汉书·外戚传上·李夫人》："延年侍上起舞，歌曰：'北方有佳人，绝世而独立。一顾倾人城，再顾倾人国。宁不知倾城与倾国，佳人难再得！'"

④平畴：平坦的田野。晋·陶潜《癸卯岁始春怀古田舍》诗之二："平畴交远风，良苗亦怀新。"

⑤皋壤：泽边之地。《庄子·知北游》："山林与，皋壤与，使我欣欣然而乐与！"

⑥缅焉起深情：晋·陶潜《九日闲居并序》诗："敛襟独闲谣，缅焉起深情。"缅：遥远的样子。

⑦句懒不胜思：明·傅山《土堂杂诗》："组之以春云，句懒不胜思。"

⑧太清：天道，自然。《庄子·天运》："行之以礼义，建之以太清。"

浅解：

"幽兰"为贤人所佩、"朱草"为圣人而生，然不可佩为谁荣，则是它们的悲哀，如此则"幽兰"与人相近，不如"修竹"、"射干"生在山中，"朱草"在世一见，不如"葛藟瓜瓞"绵绵不绝而生也，从阮籍看来，这是怎样的哀痛啊！

饶诗则借诗表达优秀诗篇创作须借神力入自然之境，推崇诗歌与自然的贴近，这与陶公的提倡是一致的。

全诗简译："优秀的诗篇犹如佩戴的玉佩，温润而发出荣光。内在美好的德性在于细心发现，不是徒取其外表的倾国倾城。良苗日益茁壮成长，平坦的原野苍翠树木丛生。山林泽边之地，由于深远而让人动之以情。诗歌懈怠无法体现活跃的思绪，只能借助神力飘入自然之境。"

附：阮籍咏怀诗第四十五首

幽兰不可佩，朱草为谁荣。
修竹隐山阴，射干临增城。
葛藟延幽谷，绵绵瓜瓞生。
乐极消灵神，哀深伤人情。
竟知忧无益，岂若归太清。

第四十六首

劚^①山以为砚，凿海更为池^②。
组^③之以春云^④，得句漫相宜^⑤。
何处是椒丘^⑥，欲往折琼枝^⑦。
春水^⑧不可画，春风初拂篱。
渺渺此春心^⑨，只有好云^⑩随。

注释：

①劚：读 zhú。用砍刀、斧等工具砍削。《说文》："劚，斫也。从斤，属
　声。"

②池：指某些四周高中间低的池状物。晋·傅玄·《砚赋》："采阴山之潜
　璞，简众材之攸宜，节方圆以定形，锻金铁而为池。"

③组：编织。《诗经·大叔于田》："执辔如组，两骖如舞。"

④春云：春天的云。喻女子的美发。明·傅山《土堂杂诗》："组之以春云，
　句懒不胜思。"

⑤相宜：合适。汉·蔡邕《独断》卷上："春荐韭卵，夏荐麦鱼，秋荐黍豚，
　冬荐稻雁，制无常牲，取与新物相宜而已。"

⑥椒丘：尖削的高丘。一说生有椒木的丘陵。《楚辞·离骚》："步余马于兰
　皋兮，驰椒丘且焉止息。"王逸注："土高四堕曰椒丘。"

⑦琼枝：传说中的玉树。《楚辞·离骚》："溘吾游此春宫兮，折琼枝以继
　佩。"

⑧春水：喻女子明亮的眼睛。唐·崔珏《有赠》诗："两脸夭桃从镜发，一
　眸春水照人寒。"

⑨春心：指男女之间相思爱慕的情怀。南朝·梁元帝《春别应令》诗："花

朝月夜动春心，谁忍相思不相见?"

⑩好云：唐·罗隐《绵谷回寄蔡氏昆仲》诗："芳草有情皆碍马，好云无处
不遮楼。"

浅解：

　　此首诗中，阮公一反常态，不言高远之志，而谈桑榆之间鸟儿相随亦是
欢乐，表达出对平常人生活中夫唱妇随，和美宁静的向往。而饶诗亦取其
意。诗中满含柔情，研磨写诗，诗中直欲到《离骚》中椒丘处，折琼枝以寄
佳人；举笔作画，但觉佳人眼中的柔情难以尽描。于是，听窗外，春风穿过
篱笆，在这种曼妙的感觉中，春心渺渺难收，只道天边有好云相随。此诗温
婉缠绵，相比诸多当代著名的抒情诗，用语更简，而情与境，更胜一筹。

　　全诗简译："斫山石以为砚台，围凿海水以为池塘。用春天的云朵编织
它们，偶得佳句与此景相宜。何处有尖削的高丘，我想要去那里折其琼枝。
春水无法用画表现，春风穿过篱笆。春心渺渺难收，只道天边有好云相随。"

附：阮籍咏怀诗第四十六首

鸢鸠飞桑榆，海鸟运天池。
岂不识宏大，羽翼不相宜。
招摇安可翔，不若栖树枝。
下集蓬艾间，上游园圃篱。
但尔亦自足，用子为追随。

第四十七首

欲骋①白蘋②望，细雨沾③衣襟④。
客影堕寒波，惊乌⑤忽入林。
小景⑥自⑦可怜⑧，亦足会我心⑨。
开囊⑩载⑪以归，稍纵⑫便难寻。

注释：

①骋望：放眼远望。《楚辞·九歌·湘夫人》："登白薠兮骋望，与佳期兮夕张。"

②白蘋：泛指长满白色蘋花的沙洲。唐·李益《柳杨送客》诗："青枫江畔白蘋洲，楚客伤离不待秋。"

③沾：浸润；浸湿。《史记·陈丞相世家》："勃又谢不知，汗出沾背，愧不能对。"

④衣襟：古代指交领或衣下掩裳际处。后亦指上衣的前幅。汉·王粲《七哀诗》之二："迅风拂裳袂，白露沾衣襟。"

⑤惊乌：乌鹊惊魂落魄，飞栖不定。宋·周邦彦词作《蝶恋花·月皎惊乌栖不定》："月皎惊乌栖不定。更漏将残，辘轳牵金井。"

⑥小景：自然风光的一小角。元·张可久《风入松·九日》曲："琅琅新雨洗湖天，小景六桥边。"

⑦自：本来。汉·王充《论衡·问孔》："人之死生自有长短，不在操行善恶也。"

⑧可怜：可爱。《古乐府·孔雀东南飞》："自名秦罗敷，可怜体无比。"

⑨会心：领悟；领会。南朝·宋·刘义庆《世说新语·言语》："简文入华林园，顾谓左右曰：'会心处不必在远，翳然林水，便自有濠濮间想也。'"

⑩囊：袋子。《易·坤》："六四，括囊，无咎无誉。"孔颖达疏："囊，所以贮物。"

⑪载：记载，写在一定的册页里，有郑重的色彩。《左传·昭公十五年》："夫有勋而不废，有绩而载。"

⑫纵：发，放。《说文》："纵，一曰舍也。"唐·韩愈《秋怀诗》："有如乘风船，一纵不可缆。"

浅解：

　　阮诗表达对生命的思考，茫茫人世，空有青云蔽前庭，素琴凄其心，知己何在？于是，借鸣鹤之应，言崇山之中，自有同道之人，表达对归隐的盼望，对知己的渴求。饶诗颇有小品诗的感觉，白蘋洲远望，有细雨湿衣，寒波悄对倒影，惊鸟投林。便欣然开囊记载，言小景亦足会心。"稍纵"一语，将诗人内心对景物，对写作的痴与迷表达得非常精彩。字里行间，透露着一颗活泼的童心。

　　全诗简译："欲放眼远望长满白色苹花的沙洲，细雨浸润我的衣襟。过客的影子倒映在寒冷的水面，惊吓到水边的鸟儿飞入山林。这里的景色自然可爱，已经足够使我的心知会。欣然开囊记载这一美景，如果不及时记下一会又会忘记了。"

附：阮籍咏怀诗第四十七首

生命辰安在，忧戚涕沾襟。
高鸟翔山冈，燕雀栖下林。
青云蔽前庭，素琴凄我心。
崇山有鸣鹤，岂可相追寻。

第四十八首

盘桓①小塘侧，野水②漾轻云③。
鱼队④逐残香，两两⑤自成群。
微风洒雨落，花影何纷纷。

注释：

①盘桓：徘徊；逗留。晋·李密《陈情表》："过蒙拔擢，宠命优渥，岂敢盘桓，有所希冀？"

②野水：野外的水流。唐·韩愈《宿神龟招李二十八冯十七》诗："荒山野水照斜晖，啄雪寒鸦趁始飞。"

③轻云：薄云，淡云。三国·魏·曹植《洛神赋》："髣髴兮若轻云之蔽月，飘飖兮若流风之回雪。"

④鱼队：鱼群；鱼阵。唐·陆龟蒙《江南秋怀寄华阳山人》诗："鸟行沉莽碧，鱼队破泓澄。"

⑤两两：稀稀落落。宋·王安石《次韵王禹玉平戎庆捷》诗："天子坐筹星两两，将军归佩印累累。"

浅解：

　　两诗皆以眼前景起兴。阮诗借景言盈亏消长的道理，言辞之间，多惆怅，感伤，落寞与孤独跃然纸上。而饶诗则显得陶然自得。观小塘中云影拂动，鱼儿来去相嬉。细雨随风而来，塘边花瓣片片轻坠。此情此景，既有斜风细雨不须归的感慨，亦有人闲桂花落的自在与空灵。

　　全诗简译："徘徊行走在小池塘旁边，野外的流水映漾着天边的薄云。鱼儿在水里嬉戏追逐，三三两两自成一群。细雨随风飘落，塘边花瓣片片轻坠。"

附：阮籍咏怀诗第四十八首

鸣鸠嬉庭树，焦明游浮云。
焉见孤翔鸟，翩翩无匹群。
死生自然理，消散何缤纷。

第四十九首

诗如参^①活句^②，妙在不苦思。
晚蝉^③说西风，佳境偶遇之。
室迩人则遐^④，蒹葭^⑤以为期^⑥。
由来^⑦云门颂^⑧，亦自等^⑨儿嬉^⑩。
须放过一著^⑪，击节^⑫自一时^⑬。

（《碧岸录》："师云：放过一著，若不放过，又作么生？尽天下人一时落节，击禅床一下。"）

注释：

①参：参悟（领悟），参禅。佛教禅宗的修行方法，通过静心思虑，排除杂念来参悟佛教的"妙谛"。

②活句：佛教禅宗指含意深刻，非从言外之意深参而不能了悟的语句。《五灯会元·云门偃禅师法嗣·德山缘密禅师》："但参活句，莫参死句。"

③晚蝉：出自宋·姜夔《惜红衣》词："簟枕邀凉，琴书换日，睡余无力。细洒冰泉，并刀破甘碧。墙头唤酒，谁问讯城南诗客？岑寂。高柳晚蝉，说西风消息。"

④室迩人遐：房屋就在近处，可是房屋的主人却离得远了。多用于思念远别的人或悼念死者。同"室迩人远"。《诗经·郑风·东门之墠》："其室则迩，其人甚远。"

⑤蒹葭：《诗·秦风·蒹葭》："蒹葭苍苍，白露为霜。所谓伊人，在水一方。"本指在水边怀念伊人，后以"蒹葭"泛指思念异地友人。

⑥期：约定的时间；期限。《淮南子·天文》："星辰者，天之期也。"

⑦由来：自始以来；历来。《易·坤》："臣弑其君，子弑其父，非一朝一夕之故，其由来者渐矣。"

⑧云门颂：为云门宗之祖云门文偃禅师用以接化学人之三种语句，即：函盖乾坤、目机铢两、不涉万缘三句。《五家宗旨纂要·卷下》（《卍续》一一四·二七八上）："云门示众云：'函盖乾坤、目机铢两、不涉万缘，作么生承当？'众无语。自代云：'一镞破三关。'后德山圆明密禅师遂离其语为三句：函盖乾坤句、截断众流句、随波逐浪句。""函盖乾坤"，指绝对之真理充满天地之间，且函盖整个宇宙。"目机铢两"，为断除学人之烦恼妄想，谓应超越语言文字，于内心顿悟。"不涉万缘"，对参学者应机说法，为活泼无碍之化导。此三句若依大乘起信论之哲理诠释之，则第一句为"一心门"，第二句为"真如门"，第三句为"生灭门"。

⑨等：等同；同样。《史记·陈涉世家》："今亡亦死，举大计亦死，等死，死国可乎？"

⑩儿嬉：犹儿戏。宋·苏轼《蜡梅一首赠赵景贶》诗："天工变化谁得知，我亦儿嬉作小诗。"

⑪一著：《云门匡真禅师广录卷上》："问如何是本来心。师云：举起分明。问如何是衲僧孔窍。师云：放过一著。进云：请师道。师云：对牛弹琴。问如何是大乘修行。师云：一楉在手。"

⑫击节：打拍子。晋·左思《蜀都赋》："巴姬弹弦，汉女击节。"《晋书·乐志下》："魏晋之世，有孙氏善歌旧曲，宋识善击节唱和。"

⑬一时：指佛说法之时，亦即师资道合，机教相叩之时。《佛地经论一卷》："言一时者谓说听时。此就刹那相续无断，说听究竟，总名一时。若不尔者；字名句等，说听异时，云何言一。或能说者，得陀罗尼，于一字中，一刹那顷，能持能说一切法门。或能听者，得净耳根，一刹那顷，闻一字时，于余一切，皆无障碍，悉能领受；故名一时。"

浅解：

阮诗以游故地，不见所思，觉物是人非，唯觉人生孤单清冷，咏怀由此而来。饶诗中"室迩人则遐，蒹葭以为期。由来云门颂，亦自等儿嬉。须放过一著，击节自一时。"是写其对人生的一种体会。人生，亦是如此。须懂得放下，才得真自如。同时，饶诗亦传达出对诗的理解。参活句，不参死句。须妙手偶得，而不苦苦冥思。洒脱，豁达，自然，诗的气象，亦是人的气象。此诗，对后来的写诗者，确是一剂良药。

全诗简译："诗歌的创作有如佛家参悟活句一样，妙在顿悟而非苦思。高柳晚蝉诉说西风消息，佳境偶然获得。房屋就在近处可是房屋的主人却离得远了，在水边思念伊人，期待着再会。自始以来云门颂，亦等同儿戏。有时需要放过一著，时机一到自然契合。"

附：阮籍咏怀诗第四十九首

步游三衢旁，惆怅念所思。
岂为今朝见，恍惚诚有之。
泽中生乔松，万世未可期。
高鸟摩天飞，凌云共游嬉。
岂有孤行士，垂涕悲故时。

第五十首

花开不自觉，生意^①满蒿莱^②。
提携^③失东君^④，绽蕊^⑤安可能。
罗帐来清风，顾影^⑥何幽哉。

注释：

①生意：生机，意态。唐·皎然《郑容全成蛟形木机歌》诗："苍山万重采一枝，形如器车生意奇。"

②蒿莱：草野。三国·魏·阮籍《咏怀诗》之三一："战士食糟糠，贤者处蒿莱。"

③提携：扶植。《南齐书·萧景先传》："景先少遭父丧，有至性，太祖嘉之。及从官京邑，常相提携。"

④东君：太阳神名。亦指太阳。《史记·封禅书》："晋巫，祠五帝、东君……先炊之属。"司马贞索隐引《广雅》："东君，日也。"

⑤绽蕊：开花。唐·元稹《酬孝甫见赠》诗之四："曾经绰立侍丹墀，绽蕊宫花拂面枝。"

⑥顾影：自顾其影。有自矜、自负之意。《后汉书·南匈奴传》："昭君丰容靓饰，光明汉宫，顾景裴回，竦动左右。"

浅解：

阮诗以"花草"比"君子"，草虽然华丽而却不耐寒冬，君子虽贤而安耐久，明达此理，则"招松乔"学神仙"呼噏"之术，以求永久而已。

饶诗认为花开需要太阳的扶植，凭借自身的能力是无法达到生机勃勃布满草野的。亦隐喻单凭个人的能力是无法在世上有所作为，很多时候，需要天时、地利、人和，才能更好的发展。

全诗简译："大自然花儿开放是那样的悄然不自觉，生机勃勃布满整个草野。没有司春之阳令花开，花儿怎么可能如此的绽放。清风吹入罗帐来，自顾其影是多么幽闲啊。"

附：阮籍咏怀诗第五十首

清露为凝霜，华草成蒿莱。
谁云君子贤，明达安可能。
乘云招松乔，呼噏永矣哉。

第五十一首

懒从季主①卜，早知背时宜②。
诗中有天地，舍此安所施。
搴裳③临江濆④，凫鸭⑤在陂池⑥。
北风⑦何发发⑧，丛苇自离离⑨。
何以散我愁，嗒焉⑩心如隳。

注释：

①季主：汉代卜筮者司马季主。《史记·日者列传》："司马季主者，楚人也。
　卜于长安东市。"后用以指代卜筮者。晋·张协《杂诗》之四："岁暮怀百
　忧，将从季主卜。"

②时宜：当时的需要或风尚。《汉书·哀帝纪》："朕过听贺良等言，冀为海
　内获福，卒亡嘉应。皆违经背古，不合时宜。"

③搴裳：犹褰裳。提起衣裳。唐·卢照邻《释疾文》："于是裹粮寻师，搴裳
　访古。"

④江濆：江岸。亦指沿江一带。晋·陆云《答吴王上将顾处微》诗之四：
　"于时翻飞，虎啸江濆。"

⑤凫鸭：水鸭。宋·孔武仲《汴河》诗："时登绝径步榆柳，或面荒陂看凫
　鸭。"

⑥陂池：池沼；池塘。《书·泰誓上》："惟宫室台榭陂池侈服，以残害于尔
　百姓。"

⑦北风：北方吹来的风。亦指寒冷的风。《诗·邶风·北风》："北风其凉，
　雨雪其雱。"

⑧发发：风吹迅疾貌。亦象疾风声。《诗·小雅·四月》："冬日烈烈，飘风

发发。"

⑨离离：浓密貌。三国·魏·曹操《塘上行》诗："蒲生我池中，其叶何离离。"

⑩嗒焉：《庄子·齐物论》："南郭子綦隐机而坐，仰天而嘘，嗒焉似丧其耦。"后以形容怅然若失的样子。

浅解：

　　阮诗用小弁诗义，屈子的事迹，盖伤之矣，对司马氏不知报恩，而反行篡弑，亦犹倏忽之凿混沌窍而已矣。

　　饶诗主要描述了自己怅然若失的一种心态，是自己忧愁心境的一种抒发，亦是一种伤感。

　　全诗简译："懒得听从季主的卜筮，早就知道那样违背时宜。诗歌有自己的天地，舍弃之安能有所施展。提起衣裳来到江岸，静心看着水鸭在池塘里嬉戏。寒风是多么的急速，丛苇是多么的茂盛。何以驱散我的忧愁，怅然若失让我心里蹩懑。"

附：阮籍咏怀诗第五十一首

丹心失恩泽，重德丧所宜。
善言焉可长，慈惠未易施。
不见南飞燕，羽翼正差池。
高子怨新诗，三闾悼乖离。
何为混沌氏，倏忽体貌隳。

116

第五十二首

我思在四方①，俯仰或千里。
荡胸澡冰雪，合眼入蒙汜②。
高衢③思骋力④，河清⑤倘可俟。
旷野多芸黄⑥，千家有荆杞⑦。
南服⑧动兵甲，丧乱岂解已⑨。
凶器⑩终自戕⑪，虿暴⑫思神理。
念彼赴火蛾，伤哉谁能止。

注释：

①四方：天下；各处。《易·姤》："后以施命诰四方。"《淮南子·原道训》："泰古二皇，得道之柄，立于中央，神与化游，以抚四方。"

②蒙汜：古代神话中所指日入之处。《楚辞·天问》："出自汤谷，次于蒙汜；自明及晦，所行几里?"

③高衢：大道；要路。比喻高位显职。《文选·王粲〈登楼赋〉》："冀王道之一平兮，假高衢而骋力。"

④骋力：施展才力；效力。《文选·王粲〈登楼赋〉》："冀王道之一平兮，假高衢而骋力。"

⑤河清：黄河水浊，少有清时，古人以"河清"为升平祥瑞的象征。《文选·张衡〈归田赋〉》："徒临川以羡鱼，俟河清乎未期。"

⑥芸黄：草木枯黄貌。语出《诗·小雅·苕之华》："苕之华，芸其黄矣。"

⑦荆杞：指荆棘和枸杞，皆野生灌木，带钩刺，每视为恶木。因亦用以形容蓁莽荒秽、残破萧条的景象。《山海经·西山经》："小华之山，其木多荆杞。"

⑧南服：古代王畿以外地区分为五服，故称南方为"南服"。《文选·谢瞻〈王抚军庾西阳集别时为豫章太守庾被征还东〉诗》："祗召旋北京，守官反南服。"

⑨解已：休止。南朝·宋·谢灵运《述祖德》诗："中原昔丧乱，丧乱岂解已。"

⑩凶器：指引起祸端的不祥之器。《庄子·人间世》："名也者，相轧也；知也者，争之器也。二者凶器，非所以尽行也。"此代指引起战争的人或物。

⑪自戕：自杀；自己伤残自己。

⑫戡暴：平定暴乱。戡，通"戢"。《文选·谢灵运〈述祖德诗〉》："拯溺由道情，戡暴资神理。"

浅解：

　　阮诗暗示了司马氏的政权以及所作所为有如九月"焱炎"终将不会长久，所谓时有沦没，运无常隆，当运去的时候，奸雄必定失败的观点。

　　饶诗亦表达了对引发战争的人的讽刺，认为这种有如飞蛾扑火的自残式的伤害不仅害人，而且害己，必须停止这种荒诞的行为，社会才能恢复稳定，体现了其卓识远见。

　　全诗简译："我的思绪无处不在，俯仰或达几千里。荡胸沐浴寒冷的冰雪，合眼进入日落之处。在人生的坦道上思考怎样施展才力，倘若河清国宁可以等待。平旷的原野草木多已枯黄，多数家庭残破萧条。南方战乱不已，这种丧乱岂会休止。引起战乱的祸端终将伤残自己，平定暴乱追思神道。想到那些飞蛾扑火，这种自残式的伤害谁又能够阻止。"

附：阮籍咏怀诗第五十二首

十日出旸谷，弭节驰万里。
经天耀四海，倏忽潜蒙汜。
谁言焱炎久，游没何行俟。
逝者岂长生，亦去荆与杞。
千岁犹崇朝，一餐聊自已。
是非得失间，焉足相讥理。
计利知术穷，哀情遽能止。

第五十三首

小人①计其功，君子②道其常。
不见风中松，卓立③不易方。
谁明忧患④故，而具此刚肠⑤。
诗心与易通，百世资稻粱⑥。
至人⑦安所归，萱草⑧树芝房⑨。
炎丘已火流⑩，群虬⑪犹在傍。

（炎丘见《大人先生传》。阮公著《通易论》，盖深于《易》，故能明于忧
患与故。作《易》者其有忧患乎，阮公盖以《易》为诗者也。）

注释：

①小人：人格卑鄙的人。《书·大禹谟》："君子在野，小人在位。"
②君子：泛指才德出众的人。《易·乾》："九三，君子终日乾乾。"
③卓立：特立；耸立。南朝·梁·刘勰《文心雕龙·诔碑》："清词转而不
　穷，巧义出而卓立。"
④忧患：困苦患难。《易·系辞下》："作《易》者，其有忧患乎？"
⑤刚肠：指刚直之性。《文选·嵇康〈与山巨源绝交书〉》："刚肠嫉恶，轻肆
　直言，遇事便发。"
⑥稻粱：稻和粱，谷物的总称。《诗·唐风·鸨羽》："王事靡盬，不能蓺稻
　粱。"
⑦至人：道家指超凡脱俗，达到无我境界的人。《庄子·齐物论》："至人神
　矣！大泽焚而不能热，河汉沍而不能寒，疾雷破山、飘风振海而不能惊。"
⑧萱草：植物名。俗称金针菜、黄花菜、多年生宿根草本，其根肥大。叶丛

生，狭长，背面有棱脊。花漏斗状，橘黄色或橘红色，无香气，可作蔬菜，或供观赏。根可入药。古人以为种植此草，可以使人忘忧，因称忘忧草。汉·蔡琰《胡笳十八拍》："对萱草兮忧不忘，弹鸣琴兮情何伤。"

⑨芝房：指成丛的灵芝。《文选·张衡〈南都赋〉》："芝房菌蠢生其隈，玉膏滵溢流其隅。"

⑩炎丘巳火流：炎丘，南方炎热的山地。火流，形容酷热。三国·魏·阮籍《大人先生传》："炎丘火流，焦邑灭都。"

⑪群虱：礼法之士。三国·魏·阮籍《大人先生传》："炎丘火流，焦邑灭都。群虱死于裈中而不能出，汝君子之处区内亦何异夫虱之处裈中乎！"《晋书·阮籍传》："上欲图三公，下不失九州牧。独不见群虱之处裈中，逃乎深缝，匿乎坏絮，自以为吉宅也。行不敢离缝际，动不敢出裈裆，自以为得绳墨也。然炎丘火流，焦邑灭都，群虱处于裈中而不能出也。君子之处域内，何异夫虱之处裈中乎！"指那些依附统治阶级犹如寄生虫一样的礼法之士。

浅解：

阮诗表达了人生中的常理，无论是贫富贵贱死生祸福，皆为自然之理，谁都无法逃脱此等范围，花有繁荣亦有凋落，人有兴盛亦有衰落。

饶诗表达了对人格卑鄙的人的鄙视，认为道德至关重要，如果无法保持，道德沦丧，人心不古，待到那时，一些不道德的人用卑鄙的手段依附于权势旁边，使社会处于水深火热之中而导致亡国，那样是多么可怕的啊！因此，要向阮籍学习，明于忧患，而具刚肠。要秉承"作《易》者其有忧患乎"的精神，如风中之松一样，保持劲节，不与群小合流。

全诗简译："人格卑鄙的人常常算计着功利，而有道德的人往往能够保持始终不变的品德。谁都知道在寒风中的松树，巍然耸立而不轻易改变其位置和仪容。谁能洞明忧患的因果，而具备刚直之性。诗歌的本性与《易》相通，是百世千代凝聚起来的精神粮食。超凡脱俗的人向往的地方？那是在萱草茂盛灵芝成长的山林之中。然而南方已经水深火热，那些依附的寄生虫还依附在其旁边。"

附：阮籍咏怀诗第五十三首

自然有成理，生死道无常。
智巧万端出，大要不易方。
如何夸毗子，作色怀骄肠。
乘轩驱良马，凭几向膏粱。
被服纤罗衣，深榭设闲房。
不见日夕华，翩翩飞路旁。

第五十四首

翩雏集苞栩^①，徘徊^②更何心。
江介^③多悲风^④，朝日耿北林^⑤。
故乡不可望，千山蔽高岑^⑥。
高辞^⑦安可攀，夷居^⑧甘陆沉^⑨。
一诵北山^⑩诗，陨涕^⑪不能禁。

注释：

①翩雏集苞栩：翩，形容轻快跳舞或举止洒脱。雏，鸟名，也称鹁鸠、鹁
鸪。集，鸟栖集在树木上。苞，丛生而繁密。栩，橡树。《诗·小雅·四
牡》："翩翩者雏，载飞载下，集于苞栩。"

②徘徊：流连；留恋。三国·魏·曹植《上责躬诗表》："是以愚臣徘徊于恩
泽，而不敢自弃者也。"

③江介：江岸；沿江一带。《楚辞·九章·哀郢》："哀州土之平乐兮，悲江
介之遗风。"

④悲风：凄厉的寒风。《古诗十九首·去者日以疏》："白杨多悲风，萧萧愁
杀人。"

⑤北林：林名。三国·魏·曹植《杂诗》之一："高台多悲风，朝日照北
林。"

⑥高岑：高山。《文选·王粲〈登楼赋〉》："平原远而极目兮，蔽荆山之高
岑。"

⑦高辞：高妙的诗作。唐·韩愈《醉赠张秘书》诗："险语破鬼胆，高辞媲
皇坟。"

⑧夷居：犹箕踞。形容倨傲无礼。《书·泰誓上》："惟受罔有悛心，乃夷居

弗事上帝神祇，遗厥先宗庙弗祀。"

⑨陆沉：比喻埋没，不为人知。唐·王维《送从弟蕃游淮南》诗："高义难
自隐，明时宁陆沉。"

⑩北山诗：《诗经·小雅·北山》。《毛诗序》曰："《北山》，大夫刺幽王也。
役使不均，己劳于从事而不得养其父母也。"

⑪陨涕：流泪。《韩非子·外储说右上》："于是公有所爱者曰颠颉后期，吏
请其罪，文公陨涕而忧。"

浅解：

　　阮籍一生都是"夸谈快愤懑，情慵发烦心。"他一生放言傲物，这首诗
是他的性格的一个写照，只有"夸谈"才能缓解他心中的愤懑，"烦心"使
他泪不可禁，是有感而发。

　　饶诗表达了自己对故乡的想念以及归隐的向往，亦是有感而发，亦是令
人读之痛哭流涕。

全诗简译："鹁鸠翩翩飞舞栖息在繁茂的橡树上，如此留恋栖息地是因
为什么呢。江岸寒冷多风，清晨的阳光照射着北林。在此处望不到我的故
乡，因为它被千山万壑遮蔽住了。高妙的诗作无法刻意创作，倨傲无礼之人
都甘愿隐姓埋名。一旦诵读北山诗，不禁使我痛哭流涕。"

附：阮籍咏怀诗第五十四首

夸谈快愤懑，情慵发烦心。
西北登不周，东南望邓林。
旷野弥九州，崇山抗高岑。
一餐度万世，千岁再浮沉。
谁云玉石同，泪下不可禁。

第五十五首

江上看云起，云起定何之。
云从北山①来，于役②未有期。
山云夜夜飞，起我江海思。
山川几更新，云雨③又一时。
寄语④北山云，毋为北风欺。

注释：

①北山：泛指北面的山。《诗·小雅·南山有台》："南山有台，北山有莱。"
②于役：行役。谓因兵役、劳役或公务奔走在外。《诗·王风·君子于役》：
　　"君子于役，不知其期。"
③云雨：唐·杜甫《贫交行》："翻手作云覆手雨。"因用"云雨"比喻人情
　　世态反覆无常。
④寄语：传话，转告。南朝·宋·鲍照《代少年时至衰老行》诗："寄语后
　　生子，作乐当及春。"

浅解：

　　阮诗表达了他求仙远游的想法，然纵使身去而心莫能，故阮籍倍感伤
心，"日夕将见欺"即已经无法等待到明天，暗示着魏政权已经岌岌可危了。
此诗亦暗用奸人助季平子叛君的典故来表达阮籍当时司马氏篡位的历史，表
达诗人面对此事的无助与悲哀。
　　饶诗则以一征夫的口吻来描述对家乡的思念，对空中从家乡飘来的浮云
都蕴含感情，表达了羁旅在外的人想家却不得归去的苦闷心里，只能寄语于
北山，传话于亲友，"毋为北风欺"，感情是那样的复杂和凄凉。

全诗简译:"在江上望着天空中的浮云飘动,浮云是要飘去哪个地方呢?浮云从北面的山飘过来,我奔走在外还未有归期。山中的云夜夜漂移着,引起我对家乡的思念。山川日新月异,人情世态反覆无常。让我传话给予北山,不要被北风欺辱。"

附:阮籍咏怀诗第五十五首

人言愿延年,延年欲焉之。
黄鹄呼子安,千秋未可期。
独坐山岩中,恻怆怀所思。
王子一何好,猗靡相携持。
悦怿犹今辰,计校在一时。
置此明朝事,日夕将见欺。

第五十六首

荇青蒲芽白^①，春归亦有时。
不信春光生，竟尔^②被雨欺。
落花浑无赖^③，蜂蝶纷相嗤^④。
搅思花冥冥^⑤，烂漫^⑥失春期。
斡转^⑦此春光，除有神扶持。

注释：

①荇青蒲芽白：荇，荇菜。一种多年生水生草本，具心形叶和香蕉似簇生块茎。茎细长，节上生根，沉没水中。叶对生，漂浮水面。夏秋开黄花。嫩茎可食，全草入药。蒲，多年生草本植物，生池沼中，高近两米。根茎长在泥里，可食。叶长而尖，可编席、制扇，夏天开黄色花（亦称"香蒲"）。此形容两种植物的茂盛生长。

②竟尔：犹竟然。

③无赖：无可奈何。汉·焦赣《易林·泰之丰》："龙蛇所聚，大水来处，滑滑沛沛，使我无赖。"

④相嗤：相互讥笑戏弄。唐·卢肇《被谪连州》诗："黄绢外孙翻得罪，华颠故老莫相嗤。"

⑤冥冥：昏暗貌。《诗·小雅·无将大车》："无将大车，维尘冥冥。"

⑥烂漫：形容草木茂盛。唐·陈子昂《大周受命颂·庆云章》："南风既薰，丛芳烂漫，郁郁纷纷。"

⑦斡转：运转。《朱子语类》卷九八："天地之间，二气只管运转，不知不觉生出一个人，不知不觉又生出一个物，即他这个斡转，便是生物时节。"

浅解：

　　阮诗中描述的"佞邪子"、"谗夫"、"倾侧士"谓王沈、王业之流，《世说新语》云：王沈、王业驰告文王，尚书王经以正直不出，因沈、业申意。晋诸公赞曰：沈、业将出，呼王经。经不从，曰："吾子行矣！"阮籍借王沈、王业来反映成济兄弟弑曹髦而终被司马昭捕杀以平众怒之事，说明奸臣得不到好的下场，终将作茧自缚的事实。

　　饶诗表达了对大自然反覆无常的季节变化的无能为力，只能等待奇迹来改变如此现状的无助之情，借此表达对现实人生无法预料的事情来临之时人们手足无措的事实的无奈。

　　全诗简译："荇菜青青香蒲发白芽，春天到来本有它特定的时间。不信春天来临的时间，竟然被这寒雨突下而有所暂缓。落花亦无可奈何，蜜蜂蝴蝶相互讥笑戏弄。能够触动心弦的花儿也停止开放，在本来早应该草木繁盛的季节失去它的花期。想要使今春繁花似锦，除非有神力的扶持。"

附：阮籍咏怀诗第五十六首

贵贱在天命，穷达自有时。
婉娈佞邪子，随利来相欺。
孤恩损惠施，但为谗夫嗤。
鹡鸰鸣云中，载飞靡所期。
焉知倾侧士，一旦不可持。

第五十七首

此间无南北，来者不向隅①。
世味何曾②冷，日出暄暖③扶。
四海④为一家，橘柚合槐榆⑤。
光炎⑥烛天庭⑦，一航纵所如⑧。
可怜羁旅⑨人，久复忘旧居⑩。
亦有怀其资⑪，括囊⑫更无誉。

注释：

①向隅：面对着屋子的一个角落。汉·刘向《说苑·贵德》："今有满堂饮酒
　者，有一人独索然向隅而泣，则一堂之人皆不乐矣。"后遂以比喻孤独失
　意。
②何曾：何尝；几曾。三国·魏·曹丕《与吴质书》："昔日游处，行则连
　舆，止则接席，何曾须臾相失？"
③暄暖：温暖；暖和。《南齐书·东夷传》："四时暄暖，无霜雪。"
④四海：犹言天下，全国各处。《书·大禹谟》："文命敷于四海，祗承于
　帝。"
⑤橘柚合槐榆：《淮南子·俶真训》："是故槐榆与橘柚，合而为兄弟；有苗
　与三危，通为一家。"
⑥光炎：火光；光芒。《韩诗外传》卷一："日月不高，则所照不远；水火不
　积，则光炎不博。"
⑦天庭：指天空。《文选·班固〈答宾戏〉》："未仰天庭而睹白日也。"
⑧所如：所往。宋·苏轼《前赤壁赋》："纵一苇之所如，凌万顷之茫然。"
⑨羁旅：详见和阮公咏怀诗第二首条注。

⑩旧居：旧宅；故居。《后汉书·安帝纪》："民讹言相惊，弃捐旧居，老弱相携，穷困道路。"

⑪怀其资：《易·旅》："旅即次，怀其资，得童仆，贞。"

⑫括囊：结扎袋口。亦喻缄口不言。《易·坤》："括囊，无咎无誉。"孔颖达疏："括，结也；囊，所以贮物，以譬心藏知也。闭其知而不用，故曰括囊。"

浅解：

　　阮诗盖谴责当时的大臣受魏帝的恩惠，却不知国将亡的感叹，故自己愤而为屈子之远游也。

　　饶诗表达了一个羁旅在外的人在栖息地与他人如兄弟般的互助生活而不会感到孤独失望，然却因久居在外而忘却自己家乡故居的容貌而感到悲伤，并告诫在外拼搏的人要做到无咎无誉，才能安稳生活。

　　全诗简译："这里不分东西南北，来到这里的人皆无须孤独失望。世间何曾寒冷，一旦太阳出来就变得温暖。天下本来就是一个大家庭，如同橘柚与槐榆一样皆为兄弟。光芒照亮整个天空，大家都同心协力一如所往。可怜羁旅之人，长久在外而忘却了自己家乡故居的容貌。像《易》所说的能'怀其资'，缄口不言而做到无咎无誉。"

附：阮籍咏怀诗第五十七首

惊风振四野，回云荫堂隅。
床帷为谁设，几杖为谁扶。
虽非明君子，岂闇桑与榆。
世有此聋聩，芒芒将焉如。
翩翩从风飞，悠悠去故居。
离麾玉山下，遗弃毁与誉。

第五十八首

层楼云可遮，矗出青霄^①外。
所耗几人力，积虑^②非一世。
古来此弹丸^③，未曾列四裔^④。
远去叹凤鸾^⑤，漂漂^⑥或高逝^⑦。
有田总不归，山海可盟誓^⑧。

注释：

①青霄：青天；高空。晋·左思《蜀都赋》："干青霄而秀出，舒丹气而为
霞。"

②积虑：久积思虑。《穀梁传·隐公元年》："郑伯之处心积虑，成于杀也。"

③弹丸：比喻地方狭小。《战国策·赵策三》："诚知秦力之不至，此弹丸之
地犹不予也。"

④四裔：语出《书·舜典》："流共工于幽州，放驩兜于崇山，窜三苗于三
危，殛鲧于羽山。"按，孔传，幽州，北裔；崇山，南裔；三危，西裔；
羽山，东裔。此指四方边远之地。

⑤凤鸾：泛指凤凰之类的神鸟。唐·令狐楚《游义兴寺上李逢吉相公》诗：
"凤鸾飞去仙巢在，龙象潜来讲席空。"

⑥漂漂：飞扬貌；高飞貌。《老子》："漂兮若无所止。"汉·河上公注："我
独漂漂若飞若扬无所止也。"

⑦高逝：远离某地而去。多指高隐。《孔丛子·公孙龙》："今是非未分，而
先生翻然欲高逝，可乎？"

⑧盟誓：结盟立誓。《国语·鲁语上》："夫为四邻之援，结诸侯之信，重之
以婚姻，申之以盟誓。"

浅解：

　　阮籍此首咏怀诗与前面（第四十三首）的"乡曲士"所表达的内容相近。不屑与蓬户士弹琴诵言誓。曾国藩认为后两句亦有讥讽守礼法之士之意。

　　饶诗则表达的是对人力所创造的辉煌的感叹，亦表达了先人对此地的建设所付出的辛酸和艰苦，并对漂泊在外的人无法归家表示同情和理解。

　　全诗简译："层楼高而云可遮蔽到，矗立直出青天外。建这样的楼层要消耗很多人力，并非短时间内的精心谋虑而成。自古以来此弹丸之地，都是被视为四方边远之地。感叹远去的凤鸾，展翅向云霄外飞走。家里有屋有田却无法回去，山盟海誓几时能够实现。"

附：阮籍咏怀诗第五十八首

危冠切浮云，长剑出天外。
细故何足虑，高度跨一世。
非子为我御，逍遥游荒裔。
顾谢西王母，吾将从此逝。
岂与蓬户士，弹琴诵言誓。

第五十九首

我昔居揭阳，簸弄明月珠①。
书巢短檠灯②，先人有敝庐③。
食荠未觉苦，析糠或为舆。
万里思莼羹④，留滞⑤海南隅。
感此怀旧游，入梦只增欷。
永路⑥试望乡⑦，吾意或少舒。

（先君筑室曰莼园，榜曰书巢，以为诵书偃息之所。）

注释：

①簸弄：玩弄；耍弄。明月珠，即夜光珠。因珠光晶莹似月光，故名。唐·
韩愈《别赵子》诗："婆娑海水南，簸弄明月珠。"

②短檠灯：矮架的灯。元·王实甫《西厢记》第一本第三折："对着盏碧荧
荧短檠灯，倚着扇冷清清旧帏屏。"

③敝庐：破旧的房子。亦作谦辞。《礼记·檀弓下》："君之臣免于罪，则有
先人之敝庐在，君无所辱命。"

④莼羹：莼菜羹。《世说新语·识鉴》："张季鹰辟齐王东曹掾，在洛见秋风
起，因思吴中菰菜羹、鲈鱼脍，曰：'人生贵得适意尔，何能羁宦数千里
以要名爵！'遂命驾便归。俄而齐王败，时人皆谓为见机。"后来被传为佳
话，"莼鲈之思"也就成了思念故乡的代名词。

⑤留滞：停留；羁留。《史记·太史公自序》："是岁天子始建汉家之封，而
太史公留滞周南，不得与从事，故发愤且卒。"

⑥永路：长途，远路。三国·魏·阮籍《咏怀诗》之十五："出门临永路，

不见行车马。"

⑦望乡：望见故乡；遥望故乡。亦借指思乡。《礼记·奔丧》："齐衰望乡而哭，大功望门而哭，小功至门而哭，缌麻即位而哭。"

浅解：

　　阮诗表达了对成济兄弟被杀的痛快之情，对于附势趋炎的人的愤怒之情，"愤懑从此舒"！尽显快意，是阮籍诗歌中不可多得的抒发痛快而非痛苦的好诗。

　　饶诗回忆孩时父亲所建诵书偃息之所，在那里的所见所闻所感，如今羁旅他方，想起那时温馨的场面，却不由得思念故乡，痛哭流涕，只能尝试翘首仰望，以缓解自己的忧伤，世人多为生活为工作客居他乡，无时无刻怀念故乡，难解忧愁，此首小诗读之令人伤感，亦引起众人的共鸣。

　　全诗简译："我昔日居于揭阳，闲时耍弄明月珠。先君在此建筑了简陋的居室，名曰书巢并安放简单矮架的灯。在那种朴素的生活下，吃味苦芥菜，坐糠槽做的车子却觉得闲适。如今羁留在南海之隅，万里思念家乡。想到这些更加怀念昔日的交游，形诸梦寐，只能徒增我的叹息。在这遥远的地方尝试观望我的故乡，或者能稍稍缓解我的忧愁。"

附：阮籍咏怀诗第五十九首

河上有丈人，纬萧弃明珠。
甘彼藜藿食，乐是蓬蒿庐。
岂效缤纷子，良马骋轻舆。
朝生衢路旁，夕瘗横术隅。
欢笑不终宴，俛仰复欷歔。
鉴兹二三者，愤懑从此舒。

第六十首

一水何处去，其势不可干①。
问花花不知，问鸟鸟不言。
采菊②衡门③下，有蕊不盈箪④。
亦复忘渴饥，春到不知寒。
飞鹤横江⑤来，起舞何轩轩⑥。
惠然⑦招之至，不肯受一餐。
高志抗浮云，慨然⑧增咏叹⑨。

注释：

①干：枯竭，尽净。
②采菊：晋·陶潜《饮酒》诗："采菊东篱下，悠然见南山。"
③衡门：借指隐者所居。汉·蔡邕《郭有道碑文》："尔乃潜隐衡门，收朋勤
　诲，童蒙赖焉，用祛其蔽。"
④有蕊不盈箪：指采花蕊而不满箩筐。南朝·梁·江淹《赠炼丹法和殷长
　史》诗："玉牒裁要卷，珠蕊不盈箪。"
⑤横江：横陈江上；横越江上。宋·苏轼《赤壁赋》："少焉，月出于东山之
　上，徘徊于斗牛之间。白露横江，水光接天。"
⑥轩轩：舞貌；飞动貌。《淮南子·道应训》："见一士焉，深目而玄鬓，泪
　注而鸢肩，丰上而杀下，轩轩然方迎风而舞。"
⑦惠然：顺心的样子。
⑧慨然：感情激昂貌。汉·李陵《答苏武书》："慰诲勤勤，有逾骨肉。陵虽
　不敏，能不慨然。"
⑨咏叹：长声吟叹。亦谓歌颂赞美。《礼记·乐记》："咏叹之，淫液之，何

也?"孔颖达疏："咏叹者谓长声而叹矣。"

浅解:

　　魏晋之人崇尚老庄思想，阮公此诗却阐述了儒家的思想，并且认为各从其志，丝毫没有评价儒道两家孰好熟坏，实为可贵。

　　饶诗更多的是描述归隐的一种心境，"采菊衡门下，有蕊不盈筐，"并不逊色于陶渊明的"采菊东篱下，悠然见南山"，而是两时代诗人的一种心境的契合，同样的意境，同样的心境，正是饶公所要追求的超凡脱俗的人生哲学，追求淳朴真诚，淡泊高远，无身外之求的人生，这是他的本性使然。

　　全诗简译: "这水流是流往何处呢？看它气势浩浩的样子似乎永远没有枯竭的一天。试问花儿花不知，试问鸟儿鸟不语。在衡门下采集菊花，采集的花蕊没有填满箩筐。在此居住有时或许忘记了饥渴，春天来临了感觉不到寒意。飞鹤横越江上，翩翩起舞。我满怀欢喜的想招待它们，它们却不肯接受我的一餐饭。崇高的志向可与浮云相抗，我们只能慨然赞叹。"

附：阮籍咏怀诗第六十首

儒者通六艺，立志不可干。
违礼不为动，非法不肯言。
渴饮清泉流，饥食并一箪。
岁时无以祀，衣服常苦寒。
屣履咏南风，缊袍笑华轩。
信道守诗书，义不受一餐。
烈烈褒贬辞，老氏用长叹。

第六十一首

照海灯火繁，真如不夜城①。
向来夜参半，阒②已无人声。
晨起行江渍③，丽日媚郊坰。
亦知和为贵④，关关⑤林鸟鸣。
我歌君子行⑥，唤起古今情。
何日谢尘嚣⑦，虚白室中生⑧。

注释：

①不夜城：形容城市灯火通明，照耀如同白昼。唐·苏颋《广大楼下夜侍酺
　宴应制》诗："楼台绝胜宜春苑，灯火还同不夜城。"
②阒：空。《易·丰》："窥其户，阒其无人。"
③江渍：详见和阮公咏怀诗第五十一首④条注。
④和为贵：《论语》："礼之用，和为贵。先王之道，斯为美；小大由之。有
　所不行，知和而和，不以礼节之，亦不可行也"。
⑤关关：鸟类雌雄相和的鸣声。后亦泛指鸟鸣声。《诗·周南·关雎》："关
　关雎鸠，在河之洲。"毛传："关关，和声也。"
⑥君子行：乐府相和歌辞平调曲名。唐·吴兢《乐府古题要解·君子行》：
　"古词云：'君子防未然，不处嫌疑间。'言君子虽'瓜田不纳履，李下不
　正冠'，以远嫌疑也。"按，此见《乐府诗集·相和歌辞七·平调曲三》。
　《艺文类聚》卷四一以为三国魏曹植所作。唐·韩愈《幽怀》诗："我歌
　《君子行》，视古犹视今。"
⑦尘嚣：世间的纷扰、喧嚣。晋·陶潜《桃花源》诗："借问游方士，焉测
　尘嚣外。"

136

⑧虚白室中生：即虚室生白。谓人能清虚无欲，则道心自生。《庄子·人间世》："瞻彼阙者，虚室生白，吉祥止止。"司马彪注："室比喻心，心能空虚，则纯白独生也。"

浅解：

阮诗讲述的是少年学击剑的故事，然而真正在战场上却兵终不交，悔少年所学之无用，此诗意在表示阮籍的敌人不在吴蜀，而在堂庙之中，实指司马氏之徒。

饶诗抒发了自己想退隐过宁静生活的向往之情，虽然饶公每每在诗中透露他向往宁静的山林生活，而实际上饶公心神宁静，隐逸只是一种消极的行为，饶公能够在尘嚣中继续保持他一贯的风格，其实才是真正的隐逸。

全诗简译："城市繁华的灯火倒映入海水，灯火通明照耀如同白昼的不夜城。向来半夜来临之时，喧闹已过而人声寂静。清晨早起步行至江边，和煦的阳光更增郊野的明媚。谁都知道以和为贵，山林中到处是和谐的鸟鸣声。我吟诵《君子行》，古今各种情感悄然而生。哪一天我能抛却世间的纷扰，过上清虚无欲的宁静生活。"

附：阮籍咏怀诗第六十一首

少年学击刺，妙伎过曲城。
英风截云霓，超世发奇声。
挥剑临沙漠，饮马九野坰。
旗帜何翩翩，但闻金鼓鸣。
军旅令人悲，烈烈有哀情。
念我平常时，悔恨从此生。

第六十二首

高山^①即^②高士^③，自为天外^④宾。
搔背有麻姑^⑤，几见海扬尘^⑥。
我诗不自惜，出句^⑦若有神^⑧。
如植空中花^⑨，奈何^⑩多翳^⑪人。

注释：

①高山：高峻的山。亦比喻崇高的德行。《荀子·劝学》："故不登高山，不知天之高也。"

②即：即是。南朝·梁·范缜《神灭论》："神即形也，形即神也，是以形存则神存，形谢则神灭也。"

③高士：志行高洁之士。《墨子·兼爱下》："吾闻为高士于天下者，必为其友之身，若为其身，为其友之亲，若为其亲，然后可以为高士于天下。"

④天外：天之外，极言高远。战国·楚·宋玉《大言赋》："方地为车，圆天为盖，长剑耿耿倚天外。"又言极远的地方。

⑤麻姑：神话中仙女名。传说东汉桓帝时曾应仙人王远（字方平）召，降于蔡经家，遇一美丽女子，年可十八九岁，手纤长似鸟爪。蔡经见之，心中念曰："背大痒时，得此爪以爬背，当佳。"方平知经心中所念，使人鞭之，且曰："麻姑，神人也，汝何思谓爪可以爬背耶？"麻姑自云："接侍以来，已见东海三为桑田。"又能掷米成珠，为种种变化之术。事见晋·葛洪《神仙传》。

⑥扬尘：晋·葛洪《神仙传·麻姑》："麻姑自说云：'接侍以来，已见东海三为桑田，向到蓬莱，水又浅于往者，会时略半也，岂将复还为陵陆乎？'方平笑曰：'圣人皆言海中复扬尘也。'"后用为世事变迁之典。

⑦出句：格律诗的单数句。清·王应奎《柳南随笔》卷三："今人于五七绝句，首首散行，不一二置出句对句，则无律中之律矣。"此处代指写诗。

⑧有神：有神助。喻指奇妙生动，有神韵。唐·杜甫《奉赠韦左丞丈二十二韵》诗："读书破万卷，下笔如有神。"

⑨空中花：虚幻的事物。《入佛大乘圆顿要门论·因果品第六》："有无是戏论，何以故？六道诸趣，循业所现，似空中花，无不是幻，苟贪爱执着，分别取舍，因缘果报，分毫无差。"此处以"病者自执，言空中有花"言诗歌意象曼妙难言，凡所出口之句，皆成花朵。

⑩奈何：怎么，为何。《礼记·曲礼下》："国君去其国，止之曰'奈何去社稷也'；大夫曰'奈何去宗庙也'；士曰'奈何去坟墓也'。"

⑪翳：目病也，遮蔽。如植空中花，奈何多翳人：《楞严经》卷四："'……富楼那，十方如来亦复如是，此迷无本性毕竟空。昔本无迷，似有迷觉，觉迷迷灭，觉不生迷。亦如翳人见空中华，翳病若除，华于空灭。忽有愚人，于彼空华所灭空地，待华更生。汝观是人为愚为慧。'富楼那言：'空元无华，妄见生灭，见花灭空，已是颠倒。敕令更出，斯实狂痴，云何更名如是狂人为愚为慧。'"

浅解：

阮诗想象力极丰富，借白日见所思所想的仙人，以及仙人"须臾相背弃，何时见斯人。"来表达自己内心的追求与惆怅。饶诗颇有劝慰之意，似与阮公道：高山即是高士，自为天外之宾，可使麻姑代为搔背，阅尽人世沧桑变化。前四句，既是劝慰，亦是自谓。言人生应处应持之心境。唯有此心境，才能笔下言语纵横自如，所吟咏之处，皆成曼妙之境。只可惜世人不懂这个道理。结尾之叹，亦可理解为对阮公的叹息，植空中之花，翳人安能见之。惜哉！

全诗简译："高山即是高士，自为天外之宾。可使麻姑代为搔背，阅尽人世沧桑变化。我的诗歌不自惜，出句自有神力相助。如植空中之花，奈何多翳人而未见其真。"

附：阮籍咏怀诗第六十二首

平昼整衣冠，思见客与宾。
宾客者谁子，倏忽若飞尘。
裳衣佩云气，言语究灵神。
须臾相背弃，何时见斯人。

第六十三首

以脚扣两舷，鱼来倘无忧①。
淮海渺相忘②，春水③荡轻舟。
岂无蛟龙④种，相从⑤山泽游。

注释：

①无忧：没有忧患；不用担心。唐·罗邺《上东川顾尚书》诗："龙节坐持
　兵十万，可怜三蜀尽无忧。"

②淮海渺相忘：淮海：指淮河及入海地区。淮河，为我国大河之一，源出河
　南桐柏山，东流经安徽至江苏入洪泽湖，再入长江进黄海。渺：水远貌。
　相忘：彼此忘却。典出《庄子·大宗师》："泉涸，鱼相与处于陆，相呴以
　湿，相濡以沫，不如相忘于江湖。"后因以"相忘鳞"比喻优游自得者。

③春水：春天的河水。《三国志·吴志·诸葛瑾传》："黄武元年，迁左将
　军。"裴松之注引晋张勃《吴录》："及春水生，潘璋等作水城于上流。"

④蛟龙：古代传说的两种动物，居深水中。相传蛟能发洪水，龙能兴云雨。
　宋·苏轼《放鱼》诗："安知中无蛟龙种，尚恐或有风云会。"

⑤相从：跟随，在一起。《史记·日者列传》："宋中为中大夫，贾谊为博士，
　同日俱出洗沐，相从论议。"

浅解：

　　阮诗表达了抚剑登轻舟，望后岁复游陂泽的愿望，抒发了诗人唯恐后来
不能旧地重游的感伤，为阮籍忧生之嗟。

　　饶诗畅叙自己的闲情逸致，抒发与大自然万物的和睦共处带来的欢喜之
情，感悟之深，非一般人所能感悟体会。

全诗简译："我用脚扣船舷，鱼儿游来无忧无虑。小船轻轻的飘荡在春天的河水中，彼此忘却悠然游进那邈远的淮河黄海。这山灵水秀的地方岂没有蛟龙之类的灵物生长，相互跟随嬉戏畅游在这山川河泽之中。"

附：阮籍咏怀诗第六十三首

多虑令志散，寂寞使心忧。
翱翔观陂泽，抚剑登轻舟。
但愿长闲暇，后岁复来游。

第六十四首

政宁不忍人①，要以下为基。
民劳盍小休②，戒在荒于嬉③。
相固④待不虞⑤，忠信⑥以闲⑦之。
谁能观废兴⑧，重与还周姬⑨。

注释：

①不忍人：怜悯心，同情心。《孟子》："人皆有不忍人之心。"

②民劳盍小休：劳：勤劳。盍：何不。小休：很少休息。

③荒于嬉：唐·韩愈《进学解》："业精于勤，荒于嬉；行成于思，毁于随。"

④相固：团结稳定。

⑤不虞：指意料不到的事。《诗·大雅·抑》："质尔人民，谨尔侯度，用戒不虞。"郑玄笺："平女万民之事，慎女为君之法度，用备不虞度而至之事。"

⑥忠信：忠诚信实。《易·乾》："君子进德修业，忠信所以进德也。"

⑦闲：防御。唐·刘禹锡《天论》："建极闲邪。"

⑧废兴：盛衰；兴亡。《孟子·离娄上》："国之所以废兴存亡者亦然。"

⑨周姬：西周时期的著名政治家、思想家、文学家、军事家周公旦。姓姬，名旦，氏号为周，爵位为公。因采邑在周，称为周公，因谥号为文，又称为周文公。著有《周礼》一书，涉及之内容极为丰富。大至天下九州，天文历象；小至沟洫道路，草木虫鱼。凡邦国建制，政法文教，礼乐兵刑，赋税度支，膳食衣饰，寝庙车马，农商医卜，工艺制作，各种名物、典章、制度，无所不包。堪称为上古文化史之宝库。

浅解：

　　阮诗在咏怀中反复首阳之叹，"逍遥九曲间，徘徊欲何之。"并"郁然思妖姬"，"妖姬"指妲己，助纣为虐，亦是对当时政治的一种抨击，望以史为鉴。

　　饶诗在诗中阐述了自己的政治观点，认为政治稳定社会安宁必须以社会底层为基础，只有以民为本，重树礼仪，才能团结一致抵抗内外产生的一切危机，《尚书·五子之歌》："民惟邦本，本固邦宁。"饶公深刻的认识到民众在历史之中的重要位置。

　　全诗简译："政治安宁在于有不忍之心，要以社会底层为基础。百姓何故辛勤劳动而少休息，是为了避免荒废于游乐之中。团结一致来对抗意料不到的事故，忠诚信实来防御这些危机的到来。谁能够把握国家的盛衰兴亡，还得重新向周公学习。"

附：阮籍咏怀诗第六十四首

朝出上东门，遥望首阳基。
松柏郁森沉，鹂黄相与嬉。
逍遥九曲间，徘徊欲何之。
念我平居时，郁然思妖姬。

第六十五首

东坡^①在儋耳^②，和陶^③瘴江滨^④。
海瘴不能腓^⑤，又不损道真^⑥。
饮酒可无辞，沉忧能伤人。
我今乃和阮^⑦，仍是懒慢^⑧身。
醉客对醒客^⑨，快语^⑩藏悲辛^⑪。

注释：

①东坡：宋著名文学家苏轼之号。《宋史·苏轼传》："以黄州团练副使安置。轼与田父野老，相从溪山间，筑室于东坡，自号东坡居士。"宋·朱彧《萍州可谈》卷一："苏子瞻谪黄州，居州之东坡，作雪堂，自号东坡居士。后人遂目子瞻为东坡。"一说，苏轼谪居黄州时慕唐白居易贬忠州刺史时尝闲步东坡，并有《东坡种花》、《步东坡》等诗，因自号东坡居士。

②儋耳：古代南方国名。在今海南岛儋耳。宋·苏轼《桄榔庵铭》："东坡居士，谪于儋耳。"

③和陶：陶，指陶渊明。陶渊明（约365年—427年），字元亮，号五柳先生，谥号靖节先生，入刘宋后改名潜。东晋末期南朝宋初期诗人、文学家、辞赋家、散文家。东晋浔阳柴桑（今江西省九江市）人。曾做过几年小官，后辞官回家，从此隐居，田园生活是陶渊明诗的主要题材，相关作品有《饮酒》、《归园田居》、《桃花源记》、《五柳先生传》、《归去来兮辞》、《桃花源诗》等。和陶，指苏轼在海南所写的大量和陶诗。

④瘴江滨：充满瘴气的江边。唐·韩愈《左迁至蓝关示侄孙湘》："知汝远来应有意，好收吾骨瘴江边。"

⑤海瘴不能腓：宋·苏轼《和王抚军座送客（再送张中）》诗："胸中有佳

处，海瘴不能腓。"腓：毒害。

⑥道真：谓道德、学问的真谛。《汉书·刘歆传》："党同门，妒道真。"颜师古注："妒道艺之真也。"

⑦和阮：指诗人和阮公咏怀诗。

⑧懒慢：懒惰散漫。语本三国·魏·嵇康《与山巨源绝交书》："又纵逸来久，情意傲散，简与礼相背，懒与慢相成。"

⑨醉客对醒客：唐·李商隐《杜工部蜀中离席》诗："座中醉客延醒客。"

⑩快语：直爽的话。

⑪悲辛：悲伤辛酸。南朝·宋·鲍照《野鹅赋》："舍水泽之欢逸，对钟鼓之悲辛。"

浅解：

阮公此诗历来对"为谁而伤"皆无定论，或言伤常道乡公，或言伤高贵乡公，或言伤嵇康也，无论伤者谁，皆伤感之作耳，感悟其诗伤之切，才是我们应该挖掘的内容，"飞飞鸣且翔，挥翼且酸辛。"借鸣鸟挥翼酸辛道出了诗人内心的苦闷，用王子晋好吹笙，道人浮丘公接以上嵩山的典故，王子晋成仙本是好事，然诗人却有弃身之叹，可谓悲乎，实表达了其不遇浮丘而与世长辞的悲叹也。

饶诗借文学史两位伟大的诗人来表达自己对他们的精神的推崇之情。将自己和阮籍诗与当年东坡和陶渊明诗对比，"快语藏悲辛"则是他和阮诗创作经验的夫子自道。

全诗简译："昔年苏东坡谪居海南之时，和陶公诗于充满瘴气的江海边。海边的瘴气不能侵害他，但又不损追求道真的雅致。饮酒而不作诗，心情沉郁苦闷能使人伤感。我今乃和阮公诗歌，仍然是懒慢之身。醉客对着醒客，我的和诗里快语往往夹杂着悲辛。"

附：阮籍咏怀诗第六十五首

王子十五年，游衍伊洛滨。
朱颜茂春华，辩慧怀清真。

焉见浮丘公，举手谢时人。
轻荡易恍惚，飘飖弃其身。
飞飞鸣且翔，挥翼且酸辛。

第六十六首

我意在无外①，思来拍水浮。
偶然百首诗，足轻万户侯②。
碧桃未著③花，对客只含羞。
寻诗如寻花，崎岖④亦经丘。
无怪溧阳尉⑤，一吟双泪流⑥。
拾得⑦真吾师，神⑧与化⑨俱游。

注释：

①无外：犹无穷，无所不包。《管子·版法解》："天覆而无外也，其德无所
　不在。"

②万户侯：唐·杜牧《登池州九峰楼寄张祜》诗："谁人得似张公子，千首
　诗轻万户侯。"

③著花：开花。唐·王维《杂诗》："来日绮窗前，寒梅著花未？"

④崎岖：高低不平的样子。形容山路不平。晋·陶渊明《归去来兮辞》："既
　窈窕以寻壑，亦崎岖而经丘。"有时也比喻人生艰难，险阻。

⑤溧阳尉：指孟郊，曾担任溧阳尉。他与贾岛合称郊岛，皆是苦吟诗人。

⑥贾岛《题诗后》："二句三年得，一吟双泪流。知音如不赏，归卧故山秋。"

⑦拾得：拾得禅师。唐朝贞观年间人，佛法高妙，更兼诗才横溢，不为世事
　缠缚，洒脱自在。佛门弟子认为他是普贤菩萨转世。昔日寒山禅师问拾得
　曰："世间谤我、欺我、辱我、笑我、轻我、贱我、恶我、骗我、如何处
　治乎？"拾得云："只是忍他、让他、由他、避他、耐他、敬他、不要理
　他、再待几年你且看他。"

⑧神：《荀子·天论》："形具而神生。"杨倞注："神谓精魂。"

⑨化：造化。《素问·五常政大论》："化不可代，时不可违。"

浅解：

阮诗以久困凡尘，感悟世间权势须臾变化，不可贪恋。心底思念故园，愿脱去凡尘枷锁，佩剑神游于山河之间。诗中传达出对自在生活的迫切向往。饶诗亦以自在神游为内容，但更为洒脱自如。诗中洋溢着自得与惬意。意在无外，思来拍水，极其大气，碧桃未开花，只是对客含羞。又道寻诗不易，郊岛二人为诗流泪可以理解。但境界不高，不如以拾得为师，自如惬意。

全诗简译："我意在于无我无物，思绪来时犹如拍水浮游一样自在。偶然吟得百首诗歌，其价值足以轻视食邑万户的侯爵。碧桃未开花，遇客而含羞未放。作诗如同寻花，其过程如同跋山涉水一样艰苦。无怪乎溧阳尉，得句一吟双泪流。拾得真是我的老师，能使诗歌出神入化。"

附：阮籍咏怀诗第六十六首

塞门不可出，海水焉可浮。
朱明不相见，奄昧独无侯。
持瓜思东陵，黄雀诚独羞。
失势在须臾，带剑上吾丘。
悼彼桑林子，涕下自交流。
假乘汧渭间，鞍马去行游。

第六十七首

晨兴偶操缦①，积习②遂为常。
君声与臣民③，众音成纪纲④。
绕指三两声，锵鸣⑤似珪璋⑥。
领略味外味，岂不厌膏粱⑦。
幽兰⑧久式微⑨，九疑⑩空自芳。
至意⑪通无间⑫，指抈⑬自有方。
生气正氤氲⑭，润此冰雪肠。

注释:

①操缦：操弄琴弦。《礼记·学记》："不学操缦，不能安弦。"陈澔集说：
　"操缦，操弄琴瑟之弦也。初学者手与弦未相得，故虽退息时，亦必操弄
　之不废，乃能习熟而安于弦也。"

②积习：长期形成的习惯。汉·董仲舒《春秋繁露·天道施》："积习渐靡，
　物之微者也。其入人不知，习忘乃为，常然若性，不可不察也。"

③君声：君声，指五音中的宫声。臣民，角声。《礼记·乐记》："宫为君，
　商为臣，角为民，徵为事，羽为物。"

④纪纲：网罟的纲绳。引申为纲领。《吕氏春秋·用民》："用民有纪有纲，
　一引其纪，万目皆起，一引其纲，万目皆张。为民纪纲者何也?"

⑤锵鸣：形容声音清越。《礼记·玉藻》："古之君子必佩玉……进则揖之，
　退则扬之，然后玉锵鸣也。"

⑥珪璋：玉制的礼器。古代用于朝聘、祭祀。《庄子·马蹄》："白玉不毁，
　孰为珪璋。"

⑦膏粱：肥美的食物。《国语·晋语七》："夫膏粱之性难正也。"韦昭注：

150

"膏，肉之肥者；梁，食之精者。"晋·葛洪《抱朴子·崇教》："〔王孙公子〕鼻厌乎兰麝，口爽于膏梁。"

⑧幽兰：《楚辞·离骚》："户服艾以盈要兮，谓幽兰其不可佩。"

⑨式微：衰微，衰败。《诗·邶风·式微》："式微式微，胡不归。"朱熹集传："式，发语辞。微，犹衰也。"

⑩九疑：山名。在湖南宁远县南。《山海经·海内经》："南方苍梧之丘，苍梧之渊，其中有九疑山，舜之所葬，在长沙零陵界中。"郭璞注："其山九谿皆相似，故云'九疑'。"

⑪至意：极诚挚的情意。《后汉书·孔融传》："苦言至意，终身诵之。"

⑫无间：指精微的义理。晋·丘道护《道士支昙谛诔》："研微神锋，妙悟无间；尘之所著，在至斯捐。"

⑬指扚：亦为"指挥"、"指麾"。以手或手持物挥动示意。《鹖冠子·博选》："凭几据杖，指麾而使，则厮役者至。"

⑭氤氲：古代指阴阳二气交会和合之状。《易》："天地氤氲，万物化淳。"

浅解：

　　两首诗皆表现了诗人对某种事物的看法，阮公表达了自己的礼法思想，饶公则表达了对弹琴追求的境界的感悟。礼历来是人生之重要的法度，不可废也。而阮籍却总在礼法中作文章。《晋书·阮籍传》："籍虽不拘礼教，然发言玄远，口不臧否人物。性至孝，母终，正与人围棋，对者求止，籍留与决赌。既而饮酒二斗，举声一号，吐血数升。及将葬，食一蒸肫，饮二斗酒，然后临诀，直言穷矣，举声一号，因又吐血数升，毁瘠骨立，殆致灭性。裴楷往吊之，籍散发箕踞，醉而直视，楷吊唁毕便去。或问楷："凡吊者，主哭，客乃为礼。籍既不哭，君何为哭？"楷曰："阮籍既方外之士，故不崇礼典。我俗中之士，故以轨仪自居。"时人叹为两得。籍又能为青白眼，见礼俗之士，以白眼对之。及嵇喜来吊，籍作白眼，喜不怿而退。喜弟康闻之，乃赍酒挟琴造焉，籍大悦，乃见青眼。由是礼法之士疾之若仇，而帝每保护之。"阮籍对礼法的看法，非不推崇礼也，盖不推崇礼法之士的伪礼法也。

　　饶诗描述了诗人弹琴的心得体会，并从中寄托着诗人自己的感悟，"味外味"、"至意通无间，指扚自有方。"才是诗人所追求的精神境界。

　　全诗简译："早起偶尔抚琴弹奏，这是长期积累的习惯形成的。宫声与角声，众声接连形成了乐章。绕指弹奏三两声，声音清越犹如美玉和鸣。领略味外味，摒弃世俗之物。幽兰久而久之开始衰败，九疑山也只能孤芳自赏。达到极诚挚的情意才能与精微的义理相通，这样弹琴才能游刃有余。天地阴阳之气正在交会和合，滋润我冰雪之肠。"

附：阮籍咏怀诗第六十七首

洪生资制度，被服正有常。
尊卑设次序，事物齐纪纲。
容饰整颜色，磬折执圭璋。
堂上置玄酒，室中盛稻粱。
外厉贞素谈，户内灭芬芳。
放口从衷出，复说道义方。
委曲周旋仪，姿态愁我肠。

第六十八首

勿谓藩篱①小，雅兴②尚能任。
灯下抚鬓毛③，惟此是知心④。
吾行安所之，胶漆⑤千里寻。
怕听筊中⑥鸟，声声恋旧林⑦。
低首礼屈宋⑧，敢效辞赋⑨淫⑩。
危涕⑪与羁思⑫，春至独难禁。

注释：

①藩篱：指用竹木编成的篱笆或栅栏。《国语·吴语》：“孤用亲听命于藩篱
之外。”

②雅兴：高雅的兴致。南朝·梁·萧统《锦带书十二月启·夹钟二月》：“寻
五柳之先生，琴尊雅兴；谒孤松之君子，鸾凤腾翩。”

③鬓毛：鬓发。唐·贺知章《回乡偶书》诗：“少小离家老大回，乡音无改
鬓毛衰。”

④知心：彼此契合，腹心相照。旧题·汉·李陵《答苏武书》：“人之相知，
贵相知心。”

⑤胶漆：比喻情谊极深，亲密无间。汉·邹阳《狱中上书》：“感于心，合于
意，坚如胶漆，昆弟不能离，岂惑于众口哉！”

⑥筊中：笼中。筊：鸟笼。《史记·屈原贾生列传》：“凤皇在筊兮，鸡雉翔
舞。”

⑦旧林：指禽鸟往日栖息之所。也比喻故乡。晋·陆机《赠从兄车骑》诗：
“孤兽思故薮，离鸟悲旧林。”

⑧屈宋：战国时楚辞赋家屈原、宋玉的并称。南朝·梁·刘勰《文心雕龙·

辨骚》："屈宋逸步，莫之能追。"

⑨辞赋：文体名。战国时楚·屈原有《离骚》，荀卿有《赋篇》，为赋之先河。至汉而赋体大盛，屈原等所作为《楚辞》。常以辞赋并称。辞赋讲求声调，以抒情为主，注意排比铺陈。其后以行文骈散之异而分为骈赋、文赋。

⑩淫：过分的意思。西汉·扬雄《法言·吾子》："诗人之赋丽以则，辞人之赋丽以淫。"

⑪危涕：谓哀伤涕泣。《文选·江淹〈恨赋〉》："或有孤臣危涕，孽子坠心。"李善注："《孟子》曰：'孤臣孽子，其操心也危，其虑患也深。'"

⑫羁思：羁旅之思。南朝·宋·鲍照《绍古辞》诗之三："纷纷羁思盈，慊慊夜弦促。"

浅解：

　　阮诗在诗中继续寄托自己的政治看法，"傥遇晨风鸟"，"晨风鸟"实指晋诸臣，诸臣出北林，而我"出南林"，全诗即是以此口吻表达自己不与他们同途的政治观点，"超世"表达了对屈原远游的向往和追求。

　　饶诗表达了自己羁旅的孤独以及对山林的眷恋，表达了对羁旅生活的种种苦闷得不到舒张的无奈之情，"声声恋旧林"，"低首礼屈宋，敢效辞赋淫。"既表明了自己的精神向往，又表达了对阮籍敢效屈子而驰骋于当世的敬佩和赞赏之情。

　　全诗简译："不要轻视这小栅栏，它能寄托我高雅的兴致。灯下抚摸我的鬒发，只有它才懂得我的心思。无论我走到哪里去，它都形影不离千里跟随。羁旅的人都害怕听到笼中鸟儿的啼叫，声声都表达回归旧林的愿望。俯首以屈原宋玉之辞作为榜样，大胆仿效创作辞赋驰骋于今世。羁旅生活的各种悲伤与思绪，春天来临的时候独自难以禁受。"

附：阮籍咏怀诗第六十八首

北临干昧溪，西行游少任。
遥顾望天津，骀荡乐我心。
绮靡存亡门，一游不再寻。
傥遇晨风鸟，飞驾出南林。
漭瀁瑶光中，忽忽肆荒淫。
休息晏清都，超世又谁禁。

第六十九首

寥寥①千载下，自是知者②难。
入海击磬襄，适楚亚饭干③。
看尽长安花④，谁为置一餐。
犬羊虚有鞟⑤，已矣⑥复何言。

注释：

①寥寥：广阔；空旷；时间长。三国·魏·曹操《善哉行》诗之三："寥寥
　高堂上，凉风入我室。"

②知者：能了解的人；有见识的人。唐·元稹《琵琶歌》诗："曲名《无限》
　知者鲜，《霓裳羽衣》偏宛转。"

③入海击磬襄，适楚亚饭干：《论语》："大师挚适期，亚饭干适楚，三饭缭
　适蔡，四饭缺适秦，鼓方叔入于河，播鼗武入于汉，少师阳、击磬襄入于
　海。"意思是：太师挚去齐国了，亚饭乐师干去楚国了，三饭乐师缭去蔡
　国了，四饭乐师缺去秦国了，击鼓的方叔去了黄河，摇小鼓的武去了汉
　水，少师阳和击磬乐师襄到海滨去了。

④长安花：唐·孟郊《登第》诗："春风得意马蹄疾，一日看尽长安花。"描
　写了古代文人一旦科举登第，命运立即改变，从此平步青云，表达了作者
　想一日尽览长安所有繁花似锦之处的雅兴。

⑤犬羊虚有鞟：《论语》："君子质而已矣，何以文为？"子贡曰："惜乎！夫
　子之说君子也，驷不及舌。文犹质也，质犹文也。虎豹之鞟，犹犬羊之
　鞟。"注："皮去毛曰鞟。虎豹与犬羊别者，正以毛文异耳。今使文质同
　者，何以别虎豹与羊犬邪？"

⑥已矣：完了；逝去。旧题汉·李陵《答苏武书》："陵不难刺心以自明，刿

颈以见志。顾国家于我已矣。"

浅解：

两诗皆以友情难求来阐述自己的心境，阮诗以"交友诚独难"，表达自己与司马氏的不合，将损彼之有余而益我不足，而"生怨毒"，犹言公道之不持也。

饶诗表达知音难求的想法，对今世"犬羊虚有鞟"的无奈表达了自己的看法，既是对阮籍当时的同情，亦是对自己在当世无知音而倍感孤独。

全诗简译："寥寥千载之下，自是知道知音难求。击磬乐师襄到海滨去了，亚饭乐师干到楚国去了。尽览长安所有繁花，谁能为我安置一顿饭？即使犬羊之皮与虎豹之皮相同亦无虎豹之能，完了还有什么可以说的呢。"

附：阮籍咏怀诗第六十九首

人知结交易，交友诚独难。
险路多疑惑，明珠未可干。
彼求飧太牢，我欲并一餐。
损益生怨毒，咄咄复何言。

第七十首

窟泉①潜九渊②，云晕岂有思。
迢迢③鹘没处，千里唯邦畿④。
波涛晨夜兴，东方犹未晞。
药栏⑤有嘉卉⑥，日暮复弄姿⑦。
如何狂风过，相弃忽如遗。

注释：

①窟泉：地下的泉水。晋·郭璞《客傲》："且夫窟泉之潜，不思云罿；熙冰
　之采，不美旭晞。"

②九渊：深渊。语出《庄子·列御寇》："夫千金之珠，必在九重之渊，而骊
　龙颔下。"

③迢迢：道路遥远貌；水流绵长貌。晋·潘岳《内顾诗》之一："漫漫三千
　里，迢迢远行客。"

④邦畿：王城及其所属周围千里的地域。《诗·商颂·玄鸟》："邦畿千里，
　维民所止。"毛传："畿，疆也。"郑玄笺："王畿千里之内，其民居安，乃
　后兆域正天下之经界，言其为政自内及外。"亦指国家或区域。

⑤药栏：芍药之栏。泛指花栏。南朝·梁·庾肩吾《和竹斋》："向岭分花
　径，随阶转药栏。"

⑥嘉卉：美好的花草树木。《诗·小雅·四月》："山有嘉卉，侯栗侯梅。"

⑦弄姿：谓做出种种姿态。《后汉书·李固传》："固独胡粉饰貌，搔头弄姿，
　盘旋偃仰，从容冶步。"

浅解：

　　《楚辞·卜居》曰："吁嗟默默兮，谁知吾之廉贞，嘿与默同。"屈原当

时的困境与阮籍相仿，阮籍经常借屈原的事迹来阐述自己的观点，谄谀小人飞黄腾达，贤良君子无声无息。唉，有什么可说的呢，哪个知道我的廉洁忠贞！这就是阮籍所要说明他悲痛的原因。

饶诗借用"嘉卉"来指代那些有廉洁忠贞的人，好比屈原的"香草美人"，然而"嘉卉"在狂风过后，却"相弃忽如遗"，对贤良君子的遗弃表示愤慨与无奈，正如上文说道的："有什么可说的呢？"

全诗简译："地下的泉水潜入深渊，哪里会想到天上的白云飘飘。道路遥远鹖鸠出没的地方，千里之内唯有王城及其所属周围的地域。波涛朝夕兴起，东方犹未破晓。花栏有美好的花草，从早到晚做出种种美态。为何狂风过后，落花犹如被抛弃一样凄凉。"

附：阮籍咏怀诗第七十首

有悲则有情，无悲亦无思。
苟非婴网罟，何必万里畿。
翔风拂重霄，庆云招所晞。
灰心寄枯宅，曷顾人间姿。
始得忘我难，焉知嘿自遗。

158

第七十一首

逃俗①无踪蹊②，千林忽暮色。
佳句忧中来，胸次③常反侧④。
清思⑤泛妙香⑥，不谓出荆棘⑦。
便须快捉着，飞去无羽翼⑧。
惟此镜中心，可得勤拂拭⑨。
诗外祖师禅⑩，讵出浮屠⑪力。

注释：

①逃俗：避离尘俗；避世。明·袁宗道《是日登寺楼甚幽诸公拟借为社遂各
　施买酒余钱付僧葺窗槛并志》诗："无处堪逃俗，高楼远市廛。"

②踪蹊：途径。唐·孟郊《石淙》诗之七："搜胜有闻见，逃俗无踪蹊。"

③胸次：胸间。亦指胸怀。《庄子·田子方》："行小变而不失其大常也，喜
　怒哀乐不入于胸次。"

④反侧：翻来覆去，转动身体。《诗·周南·关雎》："悠哉悠哉，辗转反
　侧。"

⑤清思：清雅美好的情思。亦谓清静地思考。《汉书·礼乐志》："勿乘青玄，
　熙事备成。清思眇眇，经纬冥冥。"

⑥妙香：佛教谓殊妙的香气。《楞严经》卷五："见诸比丘烧沉水香，香气寂
　然来入鼻中……尘气倏灭，妙香密圆。"

⑦荆棘：泛指山野丛生多刺的灌木。《老子》："师之所处，荆棘生焉。"此喻
　艰苦的历程。

⑧羽翼：禽鸟的翼翅。《管子·霸形》："寡人之有仲父也，犹飞鸿之有羽翼
　也。"

⑨拂拭：掸拂；揩擦。《坛经·行由品》："身是菩提树，心是明镜台。时时勤拂拭，不使惹尘埃。"

⑩祖师禅：佛教语。禅宗称祖祖相传、不立文字的禅法为"祖师禅"，是以心印心的教外别传。元·耶律楚材《丙申元日为景贤寿》诗："劫外壶天寿无量，请公勤叩祖师禅。"

⑪浮屠：佛教语。梵语 Buddha 的音译。佛陀，佛。

浅解：

"木槿"、"蟋蟀"、"螅蛄"、"蜉蝣"不知生命之短，仍然在其一生之中努力做自己所能做的事情，然此诗非赞美它们，而是借此类虫来表达对国将亡而诸臣则为了自己的官禄而做自己的事情，从不忧国忧民，阮籍看在眼里，恨在心里！

饶诗在诗中阐述了禅宗的思想，不立文字教外别传的"祖师禅"对诗歌创作的作用进行了阐释，提倡诗歌创作的顿悟和灵感。

全诗简译："山林忽然进入黄昏，避离尘俗没有途径。佳句在忧愁中觅得，胸中亦辗转反侧。清雅的情思泛着殊妙的香气，不谓任何艰苦的历程。需要尽快的抓住这一时刻的感觉，只因它来无影去无踪。惟有此明镜台，可以让我经常擦拭。诗外工夫在不立文字的祖师禅，出自佛祖之神力。"

附：阮籍咏怀诗第七十一首

木槿荣丘墓，煌煌有光色。
白日颓林中，翩翩零路侧。
蟋蟀吟户牖，螅蛄鸣荆棘。
蜉蝣玩三朝，采采修羽翼。
衣裳为谁施，俛仰自收拭。
生命几何时，慷慨各努力。

第七十二首

春风休入座，我屋小如舟^①。
春动百花开，香生不自繇^②。
夜来^③春雨声，花谢成杞忧^④。
春风与春雨，胡乃^⑤成寇仇。
谁能亭毒^⑥之，携手^⑦阆风^⑧游。

注释：

①如舟：引自宋·苏轼《戏子由》诗："宛丘先生长如丘，宛丘学舍小如舟。常时低头诵经史，忽然欠伸屋打头。"

②自繇：自由。《东周列国志》第一回："宣王大怒曰：'既然如此，何不明白奏闻？分明是怠弃朕命，行止自繇。如此不忠之臣，要他何用！'"

③夜来：引用唐·孟浩然《春晓》："夜来风雨声，花落知多少。"

④杞忧：谓殷忧，深忧。明·高攀龙《答杨金坛书》："但盛世之一往一来，究归于治；衰世之一往一来，究归于乱。仁人君子，不能不为杞忧。"

⑤胡乃：何乃。唐·李白《古风》诗之二三："人生鸟过目，胡乃自结束。"

⑥亭毒：《老子》："长之育之，亭之毒之，养之覆之。"一本作"成之熟之"。高亨正诂："'亭'当读为'成'，'毒'当读为'熟'，皆音同通用。"后引申为养育，化育。

⑦携手：形容齐心。《孙子·九地》："故善用兵者，携手若使一人，不得已也。"曹操注："齐一貌也。"

⑧阆风：即阆风巅。《楚辞·离骚》："朝吾将济于白水兮，登阆风而绁马。"王逸注："阆风，山名，在昆仑之上。"

浅解：

　　阮诗颇具思辨，可称为哲理诗。言人世间势路所由，"亲昵成反侧，骨肉还相仇"，感慨颇深！饶诗亦以思辨之方式行诗，若小品，妙趣横生。以屋小而拒绝春风入座开篇，一趣；春风拂动百花开，而春雨又来催花谢，杞忧又生，二趣；于是，在诗人的遐思里，春风与春雨竟成了仇敌，三趣。有此三趣，而结尾一转，言何人能让春风春雨成熟一些，同心协力，共画春日胜境。惜花爱花之情态顿出，不著一字惜花语，读来却是，字字春愁！

　　全诗简译："春风休入座，我屋子小如舟。春风拂动百花开，花香从中飘来并不自在。夜来春雨滴落的声音，花儿凋谢杞忧又生。春风和春雨啊，怎么可以成为仇敌。谁人可以培育它们，同心协力在阆风巅上畅游。"

附：阮籍咏怀诗第七十二首

修涂驰轩车，长川载轻舟。
性命岂自然，势路有所繇。
高名令志惑，重利使心忧。
亲昵怀反侧，骨肉还相仇。
更希毁珠玉，可用登遨游。

162

第七十三首

骤骥①伤悲泉②，悬车③更服箱④。
去日⑤如转轮，尘隙漏春光。
游尘⑥拂游丝⑦，随风以簸扬⑧。
轮转日万周，丝绕百回肠。
春光在何许，海国⑨劳跂望⑩。

注释：

①骤骥：疾驰的骏马。晋·陶潜《岁暮和张常侍》诗："市朝凄旧人，骤骥
感悲泉。"

②悲泉：古代传说中的水名。《淮南子·天文训》："〔日〕至于悲泉，爰止
其女，爰息其马，是谓县车，至于虞渊，是谓黄昏。"后因以指日落处。
亦喻时光易逝。

③悬车：形容险阻。唐·杜甫《提封》诗："借问悬车守，何如俭德临。"

④服箱：负载车箱。犹驾车。《诗·小雅·大东》："睆彼牵牛，不以服箱。"
孔传："服，牝服也；箱，大车之箱也。"陈奂传疏："牝即牛。服者，负
之假借字，大车重载，牛负之，故谓之牝服。"

⑤去日：已过去的岁月。三国·魏·曹操《短歌行》诗："对酒当歌，人生
几何，譬如朝露，去日苦多。"

⑥游尘：浮扬的灰尘。亦比喻轻贱的人或物。《文选·刘孝标〈广绝交论〉》：
"视若游尘，遇同土梗。"

⑦游丝：飘动的柳絮。南朝·梁·沈约《三月三日率尔成篇》诗："游丝
映空转，高杨拂地垂。"

⑧簸扬：《诗·小雅·大东》："维南有箕，不可以簸扬。"此指灰尘随风飘

扬。

⑨海国：近海地域。唐·张籍《送南迁客》诗："海国战骑象，蛮州市用银。"

⑩跂望：举踵翘望。语本《诗·卫风·河广》："谁谓宋远，跂予望之。"

浅解：

　　阮诗在诗中表明自己仰慕奇士的事情，盖亦有所指，再次抒发自己对远游的向往，对世事的失望。

　　饶诗对时光易逝的有感而发，珍惜时光，探寻生命中转眼即逝的美好事物是他所要追求的。

　　全诗简译："疾驰的骏马伤感时光易逝，负载着车箱且路途险阻。逝去的日子如转动的轮子，而在尘隙间一丝春光泄漏。浮扬的灰尘轻拂飘动的柳絮，随风飘荡而去。轮子转动一日万圈，游丝萦绕肝肠百回。春光在哪里啊？我在海边费力举踵翘望。"

附：阮籍咏怀诗第七十三首

横术有奇士，黄骏服其箱。
朝起瀛洲野，日夕宿明光。
再抚四海外，羽翼自飞扬。
去置世上事，岂足愁我肠。
一去长离绝，千岁复相望。

第七十四首

高楼坐①向夕②，白屋③未全贫④。
逝水⑤日添波，隔海雾如尘。
残梦⑥费冥搜⑦，财名安可殉⑧。
别有吞天意，襟怀讵⑨绝伦⑩。
日落山更幽，物外⑪蕴道真⑫。
表灵⑬欣独赏，亦足契⑭我神。
戏海有群鸥，何必问水滨⑮。

注释：

①坐：渐；将。南朝·齐·谢朓《冬绪羁怀示萧咨议虞田曹刘江二常侍》
   诗："客念坐蝉媛，年华稍苍蘙。"唐·沈佺期《和杜麟台元志春情》诗：
   "青春坐南移，白日忽西匿。"

②向夕：傍晚；薄暮。晋·陶潜《岁暮和张常侍》诗："向夕长风起，寒云
   没西山。"

③白屋：指不施采色、露出本材的房屋。一说，指以白茅覆盖的房屋。为古
   代平民所居。《尸子·君治》："人之言君天下者瑶台九累，而尧白屋。"
   《汉书·王莽传上》："开门延士，下及白屋。"颜师古注："白屋，谓庶人
   以白茅覆屋者也。"

④贫：化自唐·刘长卿《逢雪宿芙蓉山主人》："日暮苍山远，天寒白屋贫。
   柴门闻犬吠，风雪夜归人。"

⑤逝水：指一去不返的流水。北齐·颜之推《颜氏家训·勉学》："光阴可
   惜，譬诸逝水。"

⑥残梦：谓零乱不全之梦。唐·李贺《同沈驸马赋得御沟水》诗："别馆惊

残梦，停杯泛小觞。"

⑦冥搜：深思苦想。唐·王昌龄《箜篌引》诗："明光殿前论九畴，簏读兵书尽冥搜。"

⑧殉：为某种目的或理想而舍弃自己的生命。《庄子·让王》："今世俗之君子，多危身弃生以殉物。"

⑨讵：副词，曾。晋·潘岳《悼亡诗》："尔祭讵几时，朔望忽复尽。"

⑩绝伦：无与伦比。《史记·龟策列传》："通一伎之士咸得自效，绝伦超奇者为右，无所阿私。"

⑪物外：世外。谓超脱于尘世之外。《晋书·艺术传·单道开》："（道开）后至南海，入罗浮山，独处茅茨，萧然物外，年百余岁，卒于山舍。"

⑫道真：谓道德、学问的真谛。《汉书·刘歆传》："党同门，妒道真。"颜师古注："妒道艺之真也。"

⑬表灵：显灵。南朝·宋·谢灵运《登江中孤屿》诗："云日相辉映，空水共澄鲜。表灵物莫赏，蕴真谁为传。"

⑭契：合；投合。三国·魏·曹植《玄畅赋》："上同契于稷卨，降合颖于伊望。"

⑮问水滨："问诸水滨"的省略。《左传·僖公四年》："贡之不入，寡君之罪也，敢不共给？昭王之不复，君其问诸水滨。"比喻不承担责任或两者不相干。

浅解：

　　阮诗以感叹上古之人安贫乐道引入，言今世多争名夺利之辈，遂生出保持自己的高尚之节，归隐湖海的想法。饶诗则本身就体现出一种安贫乐道的情操。"未全贫"之"未"字，是此诗的诗眼，一种怡然自得的感受由此洋溢全篇。世事如水，莫为财名所累。莫若在心底眼前，展开山水画卷，小山小石，清波细涟，几只追逐海浪的小海鸥，亦足慰怀。饶诗之妙，许多时候，是因为你我耳熟能详的事物，在诗人笔下，常现出另一种韵致来。

　　全诗简译："高楼渐渐沐浴于薄暮之中，白茅覆屋未全贫。流水天天兴起波浪，隔海雾气宛如灰尘一样。深思苦想着自己的残梦，财富和名利怎么可以让我抛却生命。别有吞天的志向，襟怀曾经无与伦比。太阳落下山林更显幽静，大自然的景物蕴含道德、学问的真谛。独自欣赏此种美景，亦足以和我的心理产生共鸣。群鸥嬉戏于海滨，何必问诸水滨。"

附：阮籍咏怀诗第七十四首

猗欤上世士，恬淡志安贫。
季叶道陵迟，驰骛纷垢尘。
甯子岂不类，杨歌谁肯殉。
栖栖非我偶，徨徨非己伦。
咄嗟荣辱事，去来味道真。
道真信可娱，清洁存精神。
巢由抗高节，从此适河滨。

第七十五首

物情①如芳草，岁岁有枯荣②。
畴能外死生③，入彼无畏④城。
佛前试拈花⑤，一笑春风生。
一人一事间，胡有种种名⑥。
诗以了一切，何待玉山倾⑦。
陶公岂非愚，乃以影答形⑧。

注释：

①物情：物理人情，世情。三国·魏·嵇康《释私论》："情不系于所欲，故能审贵贱而通物情。"

②枯荣：枯萎和茂盛。亦泛指生死、盛衰。南朝·梁·简文帝《蒙华林园戒》诗："伊余久齐物，本自一枯荣。"

③死生：死亡和生存。《易·系辞上》："原始反终，故知死生之说。"

④无畏城：佛教语。《大乘大集地藏十轮经》："乃至令彼一切善根，皆得圆满入无畏城。"

⑤拈花：《五灯会元·七佛·释迦牟尼佛》："世尊在灵山会上，拈花示众，是时众皆默然，唯迦叶尊者破颜微笑。世尊云：'吾有正法眼藏，涅槃妙心，实相无相，微妙法门，不立文字，教外别传，付嘱摩诃迦叶。'"

⑥种种名：《宗镜录》卷第五十："天定天也。人定人也。饿鬼定饿鬼也。乃至如一事有种种名。如一人有种种名。如一天乃至饿鬼畜生。有种种名。亦复如是。亦有多饿鬼全无名字。于一弹指顷转变身体作种种形。如是众生于一时间现无量色身。"

⑦玉山倾：南朝·宋·刘义庆《世说新语·容止》："山公曰：'嵇叔夜之为

人也，岩岩若孤松之独立；其醉也，傀俄若玉山之将崩。'"后以玉山倾倒形容醉态。

⑧影答形：陶渊明有《形影神》三诗，分别是《形赠影》、《影答形》、《神释》，是理解陶渊明一生思想的重要依据。他既接受了老庄的思想，又有感于晋宋之际的社会现实，于是创立了一种新的自然说。

浅解：

阮诗前六句用离骚芳草萧艾意，"一朝再三荣"黄节在阮步兵咏怀诗注认为或指王祥之流，王祥，东汉末年隐居20年，仕晋官至太尉、太保。高贵乡公即位，与定策功，封关内侯，拜光禄勋，转司隶校尉。从讨毋丘俭，增邑四百户，迁太常，封万岁亭侯。天子幸太学，命祥为三老。祥有清达之名，然不能忠魏而委曲求全于时，阮籍疾之，此诗盖阮籍自况，对当世表示无奈。

饶诗在诗中阐述了人情物理皆有盛衰的常理，再次用禅宗的思想表明自己对此的看法，并借用陶渊明的《形影神》三诗对儒释道思想的辨证取舍。"佛前试拈花，一笑春风生。一人一事间，胡有种种名。"为自己的观点做了总结：各种事物都皆有定性和完结，我们无需为其烦忧，并认为诗歌能"了一切"，饶教授在这里指出陶公形神观念局限，他在《玉烛新·神》词序言云："陶公神释之作，暂遣悲悦，但涉眼前，斗酒消忧，行权而已。"这是饶教授对形与神哲理作了新的诠释。

全诗简译："物理人情如同芳草，年年有枯萎和茂盛。如果能将死生置之度外，才能有泰然无所畏之德。佛前尝试拈花示众，一笑使春风遍生。一人一事之间，为何有种种名之纷乱。诗歌可以使一切皆了，何须等到玉山倾倒。陶公岂不是愚者，竟还写《影答形》之诗。"

附：阮籍咏怀诗第七十五首

梁东有芳草，一朝再三荣。
色容艳姿美，光华耀倾城。
岂为明哲士，妖蛊谄媚生。
轻薄在一时，安知百世名。
路端便娟子，但恐日月倾。
焉见冥灵木，悠悠竟无形。

第七十六首

诗中有慧剑①，欲运之无旁②。

此志极上下③，扶摇④千里翔。

往者固可追，来者良可望⑤。

往来通为一，不坐已先忘⑥。

何必起蒙庄⑦，重与论其常。

日暮溯大江，悲心⑧殊未央⑨。

注释：

①慧剑：佛教语。谓能斩断一切烦恼的智慧。语本《维摩经·菩萨行品》："以智慧剑，破烦恼贼。"

②无旁：没有辅助者。《楚辞·九章·惜诵》："吾使厉神占之兮，曰：'有志极而无旁。'"王逸注："旁，辅也。"

③上下：指天地。《楚辞·天问》："遂古之初，谁传道之？上下未形，何由考之？"

④扶摇：盘旋而上；腾飞。《庄子·逍遥游》："鹏之徙于南溟也，水击三千里，抟扶摇而上者九万里。"

⑤往者固可追，来者良可望：往者，过去的事。来者，将来的事。《论语·微子》："往者不可谏，来者犹可追。"

⑥不坐已先忘：此化用"坐忘"一词。道家谓物我两忘、与道合一的精神境界。《庄子·大宗师》："堕肢体，黜聪明，离形去知，同于大通，此谓坐忘。"郭象注："夫坐忘者，奚所不忘哉！既忘其迹，又忘其所以迹者，内不觉其一身，外不识有天地，然后旷然与变化为体而无不通也。"

⑦蒙庄：指庄周。《史记·老子韩非列传》："庄子者，蒙人也，名周。周尝

为蒙漆园吏。"唐·刘禹锡《伤往赋》："彼蒙庄兮何人！予独累叹而长吟。"

⑧悲心：哀痛的情思。《关尹子·极》："人之善琴者，有悲心，则声凄凄然。"

⑨未央：未尽；无已。《楚辞·离骚》："及年岁之未晏兮，时亦犹其未央。"王逸注："央，尽也。"

浅解：

阮诗和饶诗各自阐述了自己对老庄思想的看法，阮诗叹道丧也，认为道亡则礼法安能存，再次阐明诗人对伪礼法的不满，不如两相忘于道，出世而年比松乔的道家思想。

饶诗则从不同角度表明自己的看法，借用作诗取法自然来说明物我两忘并非是庄周的创想，是自然早就已经存在的常理，"往来通为一"无需盘坐已经物我两忘。

全诗简译："诗歌有斩断一切烦恼的智慧，想要运筹帷幄而无须辅助。这样的志气高极天地，腾空千里而翔。过去的事固然可以追溯，将来的事诚然可以期望。往来相通成为一体，即使不盘坐已经物我两忘。何必起庄周于地下，重与其论此自然之理。日暮之时溯江而行，哀痛的情思久久无法消除。"

附：阮籍咏怀诗第七十六首

秋驾安可学，东野穷路旁。
纶深鱼渊潜，矰设鸟高翔。
泛泛乘轻舟，演漾靡所望。
吹嘘谁以益，江湖相捐忘。
都冶难为颜，修容是我常。
兹年在松乔，恍惚诚未央。

第七十七首

摊书^①聊送日，省误以忘忧。
同归而殊途^②，意欲会九流^③。
可有贞观^④风，四部^⑤资校雠^⑥。
碎义^⑦休逃难，恐为达士^⑧羞。
作赋慕凌云，所追风力^⑨遒。
下友无始终，上与造物游^⑩。

注释：

①摊书：摊开书本，谓读书。唐·杜甫《又示宗武》诗："觅句知新律，摊书解满床。"

②同归而殊途：即殊途同归。语出《易·系辞下》："天下同归而殊途，一致而百虑。"原来的意思为天下万事初虽异，然终究同归于一。后泛指途径不同而结果相同。

③九流：原指先秦的九个学术流派。《汉书·叙传下》："刘向司籍，九流以别。"颜师古注引应劭曰："儒、道、阴、阳、法、名、墨、从横、杂、农，凡九家。"此指各种学术流派。

④贞观：贞，正，常。观，示。《易·系辞下》："天地之道，贞观者也。"此指文章以正确的道理示人。

⑤四部：中国古代图书分类名称。将群书分为甲、乙、丙、丁或经、史、子、集四类，称"四部"。

⑥校雠：一人独校为校，二人对校为雠。谓考订书籍，纠正讹误。汉·刘向《〈管子〉序》："所校雠中《管子》书三百八十九篇。"

⑦碎义：支离破碎的解说。《汉书·艺文志》："后世经传既已乖离，博学者

又不思多闻阙疑之义，而务碎义逃难。"

⑧达士：见识高超、不同于流俗的人。《吕氏春秋·知分》："达士者，达乎死生之分。"

⑨风力：指文辞的风骨笔力。南朝·梁·刘勰《文心雕龙·风骨》："相如赋仙，气号凌云，蔚为辞宗，乃其风力遒也。"

⑩下友无始终，上与造物游：此化用庄子《天下篇》："上与造物者游，而下与外死生、无终始者为友。"它表明的含义是超越了人世间的成败、利害、得失、生死，肯定个体的自由价值，是庄子的一种超脱精神的表现。

浅解：

阮诗认为死不足忧，但又害怕受到平生亲近之人的迫害而死于非命，表达了对人心变化的感叹，时过境迁，各人有各人的兴趣，一旦兴趣不同，或利益冲突，则友人也会成为仇人，即所谓"同始异支流"也。

饶诗则是抒写自己的兴趣所在，"省误"、"作赋"以忘忧，在诗中表现出"同归而殊途"的现象，既和阮公之诗，又体现与"同始异支流"不同的社会现象，"下友无始终，上与造物游"又表明诗人的超凡脱俗精神境界。

全诗简译："读书以度闲暇之日，勘误以忘记忧愁。途径不同而结果相同，是为了能获得学术价值。要让文章原有的道理准确的示人，经、史、子、集各类图书都必须纠正讹误准确表达。支离破碎的解说休躲过我的校勘，只怕我的勘误不够精准而被见识广的人所嘲笑。作辞赋来表达我的凌云壮志，所要追求的是文章风骨笔力的遒劲。上与造物者同游，而下与外死生、无终始者为友。"

附：阮籍咏怀诗第七十七首

咄嗟行至老，僶俛常苦忧。
临川羡洪波，同始异支流。
百年何足言，但苦怨与雠。
雠怨者谁子，耳目还相羞。
声色为胡越，人情自逼遒。
招彼玄通士，去来归羡游。

第七十八首

春风扇微和①，吹拂到岩阿②。
百卉既滋荣③，我笔亦生华④。
何须颂草木，徒尔⑤兴咨嗟⑥。
枝头好鸟鸣，殷勤意有加。
我自悦其音，他人将谓何⑦。

注释：

①春风扇微和：微和，轻微的暖气。出自晋·陶潜《拟古》诗之七："日暮
 天无云，春风扇微和。"
②岩阿：山的曲折处。汉·王粲《七哀诗》："山岗有余映，岩阿增重阴。"
③滋荣：生长繁茂。汉·张衡《归田赋》："于是仲春令月，时和气清，原隰
 郁茂，百草滋荣。"
④生华：开花。五代·王仁裕《开元天宝遗事·梦笔头生花》："李太白少
 时，梦所用之笔头上生花，后天才赡逸，名闻天下。"
⑤徒尔：徒然，枉然。南朝·梁·任昉《述异记》卷四："石犬不可吠，铜
 驼徒尔为。"
⑥咨嗟：赞叹。《楚辞·天问》："何亲揆发，定周之命以咨嗟？"王逸注：
 "咨嗟，叹而美之也。"
⑦谓何：如何；为何。《诗·小雅·节南山》："赫赫师尹，不平谓何！"郑玄
 笺："谓何，犹云何也。"

浅解：

 阮诗认为终身履冰，下学而上达，不埋怨上天给的命运，不要遇到挫折

就怨恨别人，通过学习平常的知识，理解其中的哲理，获得人生的真谛，表现了阮籍的为人处世的方式。

饶诗透露着自然醇美的境界，寄托自己对大自然的喜爱，对生活其中的自由舒适的情感的抒发，"我自悦其音，他人将谓何。"是饶公思想人生的写照，只要自己心灵纯净，享受自然各种美妙的事物，何必理会他人的想法呢。

全诗简译："春风带着轻微的温暖，吹拂到了山的曲折之处。百草千花茂盛生长，我的文笔亦生花。何须歌颂草木，那样只是徒然的表达赞叹之情。枝头有欢乐的鸟儿鸣叫，使大自然更加情意深厚。我自己非常喜欢这种悦耳的声音，又怎会在意别人的看法呢。"

附：阮籍咏怀诗第七十八首

昔有神仙士，乃处射山阿。
乘云御飞龙，嘘噏叽琼华。
可闻不可见，慷慨叹咨嗟。
自伤非俦类，愁苦来相加。
下学而上达，忽忽将如何。

第七十九首

众鸟之所宗，由来①是凤凰②。
岂复同凡禽，饮啄③在山冈。
海运徙南溟④，曾击临八荒⑤。
去以六月息⑥，默尔⑦深潜藏。
薮泽⑧咫尺间，无地可回翔。
但且惜羽毛，毋为弋者伤。

注释：

①由来：自始以来；历来。《易·坤》："臣弑其君，子弑其父，非一朝一夕
　之故，其由来者渐矣。"

②凤凰：亦作"凤皇"。古代传说中的百鸟之王。雄为凤，雌为凰。通称为
　凤或凤凰。羽毛五色，声如箫乐。常用来象征瑞应。《诗·大雅·卷阿》：
　"凤皇鸣矣，于彼高冈。"

③饮啄：饮水啄食。语本《庄子·养生主》："泽雉十步一啄，百步一饮，不
　蕲畜乎樊中。"成玄英疏："饮啄自在，放旷逍遥，岂欲入樊笼而求服养！
　譬养生之人，萧然嘉遁，唯适情于林籁，岂企美于荣华！"

④海运徙南溟：海运，海动。谓海动风起。南溟，南方大海。《庄子·逍遥
　游》："是鸟也，海运则将徙于南溟。"陈鼓应注引林希逸曰："海运者，海
　动也……海动必有大风，其水涌沸，自海底而起，声闻数里。"

⑤八荒：八方荒远的地方。《关尹子·四符》："知夫此物如梦中物，随情所
　见者，可以凝精作物，而驾八荒。"《汉书·陈胜项籍传赞》："并吞八荒之
　心。"颜师古注："八荒，八方荒忽极远之地也。"

⑥去以六月息：《庄子·逍遥游》："谐之言曰：'鹏之徙于南溟也，水击三千

里，抟扶摇而上者九万里，去以六月息也。'"息：停歇。

⑦默尔：犹默然。唐·郑谷《前寄左省张起居一百言寻蒙唱酬见誉过实却用旧韵重答》诗："从来甘默尔，自此倍怡然。"

⑧薮泽：指湖泽。《诗·郑风·大叔于田》："叔在薮，火烈具举。"

浅解：

　　阮诗以凤凰自况，凤凰本以鸣国家之盛，然此时却于八荒之处无法展翅，令人心伤，饶诗借对凤凰化作凡禽的无奈表达了对阮籍的痛惜，并告诫即使没法展翅飞翔也要珍惜自己，"毋为弋者伤"，实际是对阮籍的惺惺相惜。

　　全诗简译："众鸟之所朝宗，自始以来皆说是凤凰。岂能同平凡的禽类一样，在山林里饮水啄食。海动风起迁徙至南方的大海，曾经到达过八方荒远的地方。在那里停留六个月，没有地方可以盘旋飞翔。要珍惜自己的羽毛啊，别让射鸟之人所伤害。"

附：阮籍咏怀诗第七十九首

林中有奇鸟，自言是凤凰。
清朝饮醴泉，日夕栖山冈。
高鸣彻九州，延颈望八荒。
适逢商风起，羽翼自摧藏。
一去昆仑西，何时复回翔。
但恨处非位，怆恨使心伤。

第八十首

我梦向千里，醒来忽在兹。
一念生三千①，复兴千里期。
青天延②明月，欲结新相知③。
月乎投我怀，解佩④而要⑤之。
愿心如圆月，遍照去来时。

注释：

①一念生三千：一念三千说是天台宗极其重要的义理。所谓一念三千，即是在当下的一念之中，具足三千世间的诸法性相之意。《摩诃止观》第五卷上云："夫一心具十法界，一法界又具十法界。百法界。一界具三十种世间，百法界即具三千种世间。此三千在一念心，若无心而已，介尔有心，即具三千。"

②延：假借为"引"。引入，引见，迎接。《礼记·玉藻》："摈者，延之日升。"唐·李白《宣州谢朓楼饯别校书叔云》："欲上青天揽明月。"

③相知：互相知心的朋友。宋·辛弃疾《夜游宫·苦俗客》词："几个相知可喜，才厮见，说山说水。"

④解佩：解下佩带的饰物。汉·刘向《列仙传·江妃二女》："江妃二女者，不知何所人也，出游于江汉之湄，逢郑交甫，见而悦之，不知其神人也，谓其仆日：'我欲下请其佩。'……遂手解佩与交甫。"

⑤要：同"邀"，邀请。

浅解：

　　阮诗表达自己内心的痛苦，就像望佳人而佳人不在兹，招松乔而松乔不来，自己只能抱孤芳而长逝。

饶诗诗中富含禅境，将梦境与现实相交，让人不知何为梦境何为现实，表现饶诗中特有的意境，对孤芳自赏的作为，饶公有着不同的看法，想结交新友，身旁仅有明月相伴，那就"愿心如圆月，遍照去来时。"表现出饶公的坦荡从容。

全诗简译："我梦见我在千里之外，醒来犹如真的在那边。这一念三千虽是妄心，但与我期望到千里之外的心思是同源同体。青天迎接明月的到来，我想要结交新的知心朋友。明月啊，你投入到我怀抱中来吧，我解下佩带的饰物邀请明月。愿我的心如同圆月一般，照遍过去与将来。"

附：阮籍咏怀诗第八十首

出门望佳人，佳人岂在兹。
三山招松乔，万世谁与期。
存亡有长短，慷慨将焉知。
忽忽朝日隤，行行将何之。
不见季秋草，摧折在今时。

第八十一首

何处有神仙，乃曰松与乔①。
人纵真登仙②，天有几重霄③。
不死复安④之，天路⑤岂不辽⑥。
劳人⑦思旷土⑧，止息⑨乐此朝。
纵浪⑩大化⑪中，生气⑫足飘飖⑬。

注释：

①松乔：神话传说中仙人赤松子与王子乔的并称。汉·扬雄《太玄赋》："纳
    傔禄于江淮兮，揖松乔于华岳。"

②登仙：成仙。《楚辞·远游》："贵真人之休德兮，美往世之登仙。"王逸
    注："仙，一作僊。"

③重霄：犹九霄，指天空高处。晋·左思《吴都赋》："思假道于丰隆，披重
    霄而高狩。"

④安：安乐；安适；安逸。《左传·僖公二十三年》："怀与安，实败名。"
    《论语·学而》："君子食无求饱，居无求安，敏于事而慎于言，就有道而
    正焉，可谓好学也已。"

⑤天路：天上的路。汉·张衡《西京赋》："美往昔之松乔，要美门乎天路。"

⑥辽：《说文》："辽，远也。"

⑦劳人：劳苦之人。《旧五代史·晋书·高祖纪》："己亥，罢洛阳、京兆进
    苑囿瓜果，悯劳人也。"

⑧旷土：荒芜的土地。《礼记·王制》："无旷土，无游民，食节事时，民咸
    安其居。"

⑨止息：休息；住宿。《楚辞·离骚》："步余马于兰皋兮，驰椒丘且焉

止息。"

⑩纵浪：犹放浪。晋·陶潜《形影神·神释》诗："纵浪大化中，不喜亦不惧。"

⑪大化：指宇宙，大自然。三国·魏·曹植《九愁赋》："嗟大化之移易，悲性命之攸遭。"

⑫生气：活力；生命力。唐·司空图《二十四诗品·精神》："生气远出，不著死灰。"

⑬飘飘：飞翔貌。三国·魏·阮籍《咏怀诗》之四十："焉得凌霄翼，飘飘登云湄。"

浅解：

阮诗以对比的方式来谈神仙与人的区别，言纵使人生乐百年，亦是一夕不再朝，由此引发对神仙生活的向往，表达对现实生活的惆怅与怅叹。饶诗亦从说登仙开始，却言此种做法不可取，不若固守自己的方寸之地，在大自然中放纵自己的性情。而如此，才能使自己的生命得以升华。阮诗显得飘缈惆怅，而饶诗则显得更为淡定，从容。

全诗简译："哪里有神仙，都会提到赤松子与王子乔。人纵使真能登仙，天上还有好几重宵。长生不死能让人心安，然而天路那么的遥远。劳苦的人担心荒芜了的土地，怎么会想在这里享受休息呢。何不放浪形骸于自然之中，将充满活力像鸾凤飞翔于空中。"

附：阮籍咏怀诗第八十一首

昔有神仙者，羡门及松乔。
嗷习九阳间，升遐叽云霄。
人生乐长久，百年自言辽。
白日陨隅谷，一夕不再朝。
岂若遗世物，登明遂飘飘。

第八十二首

诗无乎^①不在，瓦甓^②亦贲华^③。
岂不思古人，易^④奇而诗^⑤葩。
老骥千里^⑥心，犹秣^⑦天山禾。
谁能写其真，而求世俗阿^⑧。
真气^⑨果吐虹^⑩，览者莫惊嗟^⑪。

注释：

①乎：缓和语气或表示语气的停顿。《论语·子路》："子曰：'苟正其身矣，于从政乎何有？不能正其身，如正人何？'"

②瓦甓：泛称砖瓦。《庄子·知北游》："东郭子问于庄子曰：'所谓道，恶乎在？'庄子曰：'无所不在。'东郭子曰：'期而后可。'庄子曰：'在蝼蚁。'曰：'何其下邪？'曰：'在稊稗。'曰：'何其愈下邪？'曰：'在瓦甓。'曰：'何其愈甚邪？'曰：'在屎溺。'东郭子不应。"

③贲华：谓开出多彩的花。南朝·梁·刘勰《文心雕龙·原道》："云霞雕色，有逾画工之妙；草木贲华，无待锦匠之奇。"

④易：书名。古有《连山》、《归藏》、《周易》三种，合称三《易》，今仅存《周易》，简称《易》。

⑤诗：指《诗经》。《论语·为政》："诗三百，一言以蔽之，曰：思无邪。"易奇而诗葩：唐·韩愈《进学解》："《易》奇而法，《诗》正而葩。"

⑥老骥千里：语出：三国·魏·曹操《龟虽寿》："老骥伏枥，志在千里，烈士暮年，壮心不已。"老骥：年老的骏马。多喻年老而壮志犹存之士。

⑦秣：喂养。《诗·周南·汉广》："之子于归，言秣其马。"

⑧阿：曲从；迎合。《管子·君臣下》："明君之道，能据法而不阿。"

⑨真气：人体的元气，生命活动的原动力。由先天之气和后天之气结合而成。道教谓为"性命双修"所得之气。《素问·上古天真论》："恬惔虚无，真气从之；精神内守，病安从来？"

⑩吐虹：气势能吞没彩虹。形容气势很大。元·无名氏《百花亭》第三折："有一日功成，功成名遂，那时节耀武扬威，云路鹏程九万里，气吐虹霓，志逞风雷。"

⑪惊嗟：惊叹。《南史·曹景宗传》："约（沈约）及朝贤惊嗟竟日。"

浅解：

　　阮诗借墓前木槿开花，言尘世浮沉，而人已迟暮，不堪狂风吹损。从而引发此生不如西山草，悠闲自在，若可选择，宁可停留在少年时的感慨，是一首嗟叹之作。饶诗以暮年所为相和。言诗无处不在，上古之人写《周易》，著《诗经》，虽已暮年，却雄心犹壮，而自信终有一天，所写作品呈现在世人面前，必定使读者为之震撼赞叹！字里行间传达出的大气豁然，让人为之击节三叹！

　　全诗简译："诗歌无处不在，砖瓦亦开出多彩的花朵。谁不赞叹我们的古代先贤，《易经》奇特而《诗经》优美。年老之士而壮志犹存，犹喂养着天山的禾苗。谁能抒写其真意，而不去追求迎合世俗。如此气势写出来的诗篇能吞没彩虹，必定使读者为之震撼赞叹。"

附：阮籍咏怀诗第八十二首

墓前荧荧者，木槿耀朱华。
荣好未终朝，连飙陨其葩。
岂若西山草，琅玕与丹禾。
垂影临增城，余光照九阿。
宁微少年子，日久叹咨嗟。

与李棪斋论阮嗣宗诗书

棪斋吾兄足下：叠接手书，累数纸，稽答为罪。今晨综读之，至再至三，深觉足下抉发入微，用心至细，休文以来，此秘未睹，足使蔚宗却步，彦和变色，敬佩无量。尊论阮公用韵之严，"之""支"独用，不与"脂"混等说，自是不刊之论。弟和阮诗，每首悉遵原韵，未敢差池。有重韵者，亦沿其韵（如第二十八首重"洲"字）。故与兄说无乖。惟句中平仄，兄指出有一句五平之法，似非阮公有意如此，恐一时偶尔用之。试检同时他人之制，每首中不少杂入一句五平者，如刘桢《公讌》"流波为鱼防"，何晏《失题》"流飘从风移"，嵇康《述志》"盘桓朝阳陂"，皆全平（全仄者如应氏杂诗"少壮面目泽"），可例推也。阮诗异本复不同，如第二首"逍遥从风翔"，明范钦本"从"作"顺"，则非五平矣，此一事也。兄过重视双声叠韵，阮诗中双叠者大抵联绵字居多，如所举旖粗、计较、侧怆、悦怿，遽数之不能终其物。诗骚本已如此，八音克谐，唇吻遒会，而变化随心，原无定法，何必一一墨守，作茧自缚。双叠之名，始见《宋书·谢庄传》，鄙见江左人士，喜言双声，另有外缘，容细论列。阮公诗虽有双叠之用，未必能穷双叠之理，黄初正始之间，双叠之说，固未兴也。故和阮诗，恐不宜措意于此。尊举亦无通例可循，如第五十二首第五句之末字，与第六句之首字，兄以为皆幽部字，亦是偶然者。试以兄法再寻绎之，第四句末之"记"，与第五句首字之"谁"，第六句末字之"俟"（兄次韵诗作"河涘"误也。"行俟"二字用《小雅》，"行则俟俟"，作"俟"为是），与第七句首字之"避"，末数句之"已"与"是"，"间"与"焉"，"理"与"计"，似亦可谓以同部字辗转为用也。双叠滥用，大谢诗中最多；南朝之效康乐者，未届其精，先得其失，故有"阐缓"之诮；巧不可阶，萧纲与湘东书，已痛论之。声病说之起，即其针砭，今更踵事增华，变本加厉，文章之美，何曾在此，弟所以不敢苟同，此又一事也。嗣宗旷放，必不滞于声律，观其《乐论》似对刘劭而发（《乐论》中刘子，即指劭。《魏志·劭传》："主制礼作乐，以移风俗，著《乐论》十四篇。"）。当日夏侯玄亦与论难（玄存《辨乐论》二则，《御览》引之），阮公论乐之旨，要使其声平，其容和，重元气，屏淫声。故曰先王制乐，必通天地之气，静万物之神，固上下之位，定性命之真。（阮文中多有用韵）。又谐"达道之化者，可与审乐，好音之声者，不足以论律"。此其所尚，非繁声缛节，而在通大体，以臻太和之境地。依是以言，其于诗律有不遑细求也明矣。古之人之论阮，厥有三端：曰"藻"（《魏志》："籍才藻艳逸。"），曰"旨"（《诗品》："厥旨渊放"，《文心雕龙》："阮旨遥深。"），曰"气"（《文心·才略》："阮籍使气以命诗。"），足下更进之以"律"，诚发人所未发。惟阮公语多隐避，归趣难求。和阮之篇，近人有段凌晨者，摹情拟貌，摭阮之艳采，而重塑之，是仅有得于辞藻而无裨于辞心。弟于阮诗寝馈未深，而窥慕其气，以为居千载之下，于阮公之诗，难以情测。但知阮公深于《易》，"作《易》者其有忧患乎！""又明于忧患与故"，此阮公诗心之所系者也。今之忧患，更有甚于阮公者，使阮公复生，岂能无诗，余何敢知阮公，顾独不无类阮公忧患之心，故敢有和阮之作。然和阮而非阮，即于阮公之辞藻亦偶用其一二，仅效其使气之术，依其韵而已。步古人之韵，而为今人之诗，非敢貌袭魏晋，如明人之为也。余旅长洲，发兴步阮韵，五日而成诗八十二首，既成，弃置箧衍，自以不似阮公诗，易名曰《长洲集》。所以迟迟未敢献曝者，以阮诗旧刻非一，字句序次，辄多歧异，而未敢遽定，今重以兄意，姑再摭陈之。阮集《直斋书录·诗集类》称："四卷，其题皆曰咏怀；首卷四言十三篇，余皆五言，八十篇，通为九十三篇。"是宋刻五言，原止八十篇耳。明嘉靖（二十二年）范钦（即天一阁主人）陈德文刻《阮嗣宗集》二卷，卷下为《咏怀诗八十一首》，（有注云："《述怀》八十一篇者，岂数极阳九而作邪？意微旨远，见于命题，志士发愤之所为也。读籍诗者，其知忧患乎。"而陈德文序亦云："今览其《咏怀》八十一篇，语庄义密，曲高和寡。"）是为八十一首者。北平图书馆旧藏明刊《阮嗣宗诗》（此为八行十六字本），则题《咏怀八十二首》（此本前有佚名刻《阮嗣宗诗序》，末有嵇叔良撰《阮公碑》），是为八十二首本。冯惟讷《诗纪》云："京师曹氏家藏《阮步兵诗》一卷，唐人所书与世所传多异。"不知视上列诸本如何？黄晦闻笺阮诗，则以蒋师爚注为据，惟各序次复不同，如范本"夜中不能寐"为第一首，以"谁言万事难"为第二首（黄注在第三十六），"嘉时在今辰"为三首（黄注在第三十七），"二妃游江滨"为第四首。明刊八行本阮诗则第一首为"于心怀寸阴"（黄注在二十一首），第二首为"鸳鸠飞桑榆"（黄注在第四十六），第三首为"登高临四野"（黄注第十三首），第四首为"夜中不能寐"，排列完全不同。又范本之作八十一首，则以"生命辰安在"至"定可相追寻"，及"鸣鸠嬉庭树"至"消散何缤纷"（今作二首）合而为一（《汉魏诗集》亦合为一首）。若乎文字之差异，更难指数，然后恍然于从事《阮集》，校文之事，实为先务，兄辨声审律之工作，更须以文字为基，否则何从下手耶？苦乏暇晷，《阮集》校勘，未遑为之。聊因北风，敢布区区，伏惟裁正不备。

颐白　一九六二年十一月

侯思孟著阮籍生活与作品题辞

　　侯思孟君著《阮嗣宗生活与作品》，既杀青。是岁三月初，余抵巴黎，得先睹其校样，喜而为之序曰：侯君谓史家月旦嗣宗，殊不多觏。余见李贽藏书，列阮于隐者传，别具卓识。独孤及为阮公《啸台颂》，称公以"全德生于衰世，而逃礼逃用，晦德忘己。"向读《通易论》，知阮公固湛于易。其说大人之义，以为"寂寞者德之主。明夫天道者不欲，审乎人德者不忧，夫是之谓全德。"故曰"作智造巧者害于物，明是考非者危其身。"（《达庄论》）。虽曰逃礼逃用，实正显诸仁而藏诸用。此大人之至德，非于《易》旨，深有体会，兼能践履之，曷克臻此。岂辅嗣之辞才逸辨，士季之偏讯互体，其出处语默，不识物情，枢机之发，泥夫大道者，可同日而语哉！《魏志》载李秉《家诫》，引《易》"括囊无咎。藉用白茅，慎之至也。"称"天下之至慎，其惟嗣宗乎。每与之言，言及玄远而未尝臧否人物，真可谓至慎者矣。"嗣宗之慎，终身凛薄冰之戒，又非得于《易》而何耶？《世说·赏誉》：王戎目阮文业清伦有鉴识。文业著书谓之阮子，与杜恕言相观才性，钟会之撰《四本论》才性离合之异，必受其影响，其人即嗣宗之从父也。而嗣宗父瑀，著《文质论》，亦以品衡人才（见《艺文类聚·人部》），一时播为名篇。今览嗣宗之言，若云"繁称是非，背质追文者，迷罔之伦也；故至人清其质，而浊其文。"夫其抑扬文质，家学可溯焉。文业、元瑜品藻人物。仍是东汉以来清议鉴识之旧学，至刘劭而得其总结；若嗣宗则与荀粲皆尚玄远。又绝口不臧否人物，无意于立功立事，抗志九垓之间，寄情八荒之表，于名教有所不屑，去人而入天，独超于神理，正始以来，玄学之转捩，其在兹乎！阮公著《乐论》乃应刘子之问，向不知刘子为谁氏，考《劭传》云"著《乐论》十四篇"，殆即劭乎？又独孤氏《颂》云："哀莫大于矫时死名，于是有吊比干文。"此篇严辑且无其目，唐时为人传诵，知阮文之不存者尚多也。凡此琐琐，君书未及抉发。用略昭其剩义。君书疏理邃密，援譬引类，言之务尽，行见不胫而走。抑阮公心事，千载之下，难以情测，得君此书将如阴霾之毕扫，阮公有灵，自当惊知己于千古也已。

一九七六年三月十日饶宗颐时客巴黎

詞籍考

辛丑建子之月

溥儒題

詞籍考

★

饒宗頤著

香港大學出版社

TZ'U-TSI K'AO

EXAMINATION OF DOCUMENTS RELATING TO TZ'Ŭ

PART ONE
COLLECTED WORKS OF SEPARATE AUTHORS
FROM T'ANG TO YÜAN

JAO TSUNG-I

HONG KONG UNIVERSITY PRESS

Foreword

by

F. S. DRAKE

The author of this important study, Mr Jao Tsung-i (饒宗頤), is one of those versatile scholars that China delights in producing from time to time. While he was still in his thirties, Mr Jao had already come to the front rank in a number of very divergent fields of study. Son of a famous scholar of Ch'ao-chou(潮州)and early familiar with books, he was appointed chief editor in the revision of the official topography of his home prefecture, *Ch'ao-chou Chih* (The Local History of Ch'ao-chou)(潮州志二十册)in 1948. This massive work, published in twenty volumes, followed by papers on various archæological, historical and linguistic subjects in Chinese journals, established Mr Jao's reputation as a scholar. In 1952 he was appointed to the staff of the Department of Chinese at the University of Hong Kong, first as Assistant Lecturer, then as Lecturer in Chinese Literature. In addition to carrying a heavy load of teaching, Mr Jao pursued researches simultaneously in such diverse subjects as the oracle bones, the Tun-huang manuscripts, and Sung lyrical verse, the results of which he published consecutively in various sinological journals in Taiwan, Hong Kong and Japan. From 1956 he attended several sinological conferences in France, Germany and Italy, and laid the foundations of his international reputation. For many years he was engaged in a comprehensive plan for the collection of the published inscriptions on the oracle bones, and though he had to abandon the complete scheme for a time, he published in 1959 two large volumes on the

Oracle Bone Diviners of the Yin Dynasty (殷代贞卜人物通考) (Hong Kong University Press) which attracted the attention of scholars in all parts of the world. In 1962 on the recommendation of Professor Paul Demiéville Mr Jao received the singular distinction of the award of the Stanislas Julien Prize.

Mr Jao's studies in *Tz'ŭ* (lyrical verse) commenced in 1941, with his participation in the vast unpublished compilation by many scholars of a *Complete Collation of Tz'ŭ of the Ts'ing Dynasty* (全清词抄). This was followed by his *Introduction to the Study of Documents relating to Tz'ŭ* (词籍考序例) included in the literature section of the *Local History of Ch'ao-chou* (潮州志艺文志) in 1948. In 1957 Mr Jao was invited by Professor Balazs to participate in the *Sung Project* initiated in Paris, and undertook to write the 'explanations to the separate titles' (解题) in the compilation. The contents of the present books have already been described in the preface by Professor Chao Tsun-yo (赵尊岳). Suffice it to say here that the first volume now offered to the public deals with the collected works of separate authors from the T'ang to the Sung and Yüan dynasties; under each collection are given historical, biographical, critical, and introductory notes, with accounts of the various schools and the different wood-block texts, variant readings, and textual emendations. At the end of each title is appended a bibliography for the convenience of students. Some new material discovered by the author in the *Tao-tsang* (道藏) and the *Yung-lo Ta-tien* (永乐大典) is included.

F. S. DRAKE

Having had the privilege of working with Mr Jao T'sung-i in the Department of Chinese at the University of Hong Kong for the past ten years, it gives me great pleasure to contribute this foreword to his latest work.

30th November 1962

Préface

par

PAUL DEMIÉVILLE

Je suis loin d'être un spécialiste du *ts'eu* (词), cette poésie "baroque" qui tient de ses origines chantées une liberté de la forme et du fond, une souplesse prosodique et une subtilité d'inspiration toutes musicales, mais dont l'accès est difficile et nécessite une longue pratique qui me manque; je serais bien incapable d'y percevoir d'emblée les doubles ou triples niveaux d'interprétation que mon ami Ho Kouang-tchong de l'Université de Singapore m'exfoliait, en les illustrant de peintures de sa main, au cours de son récent séjour à Paris. C'est juste si j'en ai lu assez pour y avoir apprécié une des réussites les plus originales et les plus séduisantes de l'art littéraire chinois. Aussi me suis-je trouvé confus lorsque M. Jao Tsong-yi a bien voulu m'envoyer les épreuves de la table des matières et des deux premiers chapitres de sa grande bibliographie critique du *ts'eu* en m'invitant à écrire quelques lignes pour présenter ce travail monumental au public d'Occident.

Je n'ai rencontré M. Jao Tsong-yi que pendant quelques instants lors du IXᵉ Congrès International dit des Junior Sinologues, qui s'est tenu en 1956 dans un lycée de la banlieue parisienne. Il y avait là beaucoup de monde, non seulement des Juniors mais, presque aussi nombreux, des Seniors chevronnés. Parmi ceux-ci, un délégué de l'Université de Hong Kong qui s'effaçait, observant gens et livres sans guère ouvrir la bouche; entre les séances, il se faisait montrer les quelques inscriptions chinoises sur écaille ou sur os échouées dans nos musées et dans nos bibliothèques et auxquelles il devait consacrer une excellente brochure. Il m'offrit un ouvrage qu'il venait de publier sur un commentaire du *Lao-tseu*(老子)retrouvé àTouen-houang(敦煌);nous échangeames quelques mots.

Le congrès fini, je lus son livre dont la haute tenue scientifique me frappa. Dès lors je suivis attentivement ses publications, qu'il me fit l'honneur de m'envoyer, et je reconnus dans ce méridional si simple et si réservé un des plus grands sinologues de notre temps. L'ampleur et la variété de ses connaissances sont bien dans la tradition encyclopédique des grands savants chinois. De l'histoire à la géographie, de la littérature à la musicologie, de l'archéologie à la paléographie et à l'épigraphie, il n'est pas de domaine où sa maîtrise ne se soit affirmée. Mais c'est la bibliographie qui reste peut-être l'objet préféré de ses études: non pas un plat relevé de titres et d'auteurs, mais une bibliographie vivante, critique, engagée, qui scrute l'esprit derrière les textes, les situe et les juge. Tel est, autant que je puisse m'en rendre compte d'après ce que j'en ai vu, ce *Ts'eu tsi k'ao*(词籍考)ou "Examen des documents relatifs au *ts'eu*", qui passe en revue toute l'histoire, l'esthétique et la technique de *ts'eu* à la lumière des documents qui s'y rapportent: recueils individuels (别集类)ou collectifs (总集类)mentionnés ou conservés depuis la fin des T'ang jusqu'à nos jours, répertoires des tabulatures prosodiques (词谱类),"propos"(词话类) et "critiques" (词评类)des connaisseurs de toutes épo-ques, matériaux historiques et musicologiques—près de vingt ans de travail, m'écrit M. Jao Tsong-yi, pour mettre au point cette somme qui tient compte des derniers résultats de la recherche et promet de faire autorité pendant longtemps. Le titre même m'en remémore ceux de deux des chefs-d'œuvre de l'érudi-

PRÉFACE

tion chinoise du XVIIIᵉ siècle, le *King yi k'ao*(经义考) de Tchou Yi-tsouen(朱彝尊), sur le canon confucéen et son exégèse, et le *Che tsi k'ao* (史籍考) de Tchang Hiue-tch'eng(章学诚), sur la littérature historique; encore ce dernier, dû à un historiographe de génie mais qui fut méconnu de ses contemporains, ne subsiste-t-il plus qu'à l'état de lambeaux. Tchou Yi-tsouen avait composé également un *Ts'eu tsong* (词综) ou "Compendium du *ts'eu*", dont M. Jao Tsong-yi semble s'être inspiré, mais en l'enrichissant de tout un acquis *nouveau* et en le renouvelant par une méthodologie moderne. Puissent ces quelques mots témoigner tout au moins de l'intérêt et de l'admiration que suscitent les travaux de M. Jao Tsong-yi sur an plan international, au dela de l'île hospitalière où il réside actuellement et de son pays.

PARIS, 8 août 1961

词籍考序

为裒录之业于清代，似莫盛于小长芦钓师。汉魏以来，说经之书，汗牛充栋，乃录《经义考》。虞山蒙叟，采列朝之诗，不无偏颇，乃录《明诗综》三千四百余家。而学者或议其钩而未沉。翁覃谿云，竹垞《经义考》，纲领节次，详整有要，为功于经学非细。顾所载序跋，多删去其末行年月，致使作者先后，无所按据，翁著其言于《复古斋文集》，至于再四。何义门云，竹垞先生《明诗综》，去取几于无目，二十年来所敬爱之人，一见此书，不觉兴尽。义门为虞山之徒，言有所激，然不尽门户之见也。至于《词综》，尤为钓师经意之作，承词学久晦之后，以兴衰自任，且始用心于南宋，梳姜史之细腻，栉二窗之密勿，使人知花草之外，又复有词。幸次郎少年读词，亦津逮于此。而觉其发明，有所未尽，盖其时限之，得失之故，颇难言也。虽然，幸次郎不读词者久矣。始谓纳兰成德亦外国人也，何必废然返。而才力所限，竟自废然，弃之者几三十年。今获读饶固庵教授《词籍考》，而叹息焉。教授之书，以考为名，犹谢氏之《小学》，近人之《许学》、《老子》，体裁有承乎钓师，而非勤勤录序跋，如吏胥之写官牍已也。有疏证，有品骘，考词人之生平，叙词流之升降，字句异同，亦举其要，词之史、之话、之平议寓焉。盖乾嘉以还，词学极明，与经史之学，分镳争驰，教授尽平生之心力，集大成于此。至于甄录板本，言之盘盘，尤非钓师之所梦想。顺康之世，渔洋不知《山谷精华录》之伪，其余可知。今则词山曲海，源流粲然，教授掩而有之也。幸次郎昔亦治目录之业矣，而厌之，以类贾人之簿录者多，能为读者目如宋之晁、陈者寡也。今教授之书，诚可谓读书者之目，自此以后，读词者必发轫于此，犹三十年前幸次郎之读词，发轫于钓师之《词综》也。其难其易，岂可同日语哉。昔人辄谓古今人不相及，自严氏《天演》之译出，人皆知其不然。力今而胜古，日进无疆，教授有焉。辛丑立春日，日本京都大学文学部教授吉川幸次郎谨序。

词籍考序

短暑饯䐋，宛春宜䔦，人惟雅言，座移佳茗。辟世云乐，犹尚空山之足音；乘桴而南，未忘巉谷之长律。饶子宗颐，惠然促客，侑我看蒸。出其珠玉，所著《词籍考》若干卷，纷如亦袤如也。以喻鲰生，颇托同好，见闻躔踏，则记诵益姝；搜讨汗漫，则校雠弥备。积岁累黍之劳，镫窗无间；穷年排日之役。翰墨有灵。经师虽屏之为小道，词客辄窃比于知音。始治阳春，张吾宗之清事，终窥石室，网六州之前修。继兹而往，薄有所述，播诸瀣旬，每自汗颜，披睹斯编，感不去手。试申喤引，容有当夫。兹编部居既严，搜罗至当。沿流必溯其源，导长江于积石；探本兼寻其脉，汇九流为具区。题名陈炜，开珠尘兰畹之先；踵事李黄，负曲海词山之誉。云礽有自，奕叶可征，目录之传，重在统绪。此其嘉惠士林者一也。中土幅员袤广，地望纷披，饮井水处，咸工崇安之丽辞，绣弓衣上，亦著宛陵之秀句。列邑萃其遗文，巴人珍其敝帚。衙官每通气类，薇省自集同声。扬葩氏族，或合三李于一堂；余韵燕支，竟掇众香于百衲。尤且朔北暨南，声教远播；严疆泽薮，风颂攸同。重译充夫海外，扶桑亦绍弦歌；备礼比诸小邦，高丽犹存乐志。自非勤披珊网，安能陟兹昆岗。此又其嘉惠士林之一也。溯自乐府和鸣，清商促拍。中唐以降，词曲递承；五代迄今，筹桑娄易。风裁视时代为隆替，则尊古者嗜之如玄酒太羹；简册随兵燹以散佚，则考制者契想夫椎轮大辂。而况相公曲子，凤焚红叶之章；邑尉方山，已失金荃之旧。然草堂四卷，升庵卒发之尘封；尊前一选，梧芳犹疑出手纂。凡兹若存若亡之作，容为垂断垂续之征。辑者市骏骨于金台，标芳型于梦弼。县目以待，存佚为心，泽古之功，尤不可没。此嘉惠士林之盛业又其一也。至绣梓源于孟蜀，绵历在千载以前；传钞秘于莫高，缮写有数本之异。南唐十国，导以先河，天水一朝，张彼词囿。枣梨广被，间同集而异名；丹黄所加，或攻错而补夺。事汉家之师法，则旁谱勤求；珍宋椠为单传，则精思邈属。又或薶尘队简，中绝于百十年之间；沉井藏山，欣获于二三子之手。天府列诸奎璧，秘其流馨；藏家济以诡谋，流为嘉话。板本之学，固通于词林；雠勘之严，同功于管色。允当众篇毕举，庶隋珠与和璧争辉，片楮不遗，使杜库与陆厨竞爽。凡学人所艰致，惟斯集为独长。此尤嘉惠士林之盛且至者一也。夫词之为学，窥之则隐，穷之则深。昔人惑于名教之偏，徒以事功相许，著作虽夥，传布不遑，包举至繁，类别未审。饶子斯篇，不特涉堂庑之胜，抑且发岩穴之幽。以例相从，隶兹六属。孔门六艺，渊淳于覆载；吕氏六论，研讨夫天人。同符异代，由来远矣。尝试言之：其曰词集，则别行专著，俶落晚唐；景写覆锲，盛于南宋。选辑以花间肇其始，丛刊以彊村殿其最。其曰词谱，则啸余以下，迄至碎金。淮海虽陋而犹存，宜兴特精而待补。其曰词韵，则棐斐远出宋季，翠薇盛于道咸。李仲之作，原只郢书；赵谢诸家，姑存燕说。其曰词评，则解诗著匡鼎之名，玉林丹黄于氏籍之次；论文出刘勰以外，苕霅掇采于丛残之林。熏香摘艳，菊庄征其博识；童求蒙拾，渔洋扇其流风。新都矜博学为多能，人间昌词心之极至。其曰词史，则罗述师承，比渊源之有录；钩稽掌故，识体尚之所趋。自来学案之作，学以史传；年谱之行，史以学重。畴日凡儒冠独具之格，今兹则词海亦沿其波。而尤艰辛卓绝，迈越古人者，则曰词乐。存李赵之堕绪，传薪火于烬微。探海国之奇书，挈法乳于点滴。明镫曲苑，秘篋龙威。乐府混成，修内惊其辑逸，云谣杂曲，乐世复其和声。白石庶资以切磋，玉田可倚为揩馥。

是则新体宏宣，陈篇再出，阐述之劳，固不可废，而开先之导，尤属难能。景星庆云，间世始见，微言绝学，何幸以传者已。饶子素秉清芬，霜珠在握，含姿粹美，麝墨拈毫。拾虫鱼于文府，蠹简勿删；办豹鼠于兔园，囊萤是赖。一槎浮海，探二酉之名山；千卷随车，舒三余之长昼。更复颔获丽珠，裘工狐缀。肆情均令，视治词如治经；题辑歌章，由征今而征古。输万里十年之心力，奠一家绝学之镃基。好事者讶其专精，弄翰者绳其渊雅。矧在愚情，尤殷凤契。敢张名类之别，用申轩冕之言。传之其人，公诸于世，芸笺叶叶，自胜朱谢之遗篇；珠字行行，庶附马郑之通志。丙申燕九节，武进赵尊岳序。

词籍考例言

　　填词之道，胎息于乐，滥觞于唐。韦白诸人，初有所作，皆附诗以传。其有专集，则始自温飞卿之《金筌》焉。总集之书，旧推花间尊前为元祖，然近年敦煌所出，有唐写本《云谣集》，知此类结集，远在唐时。五季以还，词人渐盛，花间所录，计十八家。两宋盛倚声，弘才日出，其见江陵唐氏《全宋词》所收者，已逾千家。明词稍衰，而毗陵赵氏汇刻者，亦得二三百家。清代词人竞起，衔华佩实，度越前代，番禺叶氏，遂以辑《清词钞》，历时二十载，始克成编。其初稿所集词人，亦过五千之数，呜呼，何其盛哉！曾慨词虽小道，而作者之众，词集之多，亦足与经义小学方驾并轨；乃百年以来，尚无好文者为之友纪，分类集目，纳散钱而使就串，岂非斯学之巨憾乎？（王西御曾有《词林集目》之作，已失传。）窃不自揆，期以廿年之力，勒成一编，以供词人之稽览，谨列举凡例，为搜集之依归，博雅君子，幸垂教之。

　　一、是编分词集、词谱、词韵、词评、词史、词乐六类。词集类分别集、总集二门。其词集考证如陈元龙《片玉集注》、魏道明《萧闲老人明秀集注》、江昱《蘋州渔笛谱考证》、《山中白云词疏证》之类，为量不多，概见各集条下，不另立目。先列别集，后列总集者，援《四库提要》之例也。词话类则通论词学之书亦属之。词史类则凡考订词人事迹及词学流变者属之（如《两浙词人小传》是）。

　　一、总集之书，约而论之，可分二科：一曰汇刻，即将名家词集全刻而汇为一编者，如四印斋、灵鹣阁、双照楼之汇刻宋元词，惜阴堂之汇刻明词，琴画楼、云自在龛之汇刻清词是也。一曰选辑，即所收录词，胥由编选者抉择而出，其书命名，有词综（如《清词综》、《今词综》）、词钞（如《薇省词钞》、《海曲词钞》）、词选（如《花庵词选》、《东白堂词选》、《昭代词选》）、词录（如《常州词录》、《国朝湖州词录》）、词征（如《闽词征》、《笠泽词征》）、词辑（如《檇李词辑》、《梅里词辑》）、词汇（如《古今词汇》）、词存（如《长兴词存》）、词雅（如《国朝词雅》）、词见（如《粤西词见》）、词介（如《白山词介》），宽严不一，兹并广收而著录之。

一、各家选辑，义类不一，或断以时代者（如《明词综》、《近人词录》），或汇以地望者（如《山左人词》、《闽词钞》），或区以品类者（如《百花诗余》、《众香集》），或通以声气者（如《萍聚词》、《题襟集》、《销寒社词》、《同人词选》），或则论词之宗旨符契，而汇为一派之书（如浙派别为《浙西六家词》）家世相同而总为一姓之集（如《徐氏一家词》、《三程词钞》）。兹各因其义例，使相比附，方以群分，庶免杂厕。

一、别集虽为一人之词，然板本间有微异，有单刊者，有附刻诸文集后者，有少作单行而晚年合于全集者，兹据所知分别注明。亦有一人之集先后分为数种者，则分著其集名，数人之词同见一集者，则载明其为某种汇刻本。若生存者别集，因见闻狭隘，兹暂从略。

一、本编搜集，间涉佚籍，前哲文集中，多有某某词集序文，各地方志艺文亦侈著词目；惜限以目力，未遑一一勾稽，兹概从略。至近人词学著作（别集以外），其已刊布，或确知已成书而待刊者，谨援《书目答问》例，加以甄录，且冀好事者为印行之（其刊杂志中而卓然成编者，间亦酌采。）

一、词集排比序次，先以类分。每类中再以作者年代系其先后。其年世未明者，则系于某类之末，用备续考。

一、词人所属朝代，大率以卒年为准。然如王碧山周草窗辈并卒于元，而后人多称花外集等为宋词；若清初遗民之作，兹多入明，从其志也。本编于宋元词人生卒，略传中不敢草率（惟明清词人綦繁，未能一一遍考，故于生卒年暂从阙，仅略著其仕履）。而朝代称谓，则多沿旧习，不欲如《四库提要》之断断然别生藤葛也。

一、旧说参差，有可以辨正者，如陈经国蒲寿宬诸条，考证文繁，因别为附录，著于本条之后，以清眉目。

一、宋元词人，笔记中颇有珍闻，略举所知，附列参考项目，存其涓滴。有已为编中摘要引用者，亦有体例所限本编未加涉及者，但浏览所及，亦略著一二，以备钩索（明清词人繁多，但著词目，不复夥为考证）。

一、元明词少，其篇什无几，吉光片羽，亦著录之。宋词人多，其已见丛书汇刻而篇幅寥寥者，则别集类中不另著。

一、旧说沿讹，如韩魏公安阳好、潘逍遥忆余杭之类，本编从古今板本中细加比勘，冀得其实，非故为矫说也。其宋词旧校疏失者，本编亦略加摘记，惜格于体例，不能遍举。

一、域外词人，惟日本高丽两国。李齐贤益斋长短句，赋咏虽皆华夏文物，然彼自有国籍，非如波斯李珣之久已汉化也。扶桑作者颇多，其有专著，悉行入录。安南各种艺文志罕及词集，拙陋搜讨所及，惜尚未之见。

一、地名沿革，古今不同，词人籍贯，应以当时称谓为准；本编但随所据入录，未暇一一细检。又词人仕履，勾稽至难，海隅乏书，疏漏踳驳，自知不免。尚企方闻，理而董之。

此书属稿，在二十年前。序例曾刊于拙纂《潮州志·艺文志》，去今亦十四年矣。兹重加改订。本书原分五门，从赵叔雍先生意，增入词乐一类。第一分册别集先刊至金元为止，第二册以下卷帙较多，容俟续布。所望海内外藏家，饷以缥缃，广我见闻，俾得汇入续编，百朋之锡，敢不拜嘉。壬寅夏，饶宗颐谨识于香港大学中文系。

饶宗颐的文学创作

赵松元　陈韩曦　陈　伟

　　饶宗颐字伯濂，又字伯子，号选堂，又号固庵，1917 年 8 月 9 日（丁巳 6 月 22 日）出生于潮州。饶宗颐是 20 世纪的文学大家，也是现当代中国学术文化史上的杰出人物之一。在学术研究领域，他是声名显赫人所共仰的国际汉学大师，在敦煌学、甲骨学、考古学（含金石学）、词学、史学、目录学、楚辞学以及宗教史等广阔的学术领域都卓有建树。在艺术领域，他精通琴艺，堪称琴道高手；他擅长书画，书法、绘画作品元气淋漓，韵高千古，取得了高度的艺术成就。在文学创作领域，他诗、词、赋、散文各体皆擅，无体不工，横放杰出，气格高古，足以雄视百代，堪称 20 世纪的文学巨匠。大学者、大艺术家、大文学家荟萃一身，而又皆能登峰造极，千秋百代，固所罕见也！这是旷世罕有的生命奇迹，也是 20 世纪中国学术文化史与文学艺术史上的文化奇迹。

第一节　饶宗颐的学术人生及其生命精神

　　饶宗颐的学术人生可以分为四个时期。

　　一、少年时期。潮州山清水秀，风景优美，向称"昌黎旧治"、"岭海名邦"，具有悠久的人文传统。饶氏为潮郡望族。饶宗颐祖父曾任潮州商会会长，广布德泽，颇有令声。父亲饶锷，为南社社员，曾任《粤南报》主笔，谙佛理，精考据，著述丰富，诗文造诣尤深，是晚清迄民初潮州颇有代表性的学者、诗人。饶锷于 1929 年辟建天啸楼，藏书十万卷，其中有很多大型图书，如《古今图书集成》、《四部丛刊备要》、《丛书集成》等，为少年时代的饶宗颐提供了优越的学习条件。

　　饶宗颐自幼颖慧，六岁开始读古典小说，尤喜武侠神怪之书，并随师习练书法；九岁即能阅读《通鉴纲目》、《纪事本末》，并通读《通鉴辑览》；十岁能诵多篇《史记》，阅览经史子集，对古代诗文词赋尤多浏览；十一岁读蒋维乔《因是子静坐法》，并学习打坐；十二岁从师学习绘画，曾临写了任伯年一百一十余幅作品。这样，饶宗颐从小既博览群书，植下了深厚的学养根基，又习书画，学诗文，培养了一颗诗心，一种艺术的才能与气质。显然，这种与传统接轨而与现当代教育模式大相径庭的求学路径，是选堂饶宗颐能成为集学术大师、艺术大师和文学大师于一身的杰出人物的重要原因。

饶宗颐十二岁始学诗，其少年时期的作品据说曾辑为《弱冠集》与《凤顶集》二集，然已渺茫难寻。现存少作只有十六岁时作的《优昙花诗》，但这足以一见饶宗颐的在诗歌方面的天赋了。

二、青年时期。1935 年，饶宗颐 19 岁时，离潮赴穗，受聘为中山大学广东通志馆专职纂修，同年，受到顾颉刚推重，加入由顾颉刚发起成立的"禹贡"学会，由兹开始进行古代历史地理的研究。1937 年 7 月，抗战爆发，1938 年 10 月，广州沦陷。饶宗颐返回潮州，研究潮州畲族。1939 年 5 月，潮州沦陷，时民大饥，有拾马粪瀹其中脱粟而果腹者，使饶宗颐闻而悲之，遂作《马矢赋》。同年 8 月，经詹安泰推荐，以广东通志馆纂修资格，受聘为中山大学研究员。时中山大学迁校于云南，饶宗颐取道鲨鱼涌至香港，打算由香港转赴云南。但因病滞留香港。遂在香港协助王云五编撰《中山大词典》，佐叶恭绰编《全清词钞》，并撰写《楚辞地理考》一书。1941 年底，香港沦陷。饶宗颐自港返潮，旋避难于揭阳。1942 年 9 月倡议成立"揭阳县文献委员会"，并出任委员会主任。1943 年初，任潮州名校金山中学国文教员。秋，赴桂林，任无锡国学专修学校教授。1944 年，桂林告急，无锡国专迁至蒙山。冬，蒙山沦陷，饶宗颐曾二度进入大瑶山，窜迹荒村，历经艰辛。1945 年 9 月，抗战胜利，回到桂林。1946 年，由桂林返回广州，应聘为广东文理学院教授。后返汕头，任华南大学中文系教授、系主任。1948 年初，到揭阳、勘查新石器时代遗址，至兴宁、普宁、丰顺、潮州、饶平等地勘察史前遗址，研究出土文物。冬，为充实《韩江流域史前遗址及其文化》中的材料，专程赴台湾考察、交流。同年，被广东省政府聘为广东省文献委员会委员。

这一时期，饶宗颐正当青春盛年，虽然历经八年战乱，并四方辗转奔波，备尝艰辛，但他在学术研究中意气风发，并初步形成了规模，由早年的乡邦文献目录之学扩大到了词学、考古学以及历史地理学等方面的研究，发表了一大批学术论文，而当以由上海商务印书馆出版的成名作《楚辞地理考》（1946 年版）为标志性成果。

在学术研究格局开始扩大的同时，饶宗颐在诗歌创作上也开始发力。抗日战争后期，战火纷飞、满目疮痍的现实，国家民族的灾难，以及在大瑶山中奔逃避难、窜迹荒村的经历，使诗人的心灵受到强烈的触动，涌动的诗情犹如地底的岩浆打开了一个缺口，突然喷涌而出，在很短的时间里，创作了感序抚时、充满生命热力的数十首诗。1945 年抗战胜利，他于 10 月间，整理瑶山诗作，共得 64 首，编成《瑶山集》。

三、中年时期。1949 年初，亦即内地解放前夕，为是否继续编写《潮州志》事，饶宗颐赴香港咨询资助人方继仁先生。后在方先生挽留下，饶宗颐留在了香港，这一留，就是半个多世纪。虽然是断梗浮萍，飘离故土，但却从此揭开了饶宗颐生命最华丽的篇章。他于 1952 年入香港大学中文系执教，任讲师、教授，主讲《诗经》、《楚辞》、汉魏六朝诗赋、文学批评及老庄等专题，同时进行范围广泛的学术研究。此后直到 1978 年从香港中文大学中文系教职上退休。在这寓居香港的三十年中，选堂真正是读万卷书，行万里路，以香港为中心，先后赴日本、韩国、英国、法国、美国、新加坡等地，"五洲历其四"，畅游世界各地，进行各种学术活动，堪称中国的学者诗人中有史以来罕有的一个走遍世界的人。

附饶宗颐学术活动历程：

1954 年赴日，从事日本甲骨文的调查工作，在京都大学人文科学研究所期间，探究该所所藏的两三千片甲骨，撰写了《日本所见甲骨录》，在《东方文化》发表，收录的甲骨文包括京都以及其他机构的甲骨文。

应三上次男的邀请，在日本东京大学教养学部讲授甲骨文。在京都发表了《战国楚简初释》，这是学术界第一篇研究长沙仰天湖楚简的论文，先生是提出"楚文化"一词的学术界第一人，并把《楚辞》和《离骚》连起来讲，撰《长沙楚墓时占神物图卷考释》发表于香港大学《东方文化》第一卷第一期。

1956 年，出席了在巴黎举行的第九届国际汉学会议，当时，法国著名汉学家戴密微是汉学总代表，戴密微非常重视先生，法国人尊重诗人，先生很会写诗，自然得到青睐，先生还特地为戴密微教授写过骈文序《戴密微教授八十寿序》，收录在《固庵文录》，后收入《清晖集》。戴密微则赠先生《黑湖记》，描写先生，与先生结下了良好的友谊。在巴黎期间，先生利用英国所藏的敦煌卷资料，撰《敦煌六朝写本张天师道陵著老子想尔集校笺》，作为"选堂丛书之二"在香港出版。并将巴黎的所见的甲骨文编成了《巴黎所见甲骨录》，是学术界第一部对巴黎所藏甲骨的讲述之书。

1957年，代表香港大学出席了德国马堡举行的第十届汉学会议，并向大会提交了《楚辞对于词曲音乐的影响》的论文，秋天，又到了英国，参观伦敦大学博物馆及剑桥大学图书馆馆藏甲骨。并会晤了友人李棪斋，为其私人所藏的甲骨撰写"校记"。

1958年，夏天，重游意大利，在飞赴意大利途中，因飞机失灵，中途改降黎巴嫩首都贝鲁特，在先生自己说是"天假之缘"，与荷兰汉学家高罗佩会晤，高罗佩赠明万历本的《伯牙心法》与先生，先生则用姜白石（姜夔）"待千岩老人"韵，赋诗两首回赠。

1963年，应印度蒲那班达迦研究所之聘，当印度学研究员，遂与汪德迈同往印度。在法国学生汪德迈的帮助下，到了印度中部、南部、东部，历史上中国的玄奘没有到过印度的南部，法显也只去过西南部，又辗转游历了锡兰、缅甸、柬埔寨、暹罗等国，将东南亚的佛教国家走了一遍，在印度之游中，先生游山历水，有感而发，多有吟咏之作，在1965年编成《佛国集》。

1965年，开始了美国之行，此行参观了卡内基博物馆及哈佛大学佩波第考古人类学博物馆所藏的甲骨，在美国，认识了研究《元朝秘史》的洪·威廉，又经哈佛图书馆馆长裘开明的帮助下，参观了馆藏的关于中国的善本。在戴润斋那里亲睹了《楚帛书》，先生特意对此事赋诗一首，题名为《初见楚缯书于纽约戴氏家》。

1966年，与汪德迈一起，游经阿尔卑斯山、罗马剧场遗址、Victor Hugo 故居、巴黎圣母院、拿破仑行宫。并为此用谢灵运韵，赋诗36首，名为《白山集》；同年8月，应戴密微邀请，游于瑞士，沿途所得绝句，又编为《黑湖集》。

1967年，在参加完美国哥伦比亚大学的关于"楚帛书"的研讨会后，又访问了韩国汉城大学博物馆，得观巨骨及零片并在韩国结识了金载元。

1968年，应新加坡国立大学的聘请，任该校中文系首任教授兼系主任，聘期为9年，然先生呆到第五年就呆不下去，因为新加坡政府当时对中国文化的压制，不提倡中国文化，只提倡中国语言的学习。在新加坡教学之余，他游历了星洲、马六甲、槟城，搜求当地华文碑刻，整理为《星马华文碑刻系年》，并利用丰富的碑刻文献，撰写了《新加坡古事记》，成为对星、马碑刻材料研究的第一人，开辟了金石学在国外的研究先河。先生由于在新加坡的心情消沉，将旧诗集取名为《冰炭集》。

1970 年 9 月，先生担任耶鲁大学研究院客座教授。

1971 年，在普林斯顿大学美术馆利用馆藏的罗寄梅和张大千在敦煌拍摄的照片撰写《敦煌白画》。

1972 年底至 1973 年 5 月，先生受聘为台湾中央研究院历史语言研究所研究教授。

1973 年，出席了台湾中央历史语言研究所主办的台湾大学傅斯年先生纪念日演讲会。在会上作《词与画——论艺术的换位问题》的演讲。

1974 年，出席了日本江户召开的"东南亚考古学术研讨会"，在会上提交了《蒲甘国史零拾》的论文，并会晤了江户大学校长村田晴彦先生；同年受聘为法国远东学院院士。

1976 年，先生应邀赴法国巴黎讲学，在法国远东学院书库，发现古昂（M·Manrice Courant）搜集的中国唐宋时代墓志拓本史料，经过一番整理，并加注说明，带回香港。

5 月份，由雷威安夫妇陪同，游历了法国中南部，沿途之中赋诗 36 首，整理为《中峤杂咏》（36 首编入先生诗集《西海集》之中，由雷威安译成法文，后收录入《清晖集》。）

秋天，先生又漫游西班牙，访中古回教圣地哥多瓦及阿含伯勒宫。赋诗《题哥耶（Goya）画斗牛图》（用韩孟斗鸡联句韵），《哥多瓦（Cordoba）歌》（次陆浑山火韵），《阿含伯勒宫（Al－Hambra)》（用昌黎岳阳楼韵）三首长诗，亦收录在《西海集》之中。

他的学术研究与创作因此而如钱仲联先生所说"通域内外为一杭"，规模越来越宏伟，并不断绽放着奇异的光彩，成为一位国际著名的汉学大师。而作为一个学者诗人，其诗歌创作的格局也随之越来越大，境界越来越开阔，诗词创作形成高峰。

其一，为居港之作，诗卷有《和韩昌黎南山诗并注》、《长洲集》、《南海唱和集》。其二，为行旅欧洲之作。在 20 世纪 50 年代至 60 年代，饶宗颐学术活动的一个重要区域是欧洲。他经常获邀到欧洲参加学术研讨，先后去了法国、德国、意大利、西班牙、瑞士等国。异域风光，摇荡性灵，遂写下了大量的旅欧纪行诗。分别收录为《西海集》、《白山集》、《黑湖集》。其三，为行旅南亚、东南亚之作。此一时期，有漫游印度、东南亚的《佛国集》。以及抒发其忧患情怀与东南亚山水风情的艺术描写的《冰炭集》和《南征集》。其四，为行旅扶桑、北美之作，诗人游历弥广，境界屡开。作品都收集在《羁旅集》中。此外，其词集有《固庵词》、《榆城乐章》、《晞周集》、《栟榈词》，皆辑入《选堂诗词集》中，文集则有《固庵文录》问世。

这几个方面的作品，洋洋大观，成就辉煌，饶宗颐也因之成为20世纪诗国天空中最璀璨的明星之一。

四、晚年时期。饶宗颐退休后并未停止教学与研究工作。1978年至1979年任法国高等研究院客座教授。1980年，有四个月时间出任日本京都大学及人文科学研究所客座教授，此后，他陆续在香港大学、香港中文大学及澳门东亚大学担任荣誉教职。尤其1980年后，乘着内地改革开放的春风，饶宗颐有了多次的内地之行，到中原，到四川，到湖北，到甘肃，或者进行考古探幽，或者参加学术会议，或者游览名山胜川，所谓"九州历其七"，"五岳登其四"，几乎走遍了大半个中国，借助于内地地区丰富的出土文物与文化资源，在上古史、地理学、宗教史、艺术史等多种领域进行创造性的学术开掘，规模更加宏大，取得了更加令人瞩目的丰硕成果。与此同时，他也越来越多地浸淫于书画艺术创作之中，波澜老成，境界愈高。其诗词散文方面的创作，更是活力十足，笔耕不辍，表现出旺盛的创造力，达到极其高明的境界。钱仲联序之曰"平淡而山高水深，不烦绳削而自合"，"文章成就，斧凿痕尽，而大巧出焉。如是则游戏神通，复奚施而不可"，"而凡前集所澜翻不穷者，续集复奇外出奇。千江一月，掉臂游行，得大自在。求之并世胜流，斯诚绝尘莫蹑者已"①。饶宗颐六十以后诗词，诗集结为《苞俊集》、《揽辔集》、《黄石集》、《江南春集》、《湘游小草》、《纽西兰南岛杂诗》、《苞俊集补遗》等七集；词集结为《古村词》、《聊复集》。

直到二十一世纪初，90高龄的饶宗颐教授才逐渐淡出了学术研究，主要以书画艺术颐养天年，至于诗词，则偶一为之，如在惊闻季羡林教授仙逝后，饶宗颐立即赋诗一首以抒发悲悼之情（《挽季羡林先生，用杜甫长沙送李十一韵》：遥睇燕云十六州，商量旧学几经秋。榜加糖法成专史，弥勒奇书释佉楼。史诗全译骇鲁迅，释老渊源正魏收。南北齐名真忝窃，乍闻乘化重悲忧。）

饶宗颐的生命精神。饶宗颐集学者、诗人和书画家于一身。学者是饶宗颐的一个最基本的身份，他以学术研究安身立命，所以其学术品格颇能表现他的性情；而作为一个诗人和书画家，他又在"游于艺"中寄托了自己的生命情怀，其诗词书画作品充分展露了他的心灵世界和人格境界。饶宗颐尝言："诗、书、画，是我生命的自然流露。"②诗词书画与其学术品格交相辉映，共同展现了他高迈特出的生命精神。饶宗颐《羁旅集·偶作示诸生》中，有两句脍炙人口的名句："万古不磨意，中流自在心。"意谓永恒的时间能够磨灭一切，但不能磨灭宇宙间的一种独立、坚毅的精神意志；大浪淘沙，波涛滚滚，但拥有坚毅精神意志的人以伟岸之躯砥柱中流，呈现出一种自在、自由的生命境界。这精妙警策的诗句，正是饶宗颐自在、独立、充盈、坚毅的生命精神的充分表现，而他的诗词作品也一以贯之地表现着这种生命精神。

饶宗颐生命精神的养成，得益潮州独特的自然环境、深厚的人文历史传统与家学渊源的培育、熏陶，而少年时期不同一般的求学路径与清雅幽独的个性气质相得益彰，则更直接影响了饶宗颐的学术与诗歌生命的成长。这种个性气质，在其十四岁时，为饶家莼园撰书的一副联语中有生动的显现：

山不在高，洞宜深，石宜怪
园须脱俗，树欲古，竹欲疏

一种清逸脱俗、古朴高雅的情趣深蕴其中，显示了少年饶宗颐的涵养和气度。可见，饶宗颐在少年时期就学养与诗心并具，养成了清高、虚静、独立、专注的精神气质。这种精神气质，从青年到中年、晚年，在其人生的各个阶段，一以贯之，并且越来越充盈，越来越高迈。

饶宗颐生命精神的养成，还有其深刻的哲学文化原因。要之，饶宗颐在其学术和人格追求中，吸收了中外文化的精华，熔铸了宗教性的智慧和情感。饶宗颐游学四洲，学识广大，视野开阔。故其学问世界中，既有中国传统文化的深厚学养，又接受了西方文化的影响，尤其是像海绵一样吸纳了但丁、歌德、济慈、尼采、巴斯加等巨人的思想营养。如他曾在富兰克福旧居感悟了歌德的"我既为一切，我当捐小我"以及教人"从高处着眼"的思想，从而写下了"小我焉足存，众色分纤丽。着眼不妨高，内美事非细。瞩目无穷期，繁华瞬间逝。持尔向上心，帝所终安憩"（《西海集·富兰克福歌德旧居用东坡迁居韵》）的深蕴哲思的诗句，表现了对生命终极意义的深刻感悟。在德国研读了尼采著作后，作《读尼采萨天师语录》古风三首，表达了对尼采哲学的深刻理解和同情。总之，饶宗颐以其广博的学术修养，参酌了古今中外的哲学和宗教，于是中西文化乃至中东阿拉伯文化都被他融会贯通，释藏和道藏的哲学智慧和宗教性的情感体验也被他吸纳到心灵之海中，使对人生、社会、历史、宇宙的观照充满了睿智，从而真正找到了安顿精神的方法，并油然养成了充盈澄澈、自由独立的人格。这在他抒写生命情怀的诗歌创作中有充分的表现，如：

　　独立知朝彻，与道倘有协。（《白山集·向喜诵"空山多积雪，独立君始悟"句面此穷谷共赏初晴慨然援笔用石鼓山韵》）

　　游心太古初，浑不受拘牵。（《羁旅集·张谷雏命题所度潘冷残画卷》）

诗品出于人品，艺品出于人品，学品也出于人品。从这一角度，我们不但豁然明白为什么饶宗颐的诗词书画中总洋溢着一股独一无二的清逸之气；为什么他在学术研究中总是能戛戛独造而进入崭新夐绝的境界。而且领悟到，正是博古通今的深厚学养的滋润，结合着对生命意义和人生境界的深度探究，锤炼出了饶宗颐这种澄澈纯净的独立人格，于是，他在游心冥漠、独来独往的自由王国，进行着从心所欲的开拓和创造，而取得震烁中外的学术成就、艺术成就与诗词创作成就，成为蜚声海内外的汉学大师、艺术大师、文学大师。

　　饶宗颐对于文学与学术的关系，有深刻的见解，他曾说："治一切学问，文学是根本。"对此胡晓明解释说："文学主情，可以养气。'夫水之积也不厚，则其负大舟也无力'，在学问的道路上能走多远，就看你的'气'、'力'如何了"[③]。大学问，就要有网罗天地，俯仰古今的大气象。这种气象胸襟的形成，实有赖于文学的涵养。文学之于饶宗颐，既是其擅场之所，又是其学问之根。饶宗颐的文学创作，是他卓然独立的高迈人格、戛戛独造的创新追求，与作为学者、诗人和艺术家长达一个世纪的丰富人生阅历、情感体验与生命智慧的生动展现；而其"五洲历其四"、"九州历其七"的学术人生，又恰好连接着整个20世纪风云变幻的时代社会生活，其表现领域之宏阔广泛，题材内容之丰富深厚，无不令人叹为观止，具有独特而丰厚的艺术审美价值。

　　饶宗颐文集，版本有三。其一，为《固庵文录》，1988年由台湾新文丰出版公司出版，其二，《固庵文录》2000年又由辽宁教育出版社出版。其三，为《选堂文集》、《选堂散文集》和《选堂赋存》，载《饶宗颐二十世纪学术文集》卷十四，2003年由台湾新文丰出版有限公司出版。诗词集有四个版本。其一，1978年1月，由新雅印务有限公司出版的《选堂诗词集》；

其二，1993 年，由台北新文丰出版股份有限公司出版的《选堂诗词集》。其三，1999 年，由海天出版社出版的《清晖集》，此为选堂韵文集，包括赋与诗词。其四，2003 年，由台北新文丰出版股份有限公司出版的《饶宗颐二十世纪学术文集》卷十四《文录·诗词》。饶宗颐诗共计 1139 首，词 281 阕。

第二节 饶宗颐的诗

在中国 20 世纪的诗词名家中，饶宗颐"树帜天南，蜚声海外"④，成就特出。钱仲联先生曾以"南海仙人之咳唾"称誉饶宗颐的诗词，并说在阅读其作品时，"钻味敛襟，倾倒曷极"，"循诵数四，抵几而兴，无殊得《七发》之起疾"⑤。季羡林说饶宗颐"以最纯正之古典形式，表最真挚之今人感情，水乳交融，天衣无缝"，"为诗人开拓境界，一新天下耳目，能臻此境界者，并世实无第二人"⑥；苏文擢称其诗"灵境独造，雅声远姚"⑦；日人清水茂言其作品"浮磬铿锵"，若"明珠璀璨"，"讽咏可追坡老，写景何啻石湖"⑧；罗忼烈赞其"才大拟于坡仙，格高无愧白石"，"言必己出，意皆独造，从容绳墨，要眇宜修"⑨，等等，皆可见饶宗颐诗词享誉之盛。

一、以独造论为核心的诗学思想

饶宗颐论诗，力倡"独造"，这是饶宗颐文艺思想的特质。独造指别出心裁，富有独创精神。在《与彭袭明论画书》中，选堂有这样一段精彩的论述："媚俗之念，切宜捐弃。一艺之成，求之在我；我有所立，人必趋之。毕加索即能把握此点，往往杜门数月，敢蹈洪荒蚕丛之境，遂尽创辟崭新之能事。作品一出，而天下震骇。画道变化无方，良由才大足以振奇而不顾流俗，永不求悦于人，而敢以己折人，此其所以独绝也。"此虽为论画之语，而实可作论诗、论学看，它既贯穿着选堂超拔流俗的高蹈人格精神，又清晰地呈现出这样的一个内在逻辑："独立→独创→独绝"。精神独立，是新创的思想基础，不管是学术研究还是诗词书画的创作，都要以独立的精神，摈弃杂念，摆脱羁绊，敢于"蹈洪荒蚕丛之境"，才能"尽创辟崭新之能事"，并由此进入"独绝"的境界。这可以说是饶宗颐诗学思想的核心。他说：

"诗者，最足以襮吾天者，肝胆器识，于是乎在。夫然后独来独往，始能为天地间必不可无之文……"（《回回纪事诗序》，载《饶宗颐二十世纪学术文集》第 20 册卷十四）

即欲人最后摆脱绳墨，自立规模，由有意为诗，至于无意为诗，由依傍门户以至含茹古今，包涵元气。诗至此已进另一崭新夐绝之境。诗人者，孰肯寄人篱下而终以某家自限乎？又孰肯弊弊焉不能纵吾意之所如，以夐夐独造以证契自然高妙之境乎？（《论杜甫夔州诗》，载《饶宗颐二十世纪学术文集》第 17 册卷卷十二）

要达到独造之境，就必须有真性情。饶宗颐论述了"真诗"和"独造"的关系。在《詹无庵诗序》中，他说："钟竟陵尝谓：真诗者精神之所为。察其幽情单绪，孤行静寄于纷扰之中；复以虚怀定力，独往冥游于寥廓之外……盖诗之不可强作，自非炉锤功深，何能臻独造之境；而又不可以不作，以情非得已，不能不宣泄之以诉之冥漠。……无庵之于诗，气骨遒而情性夐。"在饶宗颐看来，所谓"真诗"，首先是要有真性情，不到情非得已、不可以不作、不能不宣泄的时候，不可强作。其次，他以詹安泰为例，指出真诗的另一个要求是"气骨遒而情性夐"。遒，指遒劲，亦即雄健有力；夐，指高远，高旷。也就是说，诗人要把自己雄健刚劲的气骨和高远旷朗的性情融入诗中，这样才能写出"真诗"来，并臻于"独造"之境。

从"独造"论诗学思想出发，饶宗颐特别追求对诗歌境界的开拓。在《佛国集·序》中，饶宗颐明确表达了自己的诗学追求："非敢密于学，但期拓于境，冀为诗界指出向上一路，以新天下耳目"。正是以这种具有磅礴气象的诗学追求为创作使命，饶宗颐诗词在题材内容、表现手法、艺术风貌和艺术境界上，都呈现出新的面貌，为中国传统诗歌开辟了一个崭新的天地。他曾评老杜说："'不废江河万古流'，乾坤可毁，而诗则永不可毁。宇宙一切气象，应由诗担当之，视诗为己分内事。诗，充塞于宇宙之间，充心而发，充塞宇宙者，无非诗材。故老杜在夔州，几乎无物不可入诗，无题不可为诗，此其所以开拓千古未有之诗境也。"⑩这一段论杜诗之语，元气淋漓，字字千钧，充分传达出饶宗颐对于诗词的伟大意义与诗人的神圣使命的深刻见解，对于我们深切理解饶宗颐的诗学思想与诗歌创作，具有重要价值。

与"独造"论诗学思想相关，饶宗颐在"和韵诗"创作方面提出"和阮而非阮"的创作主张。这一主张，集中表现在《与李棪斋论阮嗣宗诗书》一文中。这篇附录在《长洲集》后诗学文献，针对李棪斋滞于双声叠韵和片面拘着声律的观点，展开阐析。首先，他明确表示反对墨守音律作茧自缚，表达了反拘泥重创造的诗学思想："兄过重视双声叠韵……八音克谐，唇吻遒会。而变化随心，原无定法，何必——墨守，作茧自缚。……故和阮诗，恐不宜措意于此。"其次，选堂认为，"嗣宗旷放，必不滞于声律"，并拈出阮籍"其声平，其容和，重元气，屏淫声"的论乐之旨，提出了"通天地之气，静万物之神，固上下之位，定性命之真"的反对繁声缛节，强调通大体从而"臻太和之境"的声律观。第三，认为忧患是阮籍诗心之所系，而"今之忧患，更有甚于阮公者"，自己之所以敢和阮诗，正是有像阮籍一样的忧患之心。第四，指出近人段凌晨"摹情拟貌，撫阮之艳采而重塑之"的作法，是"仅有得于辞藻而无裨于辞心"，是"貌袭魏晋"的做法。而自己则对阮籍的"藻"、"旨"、"气"三端，独"窥慕其气"，"即于阮公之辞藻亦偶用其一二，仅效其使气之术，依韵而已"。由此，饶宗颐明确提出了关于和韵诗创作的诗学观："和阮而非阮"，"步古人之韵，而为今人之诗"。这种诗学观，体现了饶宗颐对艺术创新的高度重视，也是其《长洲集》遍和阮诗，神完气足游刃有余，完全有自家面目的根本原因。

　　作为学者而兼诗人的饶宗颐，在诗学理论上，还主张学与诗合，学艺兼修。这一主张，与同光体渊源有自。他说："我现在仍然常常看乙庵（沈曾植）先生的《海日楼诗集》，他把学问与诗结合起来，融化进去了，这很难。做诗人常常丢掉学问，因为学艺兼修是件很累的事……我不赞成学艺两分"[⑪]。饶宗颐很信服沈乙庵在诗学上的一大发明，即所谓的"三元说"或"三关说"。（沈曾植《与金潜庐太守论诗书》："吾尝谓诗有元祐、元和、元嘉三关。"）饶宗颐说："我对元嘉的谢灵运，对元和的韩愈和柳宗元，对元祐的苏东坡和黄庭坚的诗都很熟。我作诗也属于'三元'系统，'三元'的诗人我都有和作的"[⑫]。学艺兼修，上承"三元"，一法不舍，一法不取，在继承中创新，融炼诸家之长，终成一体之美，而成为20世纪学人之诗的杰出代表。

　　另外，《长洲集》中共有第四十二首、第四十三首、第四十四首、第四十五首、第四十六首、第四十九首、第五十一首、第五十三首、第六十二首、第六十五首、第六十六首、第七十一首、第七十五首、第七十六首、第八十二首共十五首论诗诗，另还有数首言及诗歌。这些论诗之作，比较集中地抒写了饶宗颐一些重要的诗学思想。比如在诗歌意境上，饶宗颐倡天全，重清远、淳美；在诗歌情感上，饶宗颐提出诗心通易，忧患生诗，重视内美，倡导真意真气；在诗歌艺术表现上，饶宗颐重寄兴，重奇想，倡有神，反苦思；在诗歌语言上，饶宗颐提出了"贵涩"的主张；在诗歌价值论上，饶宗颐以"偶然百首诗，足轻万户侯"的充满豪情自负之句，表明自己对诗歌价值的高度肯定。在一些论诗诗中，饶宗颐还以禅喻诗，以禅论诗，充满机趣。这一部分论诗诗，在饶宗颐的诗学体系中占有极其重要的地位。

二、饶宗颐对传统诗歌表现领域的突破和拓展

饶宗颐诗歌的重大价值之一，就是在题材内容上用"旧瓶"装"新酒"，烂漫缤纷，新人耳目，极大地拓展了中国传统诗歌的表现领域。这突出表现在纪游诗、哲理诗以及忧患情怀的抒写等方面。

1. 纪游诗

饶宗颐的纪游诗，分域内纪游诗和海外纪游诗两个的方面。饶宗颐曾取顾亭林语刻一印曰："九州历其七，五岳登其四。"所谓诗得江山助。饶宗颐学游天下，不仅走遍了大半个中国，而且以诗人而兼学者的身份，游览过亚洲的南亚、东亚、东南亚、欧洲的法国、德国、意大利、西班牙、北美洲的美国、加拿大以及澳大利亚等地。而每到一地，饶宗颐或游山观水，或寻幽探胜，或访古证史。于是，海外异域的山川风物，与饶宗颐的深厚学养、诗人灵性相激发，而在 20 世纪诗歌史上得到了范围广泛的生动丰富的艺术呈现。《选堂诗词集》分《佛国集》、《西海集》等 22 集，大多以所游之地名其集。其纪游诗作，灿若繁星，佳构迭出。这些作品，按内容分，主要有三类：

其一，以审美的笔调，描述异域山川胜景，此类作品中，长篇七古《登巴黎铁塔歌》写得雄健奔放，自是力作，另如《地中海上空书所见》、《尼罗河上空看日出》同样也写得十分精彩。又有用东坡百步洪韵，连叠五韵，分别记写游历北美的尼亚加拉瀑布、多伦多马蹄瀑、梅窝银矿潭、日本的鹿苑、青山寺五处名胜的所见所闻所感，才力充沛，气魄宏大，令人叹为观止。1974 年饶宗颐携论文《蒲甘国史事拾零》赴日本江户出席"东南亚考古学术研讨会"，冬日，应日本友人白岛芳郎教授、村田晴彦校长之约，游赏华严泷，一日之中经历春、夏、秋、冬四时风景，选堂兴奋不已，遂挥毫作画，并步李白《将进酒》韵，写成《华严泷放歌》一首，壮美之风景、浪漫之诗情、深邃之哲理融为一炉，风华掩映，读来余香满口。

其二，或借景抒怀，或凭吊古迹，将异域风物与宇宙人生感悟与人文历史情怀相融合，相生发。这一部分作品，数量最多，质量也最高。如《罗马圆剧场废址》：

城旦艰难八载成，劫灰历历古今情。穹庐犹是凌霄汉，六百年间恨不平。

陵阜茫茫带日曛，基扃固护想雄勳。可怜马磴成奇戮，残霸谁教免豆分。
手格千群付一嚬，喑呜林木动星辰。罦罛漫野今安在，角牴宁哀待死人。
门锁修龄白日长，人间换尽旧伊凉。雄狮猛士真何益，未解拽尸意何伤。
欲谱无愁果有愁，北齐歌吹亦温柔。白杨风起多冤鬼，掷尽头颅可自由。

这一组七绝，通过对罗马圆剧场遗址历史沧桑的描绘，表达了对欧洲古罗马历史上血腥暴政的严峻谴责，抒发了对古罗马时代六百年间数十万死于暴政的人民的深切同情，尤其在第五首诗，诗人化用中国古典，写外国之事，由此及彼，由悲悯古罗马时代死于暴政的人民，进而扩大到对中国，直至全人类不幸者的悲悯，感慨深沉，动人心魄。又如五古《广岛夜吊和平塚》："一瞬嗟无常，劫灰塞行路。层楼火后茆，微命草间露。孤炬照千秋，一碑睨方怒。死者难瞑目，谁复蹈此误。荒榛厌人骨，森然夜可怖。莫言如泡影，九京忍重顾。我来凭吊久，逝水尚东注。佳兵纷未已，群生那得度。何以儆后人，回车更缓步。"诗作通过对二战后期美国在广岛投掷原子弹对无辜人民造成的惨绝人寰的大悲剧的描写，进行了历史的叩问，抒发了无比深厚的关怀精神。其他如《海德拉堡古孔多废垒》、《泰姬陵》、《南印度七塔歌》、《题锡兰狮山壁画》、《缅甸蒲干石洞》、《夜访吴哥窟》、《拿破仑墓》、《伯罗亚宫吊诗人奥尔良亲王》、《沙维尔尼行宫晚宴》、《富兰克福歌德旧居》、《慕尼黑纳粹集中营》、《但丁墓下作》、《歌多瓦歌》、《阿含伯勒宫》、《别路易士湖》、《徐福墓》等，都是这一方面的优秀作品。

其三，与学游天下的学术研究活动相联系，学与诗合，情感与学理并融。《冰炭集》中有几首诗颇值注意：

东京东洋文化研究所插架有明代诗人小传抄本六卷，向不知谁何之作。书中起谢山人榛，终范阁学景文，盖牧斋列朝诗集初稿残帙也。末有雍正李穆堂七古，首句云："夫人柳氏女中侠，玉池文采双鸳鸯。"指柳如是事。漫题短句，以志眼福。

文采先朝靡孑遗，新浦细柳意何疑。绛云余烬都零落，珍重云窗六卷诗。

饶宗颐于东京得睹明代诗人小传抄本六卷，而喜之曰"眼福"，并志之以七绝，足见学者诗人对中国传统文化之深厚感情。又如：

万劫辛勤聚此堂，宋廛犹有十三王。残编瑶出东宫日，异地同传楮墨香。(《哈佛图书馆裘开明教授出示宋元佳椠因题》其一)

十载爬梳意自退，惊看宝绘在天涯。祝融犹喜行间见，待起龙门问世家。(《初见楚缯书于纽约戴氏家》)

欧九遗文见细镂，宣和旧事已云烟。眼明万里逢珍籍，一度摩挲以黯然。(《博览会题所见宋椠》)

皆写域外学游所见流落"天涯"的祖国珍籍宝物，而既有学术眼光，又有诗人性灵，为传统纪游诗开拓了新领域。

在这一方面，七古长篇《楚缯书歌次东坡石鼓歌韵》(缯书原物既归Sackler博士，哥伦比亚大学特为召开讨论会，由Goodrich教授主其事，诗以纪之)，堪称扛鼎之作。此诗作于1967年，时诗人五十一岁，赴美国纽约出席哥伦比亚大学美术史及考古系主办的"楚帛书及古代中国美术与太平洋地区关系可能性"学术研讨会。会前，在大都会博物馆，有人对馆藏《帛书》提出质疑，饶宗颐对其真实性进行了论定，成为当时轰动性的新闻，《纽约时报》为此作了长篇报道。会中，饶宗颐撰写了《从缯书所见楚人对于历法、占星及宗教观念》的专题论文，而意犹未足，乃于激情荡漾中奋笔写下这首长篇七古。诗中叙述了缯书的失而复得，描绘了缯书的形制、内容以及摩挲古物、对其进行研读的感受，表现自己万里远行而得睹祖国文物的欣喜。当时内地正处"文革"浩劫之中，中国传统文化遭受着空前的摧残和扫荡，在诗章的末尾，饶宗颐由这一帛书文物的命运联想到中国文化和中华民族的命运，而痛心疾首地写道："方今举国尽奔波，剜苔掘白走黔首。"但选堂于忧患中并不颓丧，而是自觉地承担起传承、弘扬中国文化的重任："西顾因兹发吟哦，扛鼎力犹未衰朽。"这首诗不仅诗中有学，而且诗中有人，既充分表现了饶宗颐深厚的学问修养，又充分表现了他对于中国文化的忧患意识和奋力阐扬的承担精神，从而创造了深沉博大的意境，堪称学与诗合的典范，是饶宗颐长篇古风的代表作之一。

对于饶宗颐的纪游诗，钱仲联有极高的评价："选堂诗之大，尤在于先生飙轮所至，五洲占其四，皆古诗人谢、李、杜、韩、柳、刘、苏、黄、范、陆屐齿所未尝历，而先生履鲸海若户庭，千诗喷薄，百灵回荡，此在近世，惟黄公度、康更生庶几能之。然先生椽笔掔云，能事所及，非黄、康所能逮也。……以言行迈之遥，《佛国》一集，所历山川风土，已多法显、玄奘、义净所未经；《西海》一集，探大秦诸邦之奇境；《白山》、《黑湖》之集，遨游法兰西、瑞士；《羁旅》之集，于归卧炉峰以后，又数访秋津，屡践西牛货；《南征》一集，纪爪哇之鸿泥。此胜于黄、康者一也。以言篇什之富，括囊大瀛，为篇三百数十。此胜于黄、康者二也。"⑬

要之，饶宗颐纪游诗，数量多，范围广，质量高，异域之山川风土，缤缤纷纷，多姿多彩地涌入饶宗颐的笔端，其中多为中国诗人所从未涉及者，远远超出了以往中国诗人包括黄遵宪诗歌在内的描写领域。饶宗颐曾自云："风霜正与炼朱颜，异域山川剪取还。看击鲲鹏三万里，可无咳唾落人间。"（《录诗竟自题一绝》），这首小诗，是诗人对自己行旅西欧纪游之作的一个总结，同时，也充分显露出诗人的创作追求和胸襟气度。饶宗颐天资、学养、笔力兼备，每因事发思，或因景生情，皆千汇万状，既能写人之所未能写，又能道人之所未曾道，落想高妙，寄托高远，因而咳唾成珠，其"剪取"的"异域山川"，为中国诗歌开拓出了新境界，从而很好地践履了"但期拓于境，冀为诗界指出向上一路，以新天下耳目"的诗学理想。

2. 忧患诗章

饶宗颐的忧患诗章，最具代表性的是青年时代的《瑶山集》，此集之最大思想价值乃在于表现了青年饶宗颐深沉博大的爱国情怀和卓越人格。在抗日战争最后一年的艰难岁月里，犹屈原之放沅、湘，杜甫之逃安史战乱，饶宗颐二度进入大瑶山，历尽艰辛，饱经忧患。生活的磨难，不仅没有消减生活的意志，而且使其坚毅豪迈的人格焕发出奇异的光彩；敌寇的横行，国家民族的灾难，则激发出诗人深厚无比的爱国主义情怀。概而言之，《瑶山集》以爱国情怀为内核，以忧患意识为基调，表现了饶宗颐先生深沉博大的爱国情怀和坚毅豪迈的人格情操。

饶宗颐的忧患意识在上世纪六七十年代，又有了新的表现。其代表作是《长洲集》和《冰炭集》。《长洲集》在思想内容上的突出特点是表现了中年饶宗颐的忧患之心。饶宗颐自谓："魏晋人诗，惟阮公能尽其情，陶公能尽其性。东坡谪岭南，尽和陶作。余尤爱阮诗，欲次其韵以宣我胸中蕴积，庶几得其情之万一而未遑也。""携琴宿双玉簪，环屋涛声汹涌，如鸿号外野，动我忧思。案上有咏怀诗，乃依韵和之，五日而毕。……夫百年之念，万里之思，岂数日间所能尽之耶？但以鸣我天籁而已。"（《长洲集小引》之一）"余诗本非效阮公之体，特次其韵，写我忧劳，聊复存之。抒哀乐于一时，表遐心于百代，后之览者，倘有取焉。"（《长洲集小引》其二）可见，正是郁积于胸的深重忧患使饶宗颐诗情汹涌，非倾泻不可。

在《长洲集》中所表现出来的忧思具有多方面的内容。诸如感时伤世之叹、人生易老之悲、天涯思乡之苦、寂寞怀人之思等等，就时有歌咏，此外，还有一种深厚的文化忧患情怀。有些作品表现出来的忧患之心，犹如阮籍一样，寄托遥深，难以情测，无法坐实。是集中，固然也有表现高情远志的作品，但整体而言，确乎比较沉郁。如果说瑶山时期的诗歌是忧患中有豪迈坚毅，那么长洲之作则是忧患中略显悲凉。这或许是人到中年的一种心态之流露，或许与当时国家民族遇到特大困难有关，当然也与对民族文化遗产命运的深切关注有关。诗是诗人心灵的流露，而诗人的心灵世界往往映射着一个时代的风云。

《冰炭集》则更是集中表现了饶宗颐一份深沉的文化忧患情怀。胡晓明认为，饶宗颐这个时期的忧患是"对于民族文化遗产的'孤臣孽子'的心情"[14]。这一看法是正确的。饶宗颐曾说："我在新加坡时心情不好。那个时候新加坡压中国文化。……我是那里唯一的中文系教授，而那里却又根本不提倡中国文化，只提倡中国语，没有'文'，学华语就够了。他们那时害怕中国文化。时代的转变非常有意思。所以我的诗集取名为《冰炭集》，这跟当时的心情有关。"[15]系于卷首的三首五古即生动而形象地揭示了饶宗颐对于中国文化遭际的深重忧患。其一云："胸次罗冰炭，南北阻关山。我愁哪可解，一热复一寒。"其二云："乱绪托高林，寒自波心起。……我衰更梦谁，幽忧此能理。"其三云："游丝隔重帘，望春目欲断。漠漠疏林外，入画但荒远。流水自潺湲，中有今古怨。日暮忽飞花，闲愁起天半。"胡晓明指出，"这里的'望春'，分明是一份文化的乡愁；这里的'今古怨'，也分明是一种历史的大忧患。所以他说自己'虽无牧之后池之蕴藉，庶几表圣狂题之悲慨'（《冰炭集小记》）——分明是一种文化生命人而非一般天涯沦落人的身份感了。"[16]这一解读，无疑是深刻的。

3. 哲理诗

饶宗颐的哲理诗，不仅数量多，而且创作质量极高。在表现手法、艺术风貌和艺术境界上，都呈现出新的面貌，为中国传统诗歌开辟了一个崭新的天地。

饶宗颐诗歌对理趣之追求，开始甚早，可以说在其少年时期的创作的《优昙花诗》中即已稍露端倪。而后，随着人生阅历的丰富与学问修养的日渐广大，饶宗颐对宇宙人生之理的认识与感悟也就越来越深刻，越来越超出现象的层面，而直入宇宙人生哲理的深处、高处。与此同时，选堂诗歌中的理趣及其艺术表现，也越来越丰富多彩，越来越横放逸出。

饶宗颐在论杜甫夔州诗时曾说，姜夔《诗说》论诗，"有四高妙，曰：'理高妙，意高妙，想高妙，自然高妙。'"在这"四高妙"中，以"理"为先。[⑰]饶宗颐诗歌理趣之表现，也正是因为具有这"四高妙"而取得了高度成就。

饶宗颐诗中的高妙之理，首先表现在诗人对宇宙人生的深刻感悟上。这种对宇宙人生的深刻感悟，使作品不仅有"理"，而且别具一种面貌，别具一种境界。从来大作家大诗人，必有大胸怀大境界。而大胸怀大境界则在相当程度上来源于大学问。饶宗颐为海内外公认之通儒，其学问之大、学识之高、原创力之强，当世罕有其匹。有如此学问修养孳乳文字语言，以如此胸次气象观览风雨江山，凭如此境界感悟宇宙人生，则落想自高——自有奇妙之思，独卓之想。如《地中海晚眺，Nice 作，用始宁别墅韵》：

> 一望青未了，方知物不迁。沙际远分星，栏外足忘年。沧海波不兴，抱蜀意弥坚。小立不易方，自得静者便。翔鸥下千万，浩荡没前山。去者入微渺，来者自洄沿。夕阳譬回甘，余味正缠绵。放眼任张弛，清影落漪涟。丧我要无功，观海须造颠。六龙骛不息，万化纷周旋。力命休相争，海若久忘言。

此诗写日暮黄昏之景，然而绝非古典传统的夕阳残照图。它绝无"夕阳无限好，只是近黄昏"的人生迟暮之感，亦扫除了"夕阳西下，断肠人在天涯"的羁旅飘零之悲，诗人是以通达虚静且又独立不移的人生态度对地中海晚景进行审美观照。作者不是在借景抒情，而是以道家之生存智慧来借景造境而言理。诗人既从"一望青未了"中，感悟到"物不迁"之理，又从"沙际远分星"之景象中，品得"栏外足忘年"之意。而"沧海波不兴"，并不仅仅是写地中海风平浪静的景象，显然寄寓着清净无为的意趣。整首诗，显示诗人是站在一个很高的人生高度，凭深厚的学养与宽广的胸襟，对自然景象进行富于意味的"眺望"。诗人在其学问修养中已然安顿好自身，已然没有了俗世的烦忧，因而自然地，在其艺术表现中就超越了暝色起愁日落生悲的古典的抒情模式。又如《中峤杂咏》其十：

> 砥柱擎天孰比高，修河北去势滔滔。奔车何必伤逝水，大任天庸付我曹。

仲尼观水，有逝者如斯之叹，并因而形成了中国文学的一个原型。饶宗颐于此，又自不同。他从北去滔滔之修河水势中，激发出"奔车何必伤逝水，大任天庸付我曹"之理性的生命精神，从传统的流水迁徙之悲中超逸而出，指出向上一路，豪情与哲理并融。

饶宗颐诗中的高妙之理，还有一重要方面，这就是表现了诗人那种自足而独立的人格精神。在《白山集》中，饶宗颐说自己"向喜诵'空山多积雪，独立君始悟'句"。这两句之所以深得饶宗颐赏爱，实乃因为它契合了诗人那一份自足而独立之人格追求。胡晓明指出，饶宗颐"唯其只管做自己的事情，所以他独往独来，如天马行空，不受任何羁绊，也不关心世俗的毁誉荣辱；唯其有一份宗教体验，所以他能以宗教徒般的虔敬，全神贯注于学问之事，把应该做的事情做好。"⑱此语抓住了饶宗颐人格精神的一个重要方面，颇有见地。这种人格精神，倾注于学问之中，成就了一代汉学大师的卓越成就；倾注于诗歌之中，则丰富了饶公诗歌中的理趣，使他的诗歌富有一种自足而独立的哲学人文底蕴。试读下面诗作：

> 高楼俯大荒，浮云任变化。隐几万卷书，亦足藏天下。茗搜文字肠，洁宫守智舍。浩歌送北风，俛焉俟来者。（《选堂晚兴》其一）
> 垂柳摇丝陌上新，近溪已见十分春。了无哀乐缠胸次，野旷天寒不见人。（《中峤杂咏》其四）

这些诗行，在理趣盎然之中，洋溢着饶宗颐自得自足，独立不移的人格精神。选堂学识广大，对西方的宗教，特别是对释藏与道藏有透彻之了解，宗教的精神与释道的哲学智慧融化于饶公的心灵之海中，使他对人生、对社会、对历史、对自然宇宙的观照充满了睿智，可以说，他已真正找到了安顿自己的方法，已经从人间世中超越出来。这一种超脱，在现当代学人中，是特别突出的。像王国维、陈寅恪等学术大师，都未能达到这一种境界，因而其诗境之创造，也就难以步入高远。在《选堂诗词集·序》中，钱仲联即曾精要地比较过饶宗颐、王国维、陈寅恪三位大师的学问与诗词境界之高下："观堂、寒柳，我国近世学人通中西之邮以治学者也。余事为诗，亦非墙外。今选堂先生之学，固已奄有二家之长而更博，至于诗，则非二家之所能侔矣。观堂诗早岁从剑南入，取径未高，不足与其蕴含之哲理相副。清亡后所作，最著者《颐和园词》，辞诚工矣，而为纳兰后颂德，一不可，为曼殊王朝抒采薇之思，二不可，非如王湘绮《圆明园词》之足称一代诗史也。……寒柳亦能诗，而功力不能与其兄衡恪、隆恪敌，亦非如其季方恪诗之风华绝代也。其名篇即挽观堂之长庆体长诗，身处共和，而情类殷顽。……今以选堂之诗较王、陈，高下立判。"施议对曾和饶宗颐谈到王国维的人生境界问题，饶宗颐指出，王国维不知道安顿自己，这是学问修养的限制。王国维"做人、做学问、乃至论词、填词，都只能局限于人间，即专论人间，困在人间，永远未能打开心中之死结"，关键在于王国维的学问修养中，少了两藏——"释藏"和"道藏"，而且王国维"只到过日本，未到西洋，未曾走入西方大教堂，不知道宗教的伟大"[19]。也就是说，有了释道二藏的灌注，有了宗教的精神底蕴，才可从人间世中超脱出来，使人生境界上升到宇宙天地之中。饶宗颐摆脱了一切人为的羁绊，飘然出尘，独与天地相往来，他已从人生观、宇宙观上处理好了如何安顿自己的问题，因而其人格显得自在、自足、充盈、独立。诗品出于人品。正是这种人格境界，赋予了饶宗颐诗歌一种高远不凡的气象。

蕴含这种人格气象的哲理诗在饶宗颐的诗集中俯拾皆是。他登山，则"一上高丘百不同"（《Mont-la-ville》），他游园，则"禅心早置崎岖外，碧水遥天净可兼"（《池田末利偕游严岛平松公园》），他写睡起，则是"心花开到落梅前，清梦深藏五百年。蝴蝶何曾迷远近，眼中历历是山川"（《睡起》），而他在山上则由孔子"登东山而小鲁，登泰山而小天下"之意，翻出新的人生哲理："绝顶编篱石作栏，诸峰回首正漫漫。我来不敢小天下，山外君看更有山。"（《Mont Tendre 山上六首》其五）又如他写道中感受："无数层峦莽莽山，飞鸢去雁不知闲。游人踯躅将安住，只在高低残雪间。"（《Zermatt 道中和李白》）……饶宗颐以充满智慧的哲学眼光和充沛横溢的诗情，观照山山水水，触处生春，触处成理，无不理趣盎然，启人遐思。而饶宗颐既才力宏富，又工于炼字炼句，故其奇妙之理趣，而能托以精警之词句，片言居要，十分警策，令人诵读一遍，心魄惊动，稍一寻思，又觉回味无穷。

可以说，饶宗颐诗歌中洋溢着一种充盈自得、独立高迈的气象与自在从容、与道一体的境界，这种气象与境界，为李、杜、韩、白、苏、黄诸公所未有，在 20 世纪诗坛亦独标一格，给人带来全新的感受，极大地开拓了和提升了传统诗词的境界。

4. 题画诗

饶宗颐特别擅长题画诗创作。其题画诗数量极多，在《选堂诗词集》中专设《题画诗》一集，收题画诗 70 余首。这些题画之作，澜翻不穷，神明变化，独具一格。饶宗颐学艺双携，于书画亦极尽精诣，堪称当世名家。曾撰《诗画通议》，独标胜解："天下有大美而不言，能言之者，非画即诗。……以画论之……山林远景，如绝句，如小令，酒之竹叶、茅台也。……诗家吟咏，舒状物色，窥情风景之上，钻貌草木之中，目既往还，心亦吐纳，与画亦何以异乎？"[20]盖诗画皆通乎禅者，叶石林以禅喻诗，董香光以禅喻画。饶宗颐固亦精于此道者，《诗画通议》中有《禅关章》阐其说，及自身创作辄每以画人之意作诗，以诗人之意作画，打通两界，独探灵源。饶宗颐《题画诗》中有三绝论诗画关系：

> 画史常将画喻诗，以诗生画自添姿。荒城远驿烟岚际，下笔心随云起时。

此论可以以诗生画。诗画相生，渊源有自，实为中国古典诗画一大精义。昔人已论及之，郭熙曰"诗是无形画，画是有形诗。"[21]东坡曰："味摩诘之诗，诗中有画；观摩诘之画，画中有诗。"[22]山谷曰："李侯有句不肯吐，淡墨写作无声诗。"[23]皱一桂曰"绘事之寄兴，与诗人相表里。"[24]诸家所言，皆阐明一理：须借助诗之意境来提高画之境界，亦即"以诗生画自添姿"。诗心之于画笔，作用如何？饶宗颐举一例以说明之："荒城远驿烟岚际，下笔心随云起时。"即如画荒城远驿此种景象时，须有诗化之感觉，下笔方佳。明人王世贞云："徒想象于荒烟榛莽间，重以增慨。"[25]选堂另一首词《念奴娇·自题书画集》亦曰："细说画里阳秋，心源了悟，兴自清秋发。想象荒烟榛莽处，妙笔飞鸿明灭。"王世贞拈出一"慨"字，饶公拈出一"兴"字，可谓今古同契。惟胸中有"兴"有"慨"，才能以诗心驱遣画笔，化腐朽为神奇。

> 画家或苦不能诗，嫫母西施各异姿。物论何曾齐不得，且看一画氤氲时。

此诗论以诗生画。以诗生画有其可能性，亦有其必然性。高明之画家，须具备"诗、书、画、印"多方面之才能，方能融会贯通，集其大成。而文学素养（诗）更是居于首位之"画外工夫"。画者不能诗，所作必如嫫母（古之丑妇）。惟有诗画融通，如天地阴阳之气聚合，方臻妙境。

何当得画便忘诗，搔首无须更弄姿。惟有祖师弹指顷，神来笔笔华严时。

此论如何以诗生画。是为最关键之一步，即所谓"艺术换位"（Transposition d'art）。诗画之间，可以"掠取另一方的'美'，来建立自己的'美'"。㉖然诗与画又是相对独立之艺术门类，画固然可"掠取"诗之美，但不能生吞活剥，当诗意转化为画境之后，必须化用无迹，不露斧凿痕，不能矫揉造作。饶宗颐《诗画通议·禅关章》曰："其（黄庭坚）答罗茂衡句：'春草肥牛脱鼻绳，菰蒲野鸭还飞去。'直是一帧活生生之禅画。夫画心之必如禅心者，厥初收拾此心，如牛拴绳，及其驯也，绳子已用不着，便如野鸭海阔天空。画初由法入，终须离法。法而后能，变而后大。"㉗意谓诗之意境融入画中须自然圆融，要过河舍筏，得鱼忘筌。至于诗之素养，则要在平时如参禅一样修炼，厚积薄发，惟有达到如祖师之修为，下笔作画时，方能弹指之间，信手拈来，化用自如，臻于华严之大乘境界。

诚如杨子怡所云："三绝当煌煌一画论矣！"㉘分开为三种境界，合起即一篇"以诗生画"之系统画论。

饶宗颐的题画佳什，比比皆是。他有七绝体《题画杂诗》三十二首，皆押以"诗"、"姿"、"时"韵，极尽变化之能事。如：

西风卷地忍抛诗，南雁飞来媚远姿。写得鸳鸯难嫁与，亏它涂抹费移时。（其四）

一帧天然没字诗，春回草木换新姿。窗前打稿奇峰在，剪取湖云拂岸时。（其十）

寂寥人外可无诗，手摘星辰布仙姿。肘下诸峰争起伏，迷离宛溯上皇时。（其二十九）

前二首"写得鸳鸯难嫁与，亏它涂抹费移时"，"窗前打稿奇峰在，剪取湖云拂岸时"句，皆落想高妙，用字精妙，趣味横生。后一首，"星辰"、"诸峰"

乃空间概念，"上皇时"乃时间概念，此诗真乃纵横六合，俯仰千秋。宗白华曰："中国诗人、画家确是用'俯仰自得'的精神来欣赏宇宙，而跃入大自然的节奏里去'游心太玄'。……用心灵的俯仰的眼睛来看空间万象，我们的诗和画中所表现的空间意识……是'俯仰自得'的节奏化的音乐化了的中国人的宇宙感。"[22]饶宗颐此诗正是宗氏所论之绝好说明。

三、饶宗颐诗歌的艺术成就

1. 众体兼备，风格多样

饶宗颐在诗体的运用上，可以说是才大力雄，得心应手，众体兼备，而各臻其妙——这是一部选堂诗的重要特色之一。

五古。饶宗颐诗以五古最擅，险峭、高华、森秀、清旷、玄远靡不有之，阮谢李杜韩柳苏黄之外，别开一境。《大千居士六十寿诗用昌黎南山韵》步韩愈《南山诗》一百零二韵为张大千寿，伍叔傥见之，惊为咄咄逼人。《白山集》之遍和谢灵运，《长洲集》之遍和阮籍《咏怀》诗等等，都是饶宗颐五古的力作。

七古。饶宗颐七古劲健奇兀，入昌黎、东坡之室。《别徐梵澄，次东坡送沈达赴岭南韵》、《哥多瓦歌·次陆浑山火韵》、《楚缯书歌次东坡石鼓歌韵》诸篇，都是饶宗颐七古的名作，赢得了许多诗家的赞赏。

律诗。饶宗颐五七律在其诗词中所占比例不多，但也有上乘之作。五律如：《偶作示诸生》其二："更试为君唱，云山韶濩音。芳洲搴杜若，幽涧浴胎禽。万古不磨意，中流自在心。天风吹海雨，欲鼓伯牙琴。"七律佳者每瘦硬通神，峭健奇兀。如抗战之作《兵后同文炳栢荣黄牛山临眺》："避兵惟爱酒中藏，小憩椒丘当坐忘。埋雾峰峦犹虎距，追风木叶尚鹰扬。剧怜拱手归秦房，失笑行歌类楚狂。剩有晴岚堪媚客，牛山风物亦清凉。"颔联虎虎生风，笔力硬健。整首之风骨也近于宋格。

七绝。饶宗颐七绝591首，占其已刊诗词的十分之四。钱仲联序曰："至于小诗截句，神韵风力，上继半山、白石，下取近贤闽派之长，沧趣楼南海之游诸什，庶几近之，此又黄、康之所望尘莫蹑者已。"（《选堂诗词集序》）夏书枚亦谓："选堂绝句，本甚精妙，时人多以诗格在半山白石之间。"（《选堂诗词集序》）诸家评价甚高。饶宗颐的七绝，纪游之作几占60%，且质量上乘，为饶公七绝重中之重。数量在其次者则为题画、题识之作。风骨高骞，高华玄远，充满理趣，这是选堂七绝的基本格调。如《涵碧楼夜宿》："方丈蓬莱在眼前，回波漾碧浩无边。东流白日西流月，扶我珠楼自在眠。"

2. 古今独步的和韵诗

在 20 世纪诗坛上，恐怕没有哪一位诗人像饶宗颐这样热衷于和韵诗的创作了，其和韵诗数量之多，质量之高，在中国诗歌史上也可以说是前无古人的了。

饶宗颐集中和阮籍、谢灵运、韩愈、苏轼之作，占有很大的比例。《长洲集》遍和阮籍咏怀诗 82 首，饶宗颐自谓："魏晋人诗，惟阮公能尽其情，陶公能尽其性。东坡谪岭南，尽和陶作。余尤爱阮诗，欲次其韵以宣我胸中蕴积，庶几得其情之万一而未遑也。""携琴宿双玉簃，环屋涛声汹涌，如鸿号外野，动我忧思。案上有咏怀诗，乃依韵和之，五日而毕。……夫百年之念，万里之思，岂数日间所能尽之耶？但以鸣我天籁而已。"（《长洲集小引》之一）"余诗本非效阮公之体，特次其韵，写我忧劳，聊复存之。抒哀乐于一时，表遐心于百代，后之览者，倘有取焉。"（《长洲集小引》其二）

饶宗颐自己对《长洲集》是颇为看重的。他后来又作有《自题长洲集》一首："阮公在竹林，青眼送白日。飞鸿号外野，赋篇遂八十。江山助凄婉，代有才人出。东坡谪惠州，和陶饱饭隙。归趣终难求，兴咏敢攀昔。独有幼安床，坐久已穿席。望古意云遥，旧尘空汙壁。"（见《南海唱和集》之二十二叠韵）

《南海唱和集》共收诗 47 首，约当作于 1966 年。当时选堂友人赵叔雍南游星洲，执教于新加坡大学，写成《和苏轼海南赠息轩道士韵》一首，寄给饶宗颐。饶宗颐读后，连叠五首。赵叔雍见选堂如此神勇，乃再赋之，前后叠韵至五十二首。饶宗颐亦赓和至四十七首。同时还有李弥厂、曾履川相继和韵，"动盈筐袟，缟绤投报，极一时之盛"（饶宗颐《南海唱和集·小引》）。东坡原作题为《司命宫杨道士息轩》，诗云："无事此静坐，一日似两日。若活七十年，便是百四十。黄金几时成，白发日夜出。开眼三千秋，速如驹过隙。是故东坡老，贵汝一念息。时来登此轩，目送过海席。家山归未能，题诗寄屋壁。"显然，此诗并非东坡诗中上乘之作。但东坡可能未曾想到，八百年后竟会有这么一批诗人相与和韵，从而成就了一段诗坛佳话。

叠东坡《海南赠息轩道士》韵至 47 叠，是集虽为叠韵之作，是典型的带着镣铐跳舞，但饶宗颐舞姿轻盈，浑无镣铐之感。集中，选堂利用"日"、"十"、"出"、"隙"、"息"、"席"、"壁"这几个固定的韵脚，表现了非常丰富复杂的人生情怀。或登临、遣兴、酬赠，或题画、题书、题卷，而鼓琴、作书等皆亦有所歌咏。它们相当清晰地展示了作为一身而兼具学者、诗人、画家、书家、琴师等多种身份，多才多艺的选堂的丰富多彩的生活面貌，也就是说，饶宗颐作为一个汉学大师的艺术化人生，在这一集的叠韵唱和中得到了生动的表现。

《白山集》和大谢36首。饶宗颐自序："昔东坡寓惠州，遍和陶公之句。山谷谓：'彭泽千载人，东坡百世士。'余何人斯，敢攀曩哲，特倦览瀛壖，登高目极，不觉情深，未能阁笔。萧子显云：'开花落叶，有来斯应，每不能已；虽在名未成，而求心已足。'今之驱染烟墨，摇襞纸札，踵武前修，亦此意也。"

《南征集》中有《秋兴和杜韵》八首。诗人有《秋兴诗跋》说明了这八首和韵之作的缘起，表明了它的情感风调："……迩者港诗人以秋兴唱和，前后累数十首，寄慨往复，窃杜老三叹之遗音，异灵均九章之余旨。落南无事，因夏丈之作，聊复赓歌。既成，诵之凄婉，反似义山，全失杜样，为之怅然。"

至于为国画大师张大千六十大寿而作的《和韩昌黎南山诗》，堪称集中大制作，亦堪称表现饶宗颐学究天人、才大如海的杰出作品，在当代诗坛享有盛誉。

钱仲联在《选堂诗词集·序》中说："就诗言诗，选堂先生之所承，亦至博矣。盖尝上溯典午，下逮天水，一法不舍，一法不取，而又上自嗣宗、康乐，下及昌黎、玉局，历历次其韵，借其体，澜翻不穷，愈出愈奇。尤使人洞精骇瞩者，《大千居士六十寿诗用昌黎南山韵》、《哥多瓦歌·次陆浑山火韵》、《阿含伯勒歌·用昌黎岳阳楼韵》、《楚缯书歌次东坡石鼓歌韵》诸篇，在近世，惟沈寐叟《审言今年六十余欲为寿言无缘以发审言忽以西城员外丞请如其意为之》、《隘庵先生五十寿言用昌黎送侯参军韵》二篇乃能之。此言选堂诗之大。"

如前所述，关于和韵诗创作，饶宗颐有明确的诗学主张："和阮而非阮"，"步古人之韵，而为今人之诗"。这种诗学观，体现了饶宗颐对艺术创新的高度重视，也是其和韵诗神完气足游刃有余，完全有自家面目的根本原因。

从思想内容来说，饶宗颐诗集中的和韵之作，皆是借他人酒杯，浇自身块垒。诚如胡晓明所言："次韵的诗学，有助于诗人探访文化心灵的故人，谛听到历史精神的回声，历验诗人写作的秘径，参与艺术生命的创造，因而，是具有中国本土特色的诗词创造学。我们可以说，这是一种无须经由理论的经验诗学。从西方诗学的角度来看，也有可资比较的理论。哈罗德·布鲁姆的一个重要理论是：凡文学史上后来的诗人，往往有一种"影响的焦虑"，即面临前辈大师的优秀作品，他们必须要以一种迟到的身份，更作殊死的搏斗，努力创造有意的误读、修正甚至颠覆的美学，以此来营造一个富于想像力的独特空间。这种"竞技"式的拼搏，类似于弗洛伊德所发明的"弑父"情结，只有杀死父辈才能获得新生（《影响的焦虑》，徐文博译，三联书店，1989）。尽管西方文化"尚争"而东方文化"贵和"，中国诗人的以次韵、仿写、唱和、拟作、复古等为特征的摹古传统，并非一定要以"弑"的方式来消除前辈，毋宁说甚至要保留前辈的生命痕迹，求得一种生命能量与美学品质增色的共荣效果。然而存在着一种语言与精神的共同体，以及共同体之内影响、修正与改造的"创作之长流"，是东西方诗学一起认同的。我们可以从这个理论新说上，来再认选堂诗学的现代意义。"③

3. 融学人之诗、诗人之诗与真人之诗为一体，学、诗与诗人的精神追求的融合，史识、哲理与情感并具

这是饶宗颐诗歌最值得关注的艺术特色。这里所谓"学人"，是指学识广博、具有深厚学术造诣并且有学术著作传世的人，亦即通常所说的"学者"，而并不仅仅指读书多的人。以此标准衡之，则中国诗歌史上，合学者和诗家为一体的诗人，宋以前极少，宋以后就开始出现并呈逐步增多的态势，到晚清尤其是到了 20 世纪，学者诗人就开始大量出现了。但现代以前的所谓学者诗人亦即封建时代的学者诗人，依然是不纯粹的学者诗人，因为他们拘囿于时代，封建的政治意识流淌于血脉之中，基本只能属于士大夫式的学者诗人，从欧阳修到顾炎武到康有为，莫不如此。从诗人品格的演变来看，"五四"新文化运动的一个重要贡献就是在完成时代转型的同时，开始造就了具有现代意义的比较纯粹的学者诗人。其人格特征就是贯穿着现代意识的独立、自由的思想和精神。在 20 世纪中，这样的学者诗人当以马一浮、陈寅恪、夏承焘、钱仲联、饶宗颐等最为杰出。其中，又尤以饶宗颐最为不同，其一是饶宗颐学问最为广大，不局限于文史，而几乎涉及到了国学的所有领域，因而使其诗歌表现出来的学问气象颇为不同。其二是饶宗颐自1948 年后即离开内地，寓居香港，没有受到内地几十年间政治气候的影响，因而使其诗中具有一种特别超迈自由的人格气象。其三是饶宗颐作为一个活跃于 20 世纪学术舞台的汉学大师，"五洲历其四"，"九州历其七"，学术经历与人生阅历之富，人所莫及，这就使他空前开拓中国诗歌的题材领域和艺术境界。

所谓"真人"，即完全超越世俗社会的一种精神追求，自陶渊明歌咏形影神开始，关于"神"的讨论就充斥着整个文学研究领域，对于近世倡导无神论以来，"神不灭"论为人所难以启齿，有些当代评论者将陶渊明的歌咏形影神看作是对神学迷信思想的否定，而饶宗颐则并不这么认为，在《文学与神学——饶宗颐访谈录》一书中，他指出陶渊明"神释"之作不过是一种权宜之计，以为其所为神，并非真正的神。如照此办理——"纵浪大化中"，"应尽便须尽"，实际上并无法求得真正的解脱。亦即所谓"不喜亦不惧"，或者"无复独多虑"，都是暂时的解脱。饶教授之所谓神，乃与能量永远共存于天地间的神。能量不灭，神亦不灭。如借用北齐杜弼的话讲，那就是"光去此烛，烛尽则光穷"（刑邵语）也。这就是饶教授的神学观。（施议对，《文学与神学——饶宗颐访谈录》三联书店（香港）有限公司出版，2010年5月版，320页）书中的观点是对饶词的境界所作的一种阐述，而对于饶宗颐的诗歌，同样包含着饶宗颐对自在之境、真人之境的追求，饶宗颐提出"神为形帅，而与物相劘于无穷"，这是对神不灭论的一种阐述，认为能量永存，神亦永存立论。这种观点与其说是饶宗颐对神的追求，不如说是他超脱世俗的站立在哲学、宗教、神学的角度对自己精神世界，诗词境界的一种理想的追求。

从诗歌史的角度来看，饶宗颐诗相当典型地表现了现代学人之诗和诗人之诗的融合及其基本特征，并融会贯通了"神"理而达到真人之诗。首先，从精神品格来看，饶宗颐是以一个现代学者诗人的独立自由的姿态，观察和体验着社会人生和山水自然，并将其化为诗学之表现。从而彻底廓清了传统文化中那些陈旧的腐臭的气息，诗歌的精神领地显得无比纯粹无比超逸。这应是现代学人之诗和诗人之诗相融合的一个至关重要的特质。这种特质，贯穿了饶宗颐一生的诗歌创作，而且随着其独立自由人格的越来越超迈，他的诗歌达到真人之诗时，这种特点越来越突出。

其次，诗中有史，诗中有识。作为一个学者诗人，其观照山水，体验生活，洞察社会，反映风俗，往往既凭借着诗人的诗心，又带有一种学术的眼光。饶宗颐为诗，往往能结合着自己的学识、感受和趣味探幽访古，描山绘水，不仅诗中有景有情，而且诗中有史识和哲理——这种特点，在其早期创作中就已形成了，如《大藤峡》：

> 龙山何崿岈，伸出如双臂。五屯遮其左，岩洞通幽邃。羊肠何处所，绝壁吁可畏。藤峡势最险，攀登增惊悸。古来此兴戎，徒益苍生匮。一籐亘南北，出师动七萃。断之果何补，矜功劳夸示。四海皆连

枝，胡为列烽燧。至今两崖清，短日泣寒吹。富贵仅暂热，声名亦嫌
忌。卉木自皇古，长为天地媚。至美出自然，伐鼓安足冀。

附注：明天顺八年，监生封登奏："浔州夹江诸山，岩岈巇嶪，峡
中有大藤如斗。延亘两崖，势如徒杠，蛮众蚁渡，号大藤峡，最险恶，
地亦最高。登藤峡巅，数百里皆历历目前，诸蛮视为奥区。桂平大宣乡
崇姜里为前庭，象州东乡武宣北乡为后户，藤县五屯障其左，贵县龙山
据其右，若两臂然。峡北岩洞以百计。仙人关、九层崖极险峻，峡以南
有牛肠、大岵诸村，皆缘江立寨。"（《明史》卷二百五广西土司一）此
明初瑶山之状况也。成化二年，韩雍等攻石门、古营诸地，破瑶寨三百
二十四所，改大藤峡为断藤峡。刻石记之。又截其藤冒以为鼓。（阮元
有诗咏之，见《揅经室续集》五）

此诗开篇八句绘声绘色地描绘大藤峡之险峻怪突，然后述在此奇险山川
中当年韩雍等人率军攻石门、古营，大破瑶寨，而矜功自傲的历史。诗人以
议论之笔指出，自古以来发动战争，只会使百姓遭殃。而四海连枝，汉族和
少数民族都同属中华民族的大家庭，为什么要自相残杀呢？正是由于兵火，
使瑶人大量死亡，大藤峡这壮美的山川于今一片清冷荒寂，杳无人迹。这首
诗，描写与议论相结合，情感、哲思与史识并融，动人心魄而又发人深思。
饶宗颐早期这种山水纪行诗的特点，后来一直贯穿在其数十年的创作生涯之
中，像前文所述及的七古长篇《楚缯书歌次东坡石鼓歌韵》（缯书原物既归
Sackler 博士，哥伦比亚大学特为召开讨论会，由 Goodrich 教授主其事，诗
以纪之）就是著名的代表作品。

第三，饶宗颐学人之诗的特色，从创作手法来看，则表现在长于用典隶
事上。选堂先生在 1953 年撰写的《论顾亭林诗》一文中，曾提出"学人的
诗"和"才人的诗"的问题。他认为顾亭林诗属于"学人的诗"，顾亭林之
兄的诗，是"才人的诗"。他说，顾亭林诗"长于隶事，尔雅典重"，"他对
于典据的注意，正是他的诗所以典雅的重要因素。"㉛由此看来，"长于隶事"
是学人之诗在创作手法上的特点，"尔雅典重"则是因此特点而形成的学人
之诗的风格特质。在饶宗颐诗中，举凡经史子集、佛书道藏，诗人无不顺手
拈来，都可以随意驱遣，几乎每一首都有事典，无一字无来历。如"山居等
螳蛄，不复知春秋"（《寄怀俞瑞徵丈以尚有秋光照客衣为韵》）、"且借扶摇
九万里，只手冀把狂澜挽"（《乱定晤简又文有赠》）之用《庄子》、"哀哉新
丰几折臂，宁以三军为儿戏"（《哀柳州》）之用杜诗、"已知诗外尽穷途，

却笑春蚕心不死"（《东方子》）之用义山诗等等，不论是语典还是事典，都蕴藏着丰富的历史人文内涵，诗人在运用时又往往结合着比喻、象征等修辞技巧，因而使诗歌的意境含蓄深厚，带来了典雅厚重、耐人咀嚼的审美功效。

特别值得注意的是，作为学贯中西的大学者，故其用典隶事，与古代诗人乃至近代诗人相比，表现出新的发展——不仅善于将"古典"和"今典"熔为一炉，而且擅长熔铸"西典"（即西方的文学、历史、哲学、宗教乃至科学等方面的掌故以及成语、谣谚等）入诗。这种由传统的"古典"、"今典"而至"西典"的扩展，是现代学人学术文化修养及文化心理结构的反映，在表现出现代学人的学术个性的同时，透露出现代文明的气息。如《读拜伦诗》：

> 小鼠窥人啮一灯，坏墙沮洳是良朋。剧怜人更微于鼠，想见冰心共泪凝。（《选堂诗词集·黑湖集》）

诗人在诗后附记云：

> 拜伦 The Prisoner or Cnilon 句云：'To tear me from a second home with spiders I had friendship made…Had seen the mice by moonlight play，and why should I feel less than they?'可以人而不如鼠乎？不胜愤懑之情。

拜伦《锡庸的囚徒》末段述囚徒将要被释放。此处被省略的一句诗是：and watch'd them in their sullen trade。这几句意谓他们将要把我带离我的第二个家（指被长期拘禁的监狱），但是我已经和蜘蛛结成了朋友，（可以看着他们结网生活）。我看见月光下老鼠在游戏。为什么我不能像他们一样开心？诗人由拜伦诗歌引发联想，从囚徒之遭际触发出对人类命运的深切关怀。钱仲联指出，饶宗颐善于摹绘异域风土，尤其善于"汲取西哲妙谛及天竺、俄罗斯诗人佳语以拓词境"，这是饶宗颐的"长技"[32]，此诗即反映了饶宗颐诗歌的这一特色。诗以化用西诗为主，而兼用传统的文学意象（"冰心"），中西典实并用，其炉锤之功，正充分显示出现代学人之诗的新气象。

当然，其中一些典事较为生僻，也给读者带来了生新艰涩之感。

第四，饶宗颐学人之诗的特色，从创作形式来看，又往往表现在喜为诗歌作附注这一点上。如其《峇厘岛杂咏》序云：

> "爪哇东 Bali 岛，今译峇厘。印尼当马打蓝（Mataram）时代，达伦马旺夏（Dharmmawangsja）王朝势力，已伸展及于该岛。全岛居民，虔奉婆罗门教，至今不坠。永乐大典引南海志：'阇婆国管大东洋，有孙條、琶离。'琶离即 Bali 乎？爪哇明初交易行使汉钱（瀛涯胜览）。一八六〇年，日惹（Jogjakarta）曾发现宋钱，（见一八九九年通报）至今峇厘岛上清铜钱甚多，儿童拾取，或以编成工艺品。现有华人约一万二千人，所在立庙，计有十所，闻有建成嘉庆间者。观览所及，在 Kuta 之公祖庙，有光绪五年楹联，在 Tahanam 之真人宫，华人聚居盈千，闻将近二百年云。"[33]

这一篇中英文杂用的具有考据性的诗序，简直就是一篇短小精干的学术小札。它既显示出作者中西会通的现代学术修养，又充分反映了作者在历史地理学上的宏阔视野和深厚功力，同时也为读者的阅读提供了一个富有伸展性的人文历史背景。又如《瑶山集》中《人日》、《始安竹枝词》、《黄牛山》、《鬼门关》等数首诗附有自注，或附于题下，或附于篇末，或附于篇中。注中多引述历史地理人文等文献资料，如荥阳郑氏墓志、《宋史》之州郡志、《明史》之《一统志》、《舆地纪胜》、《广西土司》以及颜延年、李商隐、黄庭坚、阮元等前贤诗句等等，或用以描述瑶山之山川形胜，或用以介绍瑶山地区之风土人情，或用以考辨历史事迹，这既为诗中的描写与抒情提供了具体的历史人文背景，又带有浓郁的历史地理学者的考证意味，学理与诗情并融，体现了真正意义上的合学人之诗和诗人之诗为一体的独特风貌。

第五，饶宗颐真人之诗的特色，从创作的方式、灵感上看，往往使诗歌表现的超然脱俗，或是使诗歌达到无我自在的境界，他时时在诗歌创作中说道这种境界达到须借神力帮助，或是冥冥中有着注定的因缘所趋。

如《和阮公咏怀诗》之四十四云：

诗成须有神，神乖理无方。楚人咏灵修，芳菲袭满堂。天机日月行，雕研徒自伤。要如磁石灵，吸引动三光。三复伊安篇，聊此道其常。（柏拉图对话，论诗须赖神力，诗人予人以灵感，有如磁石互相吸引，传递于无穷。磁石有灵魂说，似肇于泰利士，见亚氏论灵魂篇。）

诗歌在起句即云："诗成须有神，神乖理无方。"而诗后的尾注引用柏拉图对话论说作诗须赖神力，如磁石吸引，阐述诗人对诗歌创作方法的自家观点，认为诗作的成功须借助神力，并达到自然天成，他认为诗歌需要灵感，犹如有神明在冥冥中相助，如此作诗方能使诗歌在创作上更加成功。

《和阮公咏怀诗》之五十六云：

芛青蒲芽白，春归亦有时。不信春光生，竟尔被雨欺。落花浑无赖，蜂蝶纷相嗤。搅思花冥冥，烂漫失春期。斡转此春光，除有神扶持。

"斡转此春光，除有神扶持。"表达了对大自然反复无常的季节变化的无能为力，只能等待奇迹来改变如此现状的无助之情，借此表达对现实人生无法预料的事情来临之时人们手足无措的事实的无奈。

饶宗颐非常看重因缘，无论是自己在生活中的机缘，或是在文学诗词创作之中屡屡提及，并认为有了此种"神助"使他的人生、诗文创作每每能够达到更高的境界，在《宗颐名说》一文之中，他就说道："自童稚之年攻治经史，独好释氏书，四十年来几无日不与三藏结缘"，"又余与扶桑素有宿缘"，"前生有无因缘不易知，然名之偶合，亦非偶然，因识之以俟知者。"

在《饶宗颐学述》中《略谈道与艺》一文，他也说道："我认为做学问应该有一种虔敬。虔敬是一种诚心，是大清明。大清明当然应该有'敬'这个字。'敬'，在经里讲得非常之多，是对事情的一种认真的处理。……我不是无神论者。究竟宇宙中有没有神，这个问题我们也不必去追究，但实际上冥冥中一定有个主宰，这个主宰是人假定的也好。"

怀着对"神"与"道"的追求，使饶宗颐的诗歌中体现出一种对超越世俗社会的精神境界的追求，其诗歌在诗人之诗、学人之诗的完美结合再更上一层楼达到真人之诗，其诗歌作品富含独特的现代风貌，又寄托着他独立而有见地的思想感情，达到出神入化的诗歌境界。

第三节　饶宗颐的词

在 20 世纪词坛上，饶宗颐亦堪称词林巨擘。其词有《固庵词》、《榆城乐章》、《晞周集》、《栟榈词》、《古村词》、《聊复集》六集。其短令，都 163 首，共用词牌三十有七，常用小令词牌几囊括殆尽。其中又以《浣溪沙》、《蝶恋花》、《点绛唇》、《虞美人》数量最夥，几占十六，可谓博中有专，皆"妙造自然，乃敦煌曲子、南唐君臣、欧、晏、淮海、《饮水》、《人间》之遗"（《选堂诗词集序》）。其长调，"密丽法清真，采入其阻，清空峭折，得白石之髓，不落玉田圈缋。……溯游而下，遂及梦窗。其《莺啼序》次吴韵大篇，感时清角，绝类离伦。虾夷之难，天挺此才，为倚声家《哀江南》

赋。彼以'流苏百宝'、'富艳精工'、'七宝楼台'为清真、梦窗者，曾不知周、吴之真际者也。"（《选堂诗词集序》）刘梦芙在《五四以来词坛点将录》中，将饶宗颐比之为梁山英雄中的智多星军师吴用，曰："与并世诸家所不同者，选堂身历四大洲，匪特写域外奇观，笔底森罗万象，且独倡'形上词'，寓天人融合之哲理，高华玄远，要眇宜修。故其词风神独特，若藐姑之仙，餐冰饮雪，乃不食人间烟火者也。其论词尤重词心，兼及词境、词体，多精微独得之言，抉词家创作之秘。梁山寨中吴加亮用兵，神机莫测，词坛智多星一席，匪选堂莫属焉。"[34]

一、饶宗颐的词学思想

饶宗颐为现当代词学研究领域硕果累累的大家，早年曾助叶恭绰编《全清词钞》，后又缉《全明词》，贡献至巨，又撰有《词籍考》、《词乐丛刊》等词学著作，极为学界推重。另外，饶宗颐所撰之《仪端馆词序》、《词乐丛刊序》、《芳洲词社启》、《固庵词小引》、《词榻赋》以及《词学理论综考序》等，都是重要的词学文献，比较集中地表现了饶宗颐的词学思想。

清词中兴，浙西、常州两大词派树帜词坛，先后辉映，词人为两派所牢笼，十居七八。饶宗颐既上溯两宋，于清词有全面深入之研究，理论结合创作，有融通浙、常之功。尤其在关于词境、词心、词体、词法等方面的论述，颇有树立。

饶宗颐论词，倡导以曲折高浑求幽复之境。在写于1968年的《固庵词小引》中，饶宗颐云："词异乎诗，非曲折无以致其幽，非高浑无以极其复。幽复之境，心向往之；而词心酝酿，情非得已。"倡以曲折高浑求幽复之境，然而对于"幽复之境"，饶宗颐曾说道：幽复之境，既要体现深度，又体现高度，但我不主张深，而主张高。因为深，容易窄，而我却喜欢宽广。（《文学与神明——饶宗颐访谈录》），强调"高浑"的幽复之境，才是饶宗颐词学观的核心。而早在1962年撰的《仪端馆词序》中，饶宗颐就表达过这样的词学思想："坡公言凡造语能自名一家，如蚕作茧，不留罅隙。余谓词尤宜然。兴物造峀，要在曲隐自达而已。夫心灵之香，温于兰蕙；应感之会，通乎万里。而幽窈旷朗，抗心远俗，下可极九渊之深，上足摩曾云峻，务使咽而复存，熨而不舍，莫词尚焉。"这里所论及的"曲隐自达"和"幽窈旷朗"，与六年后《固庵词小引》中以曲折高浑求幽复之境的词学观遥相呼应，表征着饶宗颐对词体特色的深刻把握。

饶宗颐论词，又特别强调"词心"。所谓"词心"，乃指词人具有某种难

235

言的生命情怀，并借助于恰当的词体形式将其表现出来的，从而赋予了作品一种令读者感动和感发的生命。常州派词学家况周颐《蕙风词话》卷一云：

> 吾听风雨，吾览江山，常觉风雨江山外有万不得已者在。此万不得已者，即词心也。而能以吾言写吾心，即吾词也。此万不得已者，由吾心酝酿而出，即吾词之真也。非可强为，亦无庸强求，视吾心之酝酿为何耳。

况周颐认为，词人心灵世界中，必须先因风雨江山的触动产生这种"万不得已"的生命情怀（亦即"词心"），这种"万不得已"的生命情怀，"由吾心酝酿而出"，才能产生"吾词之真"。但词心之酝酿，与词人的天赋、修养及生活体验关系密切，因此况周颐《蕙风词话》又说："填词要天资，要学力，平日之阅历，目前之境界，亦与有关系，无词境，即无词心。"况氏弟子赵尊岳承其法乳，著《填词丛话》五卷（载《词学》第三、四、五辑，华东师大出版社），对乃师之说，颇多阐扬，如：

> 词有不得不作之一境。不得不作之词，其词必佳。盖神动于中，文生于外，是即所谓神来之境也。文人慧心宿业，每当风嫣日媚之际，灯昏酒暖之时，辄有流连不忍之意。此流连不忍之至情，发为文章，即不得不作之境界。词心既动，词笔随来，然少纵即逝，此境只在一刹那间。
>
> 词笔易学，词心难求。词心非徒属诸词事也。文人慧解，发于中而肆于外，秉笔为黄绢幼妇，在词即谓之词心。其所以涵养之者，要在平日去俗远而读书勤。读书之际，更体贴书中之情味，使即于读时之景物，久久则书与物与读者，融成一片，庶乎近之矣。

饶宗颐与赵尊岳是挚友，两人于词道朝夕切磋，曾合著《词乐丛刊》。饶宗颐论词心，即吸取了常州派的词学思想。如上引《固庵词小引》中"词心酝酿，情非得已"显然脱胎于况氏之论。但比况氏更进一步，饶宗颐更为细致、具体地描绘了"词心酝酿"的微妙的思维活动情形：

> 伊词心之渊微兮，极九垓而惯藏于密。惟兹情之缱绻兮，羌欲锄而难去；化污泥犹复为土兮，养奇葩以为圃。况以愁为赍送兮，结幽梦而

为朋；虽罔两且难测其往复兮，笑如影之随形。抑孤怀之婷纤兮，绝言语之可通。譬含苞而未放兮，且珍重此微衷。忽掩映以疑无兮，觑黯黯之长空。烟与水共迷离兮，魂惆惆兮西东。乐与时其既去兮，悲亦随而生中；情悄悄而推移兮，花开谢兮眷弥重。词人只惜此须臾兮，写感怆于从容。（《词榻赋》《见固庵文录》）

饶宗颐论词体与词法，也同样渊源于常州派词学：

> 词中三昧，尤在托体高浑，眇尽比兴。试摅寄托于片言，譬投水乳于一瓶。作者诚能意内而言外，读者自可据显以知幽。玉葱层剥，微窈内蕴之心；珠帘半卷，且觅归来之燕。空中传恨，更谁定厥是非；表里相宣，聊假类以自达。渊乎词旨，归趣罕求；词体之尊，理原于此，文辞之变，斯其极矣。（《词学理论综考序》）

常州词派极重寄托，自张惠言以比兴寄托说词，未免有穿凿附会处，周止庵以"词非比兴寄托不入，专寄托不出"纠之，谓"初学词求有寄托，既成格调，求无寄托"，遂确立作词之法则。谭复堂、冯蒿庵、陈亦峰诸家踵事增华，论词均以比兴为尚。至清末王半塘、朱彊村、郑叔问、况夔笙四大家，亦无不以常州派词论贯彻于创作实践。饶宗颐论词之"托体高浑，眇尽比兴"，是他继承常州派的又一明证。

常州词派以周邦彦为词之极则。周止庵明示学词之门径："问途碧山，历梦窗、稼轩，以还清真之浑化。"（《宋四家词选目录序论》）饶宗颐《睎周集》和美成全部词作，可见于周词用力之勤。

浙西派论词，崇尚清空醇雅，师法白石、玉田。饶宗颐为词，既通融浙、常，又兼收两宋之长。他极喜姜夔，《固庵词小引》云："幽夐之境，心向往之"，"语爱清空，意出言表"；《词学理论综考序》云："清空之气，流转于字里行间；真挚之情，无害于乱头粗服"。所谓"幽夐"、"清空"，都是白石词的特色也。又曾论白石词风，以为白石词的佳处，"正在于骨力和风神"，"出于他高超绝俗的性格"，"以山谷诗法移用于填词，开出冷涩的词境"（文载《澄心论萃》，上海文艺出版社）。在《人间词话评议》中，饶宗颐批评了王国维讥白石词如"雾里看花，终隔一层"的偏见，以《文心雕龙·隐秀》之论移喻作词意内言外之妙，都可见饶宗颐对于姜夔的研究之深和服膺之勤。

要之，饶宗颐的词学思想，诚如刘梦芙所言："通浙、常之疆界，汲两宋之精华，有集大成之概。"⑤

二、饶宗颐词的创作历程

饶宗颐的词，主要有《固庵词》、《榆城乐章》、《晞周集》、《栟榈词》、《古村词》、《聊复集》。

在三十二岁以前，饶宗颐没有词保留下来（1949 年以前）。但从 1949 年到起，到 1968 年止，在这寓居香港的二十年间，饶宗颐陆陆续续地写了一些词章。选堂于 1968 年春加以整理，共得 58 阕，辑为《固庵词》，同年在香港出版。关于居港二十年词的创作，饶宗颐在《固庵词小引》中自谓："少日嗜倚声，自逾播西南，荐是流离，未废兴怨，而随手捐弃。来港近廿年，偶复为之。萧晨暮夜，生灭纷如，画趣禅心，触绪间作，江山风雨，助我感怆，删汰之余，都为一卷。宁谓无益之务，且遣有情之生。语爱清空，意出言表，怀新道迴，用慰征魂。秉烛春深，如温前梦。"饶宗颐并未全力填词，是以二十年间，只是"偶复为之"，但他从以曲折高浑求幽复之境的词学理想出发，写出了个人风格，犹如空谷幽兰，创造了当代词学的幽复境界。集中佳构颇多，读来皆余香满口。

1970 年 9 月至 1971 年 6 月，饶宗颐被耶鲁大学研究院聘为客座教授，主讲先秦文学。耶鲁大学位于美国康涅狄格州南部城市纽黑文（又名新港），是与哈佛大学、普林斯顿大学齐名的一流大学。能够被耶鲁大学研究院聘为客座教授，这表明饶宗颐在中年时的学术成就就已受到世界第一流大学的尊重。饶宗颐在纽黑文这座学术文化气氛特别浓郁的大学城中生活了共约九个月的时间。这是饶宗颐词创作大爆发的一个时期，短短九个月中，他创作了 165 首词，分为两集，一是《榆城乐章》，共 38 首。之所以名《榆城乐章》，是因为纽黑文旧植榆树，有榆城之称。此名颇得选堂喜爱，因取以词集之名。一是《晞周集》。晞者，仰慕也；周者，周邦彦也。晞周，即表明师法周邦彦之意。是集全为和周之作。故清真《片玉集》127 首，《晞周集》亦 127 首也。是集卷上共 51 首词，因以写雪为多，故题曰《粉墙词》。卷下共 76 首。《晞周集》127 首词写于 1970 年秋末至 1971 年初春，共约三个月的时间。短短九个月中，竟能创作 165 首词，尤其是在三个月中，一气遍和清真，写出 127 首词——这是一种词史罕见的"井喷"现象。饶宗颐这份非同凡响的才思才情带来的创作奇迹，是中国词史上一个颇为特出的个案，不能不令人惊异，也不能不令人探究；此外，尤其值得重视的这种创作的喷涌，不但没有带来粗糙，而是带来了精美，取得了高度的思想和艺术成就。

饶宗颐 1971 年 6 月自美国返回新加坡，继续在新加坡大学任教。1973 年中秋节后，选堂主动解聘，举家返回香港。星洲时期，饶宗颐不仅写作了大量的诗歌，整理编定了《冰炭集》和《南征集》两部诗集，其词的创作也取得了很大的成绩——这就是《栟榈词》的问世。《栟榈词》共 30 首（另附有张充和和作一首）。这些词，绝大部分写于星洲，少数几首写于返回香港之后。

饶宗颐退休后，又有《古村词》（1979 年）和《聊复集》（1991 年）问世。《古村词》为 70 年代末游瑞士、意大利之作，《聊复集》为 80 年代学游日本，以及漫游祖国大江南北之作。可视为耶鲁词"井喷"之后的一段余波，虽数量不多，然佳构迭出，自有风华掩映之动人景色，充分反映着选堂为词"老更成"的超迈功力。

三、漂泊体验与饶词的忧患情怀

饶宗颐词的题材内容是丰富而又复杂的。但其中最令人关注的是表现其忧患意识与人格精神的作品。其忧患词章与其忧患诗章相映衬，是饶宗颐词中价值颇大一部分作品。

饶宗颐词章所抒发的漂泊感便自然由两个方面构成：一是作为天涯羁旅之人的"乡关之恋"，一是作为现代学人的"神州之忧"。

在《榆城乐章》附记里，饶宗颐云："游子怀乡，偏多感慨。"大致而言，饶宗颐学游天下，常年漂泊在外，漂泊之感、怀乡之情特别浓重，因而其羁旅怀乡的词章，便很容易因景因物因事而作。如他在初至榆城时，便在家山何处中体验着王粲式的登楼怀乡之感，而当他听到张充和吹奏的玉笛缥缈之音后，更油然而产生出一种难以自已的浓重乡愁：

> ……漫谱家山何处，天地入孤舟。犹似荆南客，倦赋登楼。又闻笛声哀怨，叫中天明月，乡梦悠悠。……（《八声甘州·充和以寒泉名琴见假，复媵以词，因和》（《榆城乐章》））

选堂初至榆城，正逢秋天。秋风、秋雨、秋虫、秋云、秋露，落叶满地，秋景萧瑟，无不触景伤情：

> ……碎虫休诉，白露惊纨，云端复寄旅。正缱绻、夕阳花坞，气霁天末，叶可藏鸦，蔓能穿雨。曾阿景仄，荒凉古道，卷蓬无数天涯老，

更啼乌、月冷枫桥渡。千山落木，不堪客路邅回，对此那不怀土。……
（《莺啼序·满山红叶，玉露凋伤，和梦窗》（《榆城乐章》））

杜审言诗云："独有宦游人，偏惊物候新。"（《和晋陵陆丞早春游望》）确实，离乡远行的人，对于物候景象的变化，特别有一种敏锐的感受。选堂也是如此，冬去春来，东风暗换，无端触发了他的异国漂泊之感：

……江山信美，赢得寥天零雨。换东风、一阳渐生，碧纱枕外轻雷语。惜夜灯怯剪，春衫慵试，异乡羁旅。……（《琐窗寒》（《睎周集》卷上））

像这一类抒写羁旅乡情的词章，还有很多，如《还京乐》："抚弦罢，细数华年，怅惋终倦理。买麻姑沧海，一杯露冷，千金能费。望夕霏林际，黄云过尽随花委。照客枕、楼角缺月，东风弹泪。问笙歌底，可还谙悲喜，更阑酒醒，中宵孤睡况味。堪嗟久客天涯，几曾栽密蹊桃李。试望京、犹隔百年程，情牵万水。欲把归期卜，尊前人未憔悴。"（《睎周集》卷上）又如《扫花游》："黯然去国，但目极伤心，逾湘怀楚。"（《睎周集》卷上）又如《瑞鹤仙》："更荒江坐晚，久别故乡，怯引樽酌。"（《睎周集》卷上）

实际上，在很多时候，天涯羁旅者的漂泊怀乡之愁，只是选堂词作意义内容的表层结构，作为现代学人的历史文化之忧才是蕴藏其中的深层结构。如《一寸金》：

充和家合肥，工度曲，向嗜白石词，手录成卷，检视半为鼠啮。偶诵凄凉犯，不胜依黯。近为余谱六丑睡词，以玉笛吹之，声音谐婉，极缥缈之思。因摭姜句，和此解志其事。临睨故乡，寸寸山河，弥感离索矣。

胡马窥江，可复垂杨满城郭。看戍楼断角，黄昏巷陌，寒鸦平野，车尘江脚。波荡苹花作。人归处、愁红正落。何堪又、牧马频嘶，去雁声声动寥廓。异国经年，秋风何事，驱人正漂泊。奈蠹箧伤鼠，秋词盈箧，羊裙系舸，春禽时约。投老行吟地，情怀似、暮烟澹薄。空心赏，玉笛哀音，伴晚花自乐。

从词的小序看来，选堂原本要写的是两件事：一是家乡在合肥的张充和因

"嗜白石词,手录成卷"然"检视半为鼠啮"的"不胜依黯"之情;一是张充和为他谱《六丑·睡》词,并以玉笛吹之所引发的"缥缈之思"。然词人于缱绻之中,乡愁突起,"临睨故乡,寸寸山河,弥感离索"。全词屡屡化用姜白石词句,表面看是因为家乡合肥的张充和(白石曾寄寓合肥)"向嗜白石词",其深层原因则是由于白石《扬州慢》等作品中所抒发的"黍离之悲"正契合选堂心中盘郁着的"神州之忧"。这也正是造成全词哀怨格调的根本原因。选堂友人、著名学者、词人罗忼烈就解读出个中真味:"屡用白石语入词,才力足以驱使笔下,故能浑然无迹。维时方在所谓十年动乱之际,神州板荡,是以多哀怨之音。"⑩

特别值得注意的是,有一些词章结合着羁旅怀乡之情直接抒发了词人的"神州之忧":

> 暝入华胥念昔游,萧萧暗柳已知秋,浮云西北是神州。万里河山悲极目,八方风雨怕登楼,有情芳草足供愁。(《浣溪沙·秋兴和忼烈八首二叠前韵其四》)(《榆城乐章》))

> 寒云腐草。隋堤路,莺飞心系江表。即看燐火向人青,伴黄昏清悄。又飒飒丝丝飔晓。关河途远波声小。最殢人、无奈是渐入苍茫,野戍万里残照。遥望九点齐烟,蓬飘波荡,脉脉杯泻难到。吴刀好剪尺天长,写楚中幽抱。似走马、千年换了。幺弦无此凄凉调。看旧径、吹绵处,惊问桓温,绿攀多少。(《霜叶飞·柳》(《睎周集》卷上))

当选堂在耶鲁讲学之时,正值内地"文革"时期,历史悠久、文物灿烂的中华民族遭受着空前的浩劫。内地的知识精英成了牛鬼蛇神,或关监狱,或蹲牛棚,或游街,或自杀,即使侥幸活着,也根本没有人身的自由,更遑论创作的自由。海外的中国人,尤其像选堂这样的文化人,对中华民族的前途和命运大多抱有一份深切的忧患情怀。这两首词,就充分表现了这种忧国忧民的感情。这与其早期写于抗战时期的《瑶山集》中所表现出来的忧患情怀是一脉贯通的⑪,只不过前期表现出的是对敌寇入侵、神州沦陷的山河之痛,此时表现出来的是对处在空前浩劫中的中华民族前途命运的人文之悲。表明选堂的精神血脉中一直有着深厚的爱国主义情愫。选堂论词本来力主曲折以致其幽,高浑以极其复,倡导以形象蕴藉之笔追求"幽复之境"⑫,这两首词,长调写得蕴藉、沉郁、深厚。而小令则以浅显直白语言之:"浮云西北

241

是神州","万里河山悲极目,八方风雨怕登楼",读来何等径直!盖选堂心中忧患太深,忧思太重,如岩浆翻滚,已到非喷薄不可之境,而无暇像其他作品一样追求隐约幽复了。故虽出语径直,却因其忧患之情深厚真切,而自有动人心弦的审美力量。

四、形上词及其艺术创新

形上词的创作及其实绩,是饶宗颐词艺术创新的表现,饶宗颐就是要以自己的创新实践,为现当代词学提供了一种新的美学范型。

所谓形上词,是饶宗颐借鉴西洋形上诗(Meta physical)而创制的用词体原型以表现形而上旨意的新词体[39]。所谓"形而上旨意",实际是指词人关于宇宙人生的思考和体悟,唯此才可使词作深蕴哲理,能够指出向上一路。饶宗颐之所以要创制形上词,就是要以自己的新创造,来开拓新词境,来弥补中国传统诗歌的缺陷。在饶宗颐看来,在词的发展史上,由于视填词为"小道",为"末技",往往让人误以为,只有说男欢女爱、儿女私情,才是词的本色。这也是中国诗歌重情文而不中理文的一种体现。词的境界,并非只能谈情说爱,因此,中国古代诗歌以情为主,不太重视"理",这是一个缺陷;其次,晋代的玄言诗、宋代的理学诗,多抽象说理而形象不够,因而味同嚼蜡;第三,古代即使有言理之作,也缺乏形而上色彩,"中国诗歌中的形而上部分,实在太缺乏。不但言情的词如此,而且言志的诗亦如此。这是一个严重缺陷"[40]出于深厚的学力,饶宗颐对传统诗歌的艺术缺陷有了深刻的审视,从而激发了他的创造精神。他说,"我之所以由西洋之形而上诗,尝试创造形上词,其目的就在于弥补这一缺陷"[41]——正是学术的洞见带来推陈出新的自觉追求,由此可以清晰地看到学力对于创作有着何等深刻的影响。

重视形而上之旨,实是饶宗颐在韵文创作中的一贯追求。其诗歌创作中的形上之理,已有学者进行了阐述[42]。至于形上词的创制,则其在前期词《固庵词》中已露端倪,刘梦芙《论选堂乐府》中曾举《西子妆慢·盛夏与诸生浮槎水国,有渺然江海之思。率填此阕,聊以解愠》与《角招·轻舠容与,放乎中流。苍然暮色,自远而至,怅焉余怀。依白石韵》以证之。此外,还有两阕小令亦蕴含哲理,可视为形上词的雏形。一首是《蝶恋花·以纸花清供戏赋》:

人间无复埋花处。为怕花残、莫买真花去。静对琼枝相尔汝。胆瓶觑面成宾主。词客生生花里住。裁剪冰绡、留写伤春句。紫蝶黄蜂浑不与。任他日日闲风雨。

词落想极高，而深蕴哲理。纸花本是无生命之花，自有词人以来，少有关注者。而选堂却别具慧眼，于无生命处写出生命，表现出生机盎然的富有形上意味的生命情怀。另一首是《浣溪沙·为云山题〈梦景庵图〉》：

一梦从谁论古今，觉来浑不辨晴阴。薄云小院自深深。园柳惯随芳草绿，江风只送夕阳沉。几时待得变鸣禽。

词境之创造，显然逸出了传统意义上的情景关系，所表达出的是一种在自得自足、远离俗世的境界中，对不论古今、不辨晴阴的一种永恒时空的体悟。

但这两首小词与《西子妆慢》、《角招》两阕长调一样，其境界仍然是"人间"的，还未见西方文明尤其是西方哲学、宗教的元素。从 50 年代中期开始，饶宗颐在日本和欧美的汉学界崭露头角，于是，1954 年和 1956 年，有日本之行，1958 年有德国之行，1956 年和 1965 年、1966 年有法国之行，1963 年有印度之行，1968 年至 1970 年有新加坡之行，1970 年有美国耶鲁大学之行。选堂行踪愈广，学问愈大，到耶鲁时期，已达到了钱仲联所说的"通域内外为一杭"的境界。可见，耶鲁时期在选堂生命成长和学术研究的历程中有着承前启后的重要意义。到了此时，选堂学问世界中，既有中国传统文化的深厚学养，又接受了西方文化、印度文化的影响，尤其是他精研并吸纳了但丁、歌德、济慈、尼采、巴斯加等巨人的思想营养。佛教典籍、道家典籍与西方的宗教和哲学、文学在选堂身上融会贯通，他对人生、社会、历史、宇宙的观照充满了睿智，真正找到了安顿精神的方法，并油然养成了充盈澄澈、高迈独立的人格。施议对曾和饶宗颐谈到王国维的人生境界问题。饶宗颐指出，王国维"做人、做学问，乃至论词、填词，都只局限于人间，即专论人间，困在人间，永远未能打开心中之死结"，关键在于王国维的学问修养中，少了两藏——"释藏"和"道藏"，而且王国维"只到过日本，未到西洋，未曾走入西方大教堂，不知道宗教的伟大"⑬。也就是说，学问世界中有了西方文化和释道二藏的修养，有了宗教的精神底蕴，才可以从"人间"的世界中超脱出来，把人生境界提升到宇宙天地之中。——这种精神人格的高迈境界，是创制形上词的重要的甚至是根本的主体条件，也就是说，饶宗颐先生在学术生命升华到超脱世相的高远境界后，把在这种高远境界中对于宇宙人生的体认、思悟写入词中，从而创作出形上词，就是水到渠成的事了。具体成果就是《晞周集》卷上中的三首词《六丑·睡》、《蕙兰芳引·影》、《玉烛新·神》。对这三阕形上词，施议对在《饶宗颐"形而上"词法试解》一文中有深入而细致的阐析，兹不赘述。需要强调的是，这三阕词可以说是现代学人之词的典范之作，堪称饶宗颐形上词创作成熟的标志，表明饶宗颐在创作中追求哲理、追求形而上旨意的审美理想，终于在其学术和人生达到高迈境界时得以完美实现。饶宗颐"形上词"的重要价值因此得以凸现，中国当代词坛因此绽开了一树奇葩，千年词史因此翻开了新的一页。

此后，饶宗颐先生以其旺盛的创造力不懈探索，其形上之制，不时出现，在稍后的《梣楓词》中，以及在《选堂诗词续集》里的《古村词》和《聊复集》中，都有多篇形上词佳构，形成了饶词创作的一大特色和成就。晚岁所作，又融入辛弃疾的典则和苏轼的高旷，使其"形而上"长调更臻于化境。如：

湘　月

　　Lucerne mille 长木桥建于一一〇八年，桥上古藻绘瑰丽可观，雨夕流连，有感而作。

　　湖山迎面，只烟笼一角，顿成凄丽。回首诸峰和梦失，梦里苍茫何世。廿四桥边，半堤青草，秀苗春前地。冥冥月冷，消魂别有滋味。

　　才见鹓鷞一双，绵绵细雨，两两眠沙际。楚水湘云何处是，飘荡吾生如寄。剪雪为诗，揉春作酒，可了平生事。寂寞池馆，高花尽吐香未。

"冥冥月冷，消魂别有滋味"化姜夔《踏莎行》："淮南皓月冷千山，冥冥归去无人管。""高花尽吐香未"化姜夔《玉梅令》："高花未吐，暗香已远。""剪雪为诗，揉春作酒"化姜夔《玉梅令》："便揉春为酒，剪雪作新诗。"虽只有一字之差，而感觉却大异。其一，姜词为领字句，以"便"字领下九字，较为疏散。饶词为对偶句，更为工整。其二，饶词各减一字后更为精练，句无余字。饶词所以成功，更在能将姜词融入新的意境，形成自家面目。姜词是作客范成大府上赠主人之作，原词下阕为："公来领略，梅花能劝，花长好、愿公更健。便揉春为酒，剪雪作新诗，拚一日、绕花千转。"不过劝主人及时行乐，难免落入俗套。饶词则是写在"飘荡吾生如寄"中，以"剪雪为诗，揉春作酒"为生平的至乐。充分体现饶宗颐的性情志趣，与姜词在格调上自有高下之别，这亦是饶宗颐的高明之处。

念奴娇

> 沈寐叟言"通元嘉山水一关，自有解脱月在。"语出《华严行愿品》，窃取其意。

> 万峰如睡，看人世污染，竟成何物。幸有灵犀堪照彻，静对图书满壁。石不能言，花非解语，惆怅东栏雪。江山呈秀，待论书海英杰。

> 细说画里阳秋，心源了悟，兴自清秋发。想象荒烟榛莽处，妙笔飞鸿明灭。骑省纵横，文通破墨，冥契通穷发。好山好水，胸中解脱寒月。

这也是饶宗颐形上词中的优秀作品。其化用前人甚多："万峰如睡"化清·恽寿平《瓯香馆画跋》："冬山如睡。""惆怅东栏雪"化东坡《和孔密州东栏梨花》："惆怅东栏一株雪。""兴自清秋发"化孟浩然《秋登兰山寄张五》："兴是清秋发。""想象荒烟榛莽处"化王世贞"徒想象于荒烟榛莽间，重以增慨。""妙笔飞鸿明灭"化辛弃疾《念奴娇·用东坡赤壁韵》："惟有孤鸿明灭。""好山好水"化宋唐·贯休《和杨使君游赤松山》："好山好水那相容。"可谓无一字无来历。而自写其艺境，竟能天衣无缝。诚如胡晓明所说："这首词，高处落想，从宇宙人生的层域俯观这尘嚣寰宇而激生清朗高明的情怀，却没有一般诗人在此所产生二元世界的尖锐对峙。既无超世与俗世之间痛苦的心灵煎熬，又无虚热的光明渴求与对于罪恶与卑污的激烈诅咒。词中一转语，下得如此的自珍、自爱，这是他清平灵觉的生命情调活泼泼的呈现。这首词最可见饶氏性情之清深宁静，堪为饶氏艺术心灵的点睛之作。"④

五、和韵词创作的巨大成就

饶宗颐词的和韵问题，历来也备受关注。他的《睎周集》遍和周邦彦《片玉词》，《固庵词》中和姜夔之作也过半，此外和东坡、和少游、和稼轩、和后村比比皆是。

遍和清真词，是饶宗颐词的在当代的一个创举。他清楚地表明，自己《睎周集》的创作，在很大程度上是为了超越方、杨、陈三家之和清真。方、杨、陈指方千里、杨泽民、陈西麓。方、杨为南宋人，他俩和清真之作，各有九十余阕；方千里有《和清真词》一卷，被毛晋收于《宋六十名家词》第三集。陈西麓为宋元之际名家，有《西麓继周》传世。但方、杨、陈三家之和清真，未能遍和全集。饶宗颐则是遍和清真全集，共127首，应该说，在才力、气魄上远远超出前人，这是饶宗颐当时的创作动机之一。

其二，方、杨、陈三家之和清真词，虽然四声甚严，但"通篇吻合者盖寡"；而且，方千里、陈西麓的和作，"句法又不尽依周，于用韵处，更多忽略"。饶宗颐因此要通过自己的创作实践来超越他们。其具体做法是只和清真之韵，平仄则大体依之。遵守规范但不滞于词句字面，于窘迫中力求"致思之微"、"尽辞之精"，并能一气贯注，腾挪流转，而力达浑成之境。

其三，通过遍和清真词的创作，再一次践履自己倡导和韵的美学主张。饶宗颐不仅在诗歌创作中力倡和韵而写了大量的和韵诗，在词的创作上他也力倡和韵。其诗之和韵，于古人主要是和阮籍、陶渊明、谢灵运、李白、杜甫、韩愈、苏轼等大家之作，于友人主要是和赵叔雍、杨莲生、李棪斋、曾履川等人。和韵之多，古今独步，如江河奔流，若大海扬波，洋洋大观，动人心魄。至于词，饶宗颐《固庵词》中的和韵之作有23首，占1/3强。其《榆城乐章》绝大多数亦是和韵之作，或和稼轩、玉田等古人，或和张充和、罗忼烈、叶嘉莹等朋友。尤其《睎周集》遍和清真127首，"才大如海，亦犹其诗之遍和阮、谢诸家集也"（钱仲联《选堂诗词集序》）。总之，和韵构成了选堂诗词创作的一大特色，也昭示着选堂对和韵的倡导。

饶宗颐和韵，自有驰骋才力与古人争胜之意，但更有师法古人、继武前修之心。因为通过和韵，可以深入体会前代名家创作之用心、声律之讲究。尤其需要特别指出的是，饶宗颐词之和韵，与其诗之和韵一样，贯串着他戛戛独造、勇于创新的艺术追求。"夫非窘迫之极，又安能致思之微，而尽辞之精也耶？惟缚之以律，庶得大解脱。""和词忌滞于词句字面，宜以气行，腾挪流转，可望臻浑成之境。此则犹所向往，而未敢必其能至。……或疑和词非创作之方，余谓四王作画，每题曰师倪黄某卷，橅其格局，而笔笔皆自己出，何尝是倪黄耶？和韵之道，何以异是。盖创作在意在笔，而不在乎形式；无一笔是自家，纵云能出新型，不免英雄欺人语耳。"这一论述，在《长洲集》附录之《与李棪斋论阮嗣宗诗书》中亦曾阐明，都充分表现了选堂"步古人之韵而为今人之诗"的创新追求（参前文）。当代著名学者、词人罗忼烈对选堂的这种创新追求作了高度评价：

> 昔西麓继周，其数相垺，大过方杨。类多好语，而苦尠完篇。比于饶子，尚隔一尘。……客或谓余，词贵新造，韵当自我，画地为牢，屡

校灭趾。余谓客曰：才难而已。陆平原所谓踯躅燥吻，寄辞瘁音者，信大难耳；至若虎变兽扰，龙见鸟澜之士，笼天地于形内，挫万物于笔端，大毫末而小泰山，以无厚而入有间，则何难之有乎？子瞻之和杨花，幼安之次南涧，别裁清思，迥迈原制。是知积厚之水，堪负大舟，追电之驹，无视衔辔。形虽樵古，实则维新。今观饶子之什，益信然矣。借他人之杯酒，浇胸中之块垒，言必己出，意皆独造，从容绳墨，要眇宜修，律按清真，神契白石（饶子《固庵词》中和白石者几四分之一），不标次韵，谁复知之？（《瞯周集序》）

第四节　饶宗颐的俪体文和散体古文

一、俪体文

俪体在近现代文学中，已几成绝响。饶宗颐在《〈赋话六种〉序》中说："赋学之衰，无如近代。文学史家直以冢中枯骨目之，非持平之论也。"他精熟《文选》，工于骈体。别人眼中的"冢中枯骨"，到饶宗颐手上，却焕发出新的生命。饶宗颐《固庵文录》收有俪体文四十三篇，其中赋十三篇，骈文三十篇。钱仲联教授对此有极高的评价："其为赋十三篇，皆不作鲍照以后语，无论唐人。其余颂、赞、铭、序、杂文、译文，皆能以古茂之笔，抒新纪之思。所颂者如法南猎士谷史前洞窟壁画，所赞者如马王堆帛书《易经》，所序者如《殷代贞卜人物通考》，所译者如《梨俱吠陀无无颂》、《近东开辟史诗》，非寻常笃古之士所能措手也。俪体得此，别开生面。容甫如见，得毋瞠目。"⑩

饶宗颐俪体的一大特色是援史笔入赋，善于言志。特别是青年时期写与抗战有关的等几篇名赋，充满爱国精神，极富时代意义。《马矢赋》一篇，写潮州沦陷之一年，发生大饥荒，民至以拾马粪而食。选堂闻而悲之，遂作是赋。斯题斯旨，实为前古之所无。陶秋英女士极喜诵之，许为抗战文学之奇构，世早有定评。另如《斗室赋》、《囚城赋》，亦皆沉雄慷慨：

　　……伤洙泗之散彝兮，从九薤以嬉游。缵佚狐之余绪兮，明吾道乎春秋。求鲁连于海隅兮，幸神明之与休。绕斗室以回皇兮，结长悲乎万里。相览观于四极兮，果惟此容吾可止。怀瑾瑜而履信兮，服儒服于终身。觌中兴之目睹兮，又何怨乎逋播之民。乱曰：一枝之上，巢父安

247

兮。自得之场，足盘桓兮。独守径仄，尚前贤兮。纫彼秋兰，斯独全兮。（《斗室赋》）

《斗室赋》作于 1939 年，选堂二十三岁。当时因病滞留香港，协助王云五编《中山大辞典》、协助叶恭绰编《全清词钞》，独居于斗室之内。在赋中，作者抒写了自己在日寇侵略、烽燧连延中的忧国忧民之情，表达了卧薪尝胆、中兴有日的坚定信念，抒发了在斗室中效法前贤，从事学术研究以阐扬民族文化精神的决心。斗室固然狭仄，但以"自得"之心，"独守"之志，足可"盘桓"，如秋兰在百花凋残后之可以"独全"。寥寥数语，充分表现了青年饶宗颐的独立而坚毅的人格精神。这篇赋虽是由个人写起，但其中又关乎整个国家的历史命运，国家之历史乃由无数个人之历史凝结而成，从这个角度说，此赋也有史笔的意味。另外，从赋中的"缵佚狐之余绪兮，明吾道乎春秋"、"怀瑾瑜而履信兮，服儒服于终身"等句，我们可以深切地体会到赋中"言志"的意味。赋可言志，这是选堂的卓见。他曾说："赋者古诗之流也。诗言志，赋亦道志，故汉人或称赋为诗。……楚辞自屈子以下至庄忌、王、刘之流，俱为失志之赋，名虽曰赋，其旨仍无以异于诗也。"⑭饶宗颐很好的继承了言志这个传统。另如：

……吁嗟乎，日月可以韬晦兮，苍穹可以颓圮。肝脑可以涂地兮，金铁可以销毁。惟天地之劲气兮，历鸿蒙而终始。蹑蹑独行兮，孰得而陵夷之。鼓之以雷霆兮，震万类而齐之。予独立而缥缈兮，愿守此以终古。从邹子于黍谷兮，待吹暖乎荒土。听鸣笛之愤怒兮，知此志之不可以侮。倘天漏之可补兮，又何幽昧之足惧也！（《囚城赋》）

《囚城赋》写于 1944 年。这是抗日战争最艰苦的年月，青年饶宗颐与无锡国专的同仁疏散奔走蒙山，危城坐困，而有此作。在日寇"妖氛未豁"的情况下，"丘壑草木，皆狴牢也"，有如囚城。上面所录是赋的末段，选堂在对民族气节的歌吟中，表现了自己绝不可侮、与天地共老的独立特行之志。

饶宗颐俪体的另一个特色是既有继承，又有变化。陈槃说选堂"自幼好汪容甫，揣摩功深。"⑯钱仲联教授曰："余今读选堂饶先生《固庵文录》，乃喟然叹曰：此并世之容甫与观堂也。"⑰容甫指清代大学者汪中，以擅长骈文著称。汪中有一篇名文《汉上琴台之铭》，写伯牙与钟子期旧事。饶公亦有一篇《琴台铭》，实为踵武汪中之作。二文之前皆有序，汪序骈散交用，状琴台之景，写希哲之怀，与铭文前后辉映，水乳交融。饶序则意在考证，举湖北枝江新出土编钟铭文与《魏世家》、《韩非子》、《吕览》等文献相佐证，从而得出"钟即周官之钟师，以职为氏，犹瞽瞍之瞽为掌乐者耳"的结论，与汪中的写情状景大异，而序之末却有一句颇耐寻味："连类考之，以为容甫张目。"如此写法，盖因汪中美文在前，再写也很难超越，所以不如连类考证钟子期得姓之由，以补汪中之所未言。张目者，补不逮也。可见选堂之良苦用心。至于二篇铭文的正文，皆为四字句式，偶句押韵。都是有韵的美文，兹为录出共赏：

　　宛彼崇邱，于汉之阴，二子来游，爰迄于今。广川人静，孤馆天沉，微风永夜，虚籁生林。泠泠水际，时泛遗音，三叹应节，如彼赏心。朱弦已绝，空桑谁抚，海忆乘舟，岩思避雨。邈矣高台，岿然旧楚，譬操南音，尚怀吾土。白雪罢歌，湘灵停鼓，流水高山，相望终古。（汪中《汉上琴台之铭》）

　　谁断雅琴？天下至悲；出塞龙翔，在阴鹤飞。或操或畅，繁促高徽；涓子叙心，壶林息机。崇丘在望，水月生扉；春风拂岸，吹柳成围。芜阶昔径，馀响依希。滔滔江汉，二子安归？赏心纵遥，终古无违。（饶宗颐《琴台铭》）

汪文的"广川人静，孤馆天沉，微风永夜，虚籁生林。"饶文的"崇丘在望，水月生扉；春风拂岸，吹柳成围。"都是写景的名句，前者虚寂，后者清新。而饶文最后的"赏心纵遥，终古无违"，亦是汪文"流水高山，相望终古"之意。这里所举与汪中的比较，仅仅是一个小例子，选堂俪体之取径，郑炜明先生曾说："盖饶教授之俪体，乃由汪容甫上溯《文选》，而直追秦汉。"⑱信为知音之言。饶宗颐精熟楚辞、《文选》，这才是他作赋的根基。

饶宗颐俪体还有一个特色，即文体齐全，题材新颖。四十三篇俪体中，有赋、颂、赞、铭、序、启、吊文、题跋八种文体，除题跋外，皆是《文选》中之常体，这也从另一侧面可见选堂于《文选》用力之深。至于题材，更是值得大笔特书，如《蒲甘赋》、《法南猎士谷史前洞窟壁画颂》之咏域外史迹；《马矢赋》、《斗室赋》、《囚城赋》、《烛赋》之写抗战；《梨俱吠陀无无颂》、《近东开辟史诗》之译印度、西亚古典；《马王堆帛书〈易经〉赞》、《越王勾践〉（鸠浅）剑铭》之写新出土文物；《〈太平天国典制通考〉序》、

249

《〈老子想尔注校笺〉自序》、《〈殷代贞卜人物通考〉序例》之有关新一代的学术研究，都是古人所无的！用传统的文体，最典雅华美的语言，写全新的题材，选堂这些俪体美文的存在，本身就具有极大的文化意义，他向世人宣布，赋这种自五四以来被认为是死亡的文体，又在饶宗颐身上获得重生。这对中国文化是一个巨大的贡献，也为中国新时期的文艺复兴奠定了一块坚实的基石。

二、散体古文

自五四白话兴起以来，文言写作虽日渐式微，但也未曾完全灭绝。钱锺书的《谈艺录》、《管锥编》，就是当代文言的典范。钱仲联的文言也瑰玮绝特。而饶公的文言，堪与二钱鼎足而三。如今能写文言的真是少之又少了，但也正因为少，所以弥足珍贵。对于古文，选堂说："作（古）文应从韩（愈）文入手，先立其大，韩文可以养足一腔子气，然后由韩入欧（阳修），化百炼钢为绕指柔，这确是作文正途。要不然，一开始就柔靡，后来文气就出不来了。"⑭韩文"气盛言宜"，继承了孟子的养气工夫，文风雄健，素有"韩潮"之称。欧文则"纡余委备，往复百折，而条达疏畅，无所间断"（苏洵《上欧阳内翰第一书》），独得情韵之妙。饶宗颐力主融雄气、情韵于一炉，兼有韩欧两家之长，而独成一格。

《固庵文录》所收的饶宗颐散体古文117篇，钱仲联教授评曰："至其散体，所考释者，自卜辞、儒经、碑版以迄敦煌写本；所论说者，自格物、奇字、古籍、史乘、方志、文论、词学、笺注、版本，旁及篆刻、书法、绘画、乐舞、琴艺、南诏语、蒙古语、波斯语，沉沉夥颐，新解澜翻，兼学术文美文之长，通中华古学与四裔新学之邮。反视观堂、韩柳以上诸家，譬如积薪，后来居上。"⑮饶宗颐这些散体基本都是用文言写成的学术短文，其中序跋又占多数，具有显著的学者本色。这些论学之文，也有写得形象生动，气韵极美的，这就不是光学者能做到的，还要有才气才行。如他为詹安泰诗作的序中有一段：

> 无庵之于诗，气骨遒而情性夐。攘太华曾云之峻，不足以方其缥缈之思；吸两颢沆瀣之英，不足以喻其高骞之操。近世之为诗者，隐秀瘦折者有之，沉博瑰伟者有之，举足以震骇心目。若夫具才力而不逞才力，擅翰藻而不侈翰藻，涤烦襟以抽哀思，澡清魄而发幽响，如野云之孤飞，独鹤之宵唳，追之无踪，觅之无声，非夫绝伦轶群，超埃壒而高

举者，孰能究其神旨至于斯极者乎？（《〈詹无庵诗〉序》）

论詹安泰诗的艺术特色时，饶宗颐用了排比、夸张、博喻等修辞手法，写得雄深雅健，气度恢宏，深得韩文的真传。此段之后，饶宗颐笔锋一转道："无庵挂瓢滇海，凄吟武溪，居山林之牢，值濆洞之际。晚岁所作，如书之一波三折，遒峭峻絜，至今诵之，低徊悱恻，弥怆平生于畴日。"写无庵抗战期间漂泊于滇海武溪之间，这是一层意；晚岁所作如书法之一波三折，遒峭峻絜，这是第二层意；选堂写此序时，无庵久已作古，所以他说至今诵之，低徊悱恻，弥怆平生于畴日，无庵与选堂为师友、为忘年交、为文章知己，所以饶宗颐的序文写到这里，达到了情绪的高潮，特别地沉痛。简简数句，极尽纡余委备之能事，这则是对欧阳修的继承，也就是他自己所说的"由韩入欧，化百炼钢为绕指柔"。

饶宗颐擅以诗心、画意入文，从而使其变化莫测，神韵悠长。如他写蔡梦香，有这样一段：

> 先生平日殊无意于诗，随作随弃。早岁耽书法，穿穴磨砻浸灌既深，晚乃移书入画，所造更为超脱迥绝。案上无一册书，而冥思孤往，上下求索，通脱之极，略形骸、外天地。虽其句云："生涯依旧画书诗"，实则此三绝者，先生偶染于手，已早绝之于心。无文字而随缘以著文字。纸上写到处，仅可见者；其纸上写不到处，乃真不可见；尤不易到处，则付之冥漠。此一字一句，早是画蛇添足，何足为先生重耶？先生寝无床，喜蜷屈卧醉翁椅上，终日在呵欠吐纳中，一生离于梦者仅十之二三。查伊璜谓"画是醒时作梦"，尚有一画字横梗胸中。若先生之作画，则已不知是书、是画、是梦、是醒？醒后入梦，而不知其梦，先生何有于画？又何有于醒？在先生其自喻适志者欤？浸假且并忘其志矣。（《〈蔡梦香先生遗集〉引》）

饶宗颐少从蔡梦香习书，于蔡公之艺术精神遥有深契。但引文却不正面分析其诗书画的具体艺术，而是出以奇笔，极写蔡公超脱。先是说诗书画对于蔡公来说，只是偶染于手而已，已早绝之于心。亦即无心为之。为什么这样呢？因为纸上写到的，只是蔡公精神中的一小部分，而其极天人之际那一部分，是纸上写不到的，只能付之冥漠。所以留下来的一字一句，蔡公并不看重。这样写似乎是在否定，但其实是更大的肯定，因为蔡公已亡，其付之冥漠那一部分亦不再可得，我们只能从这一字一句中去体味蔡公还可得的那一部分精神，所以蔡公的遗集也就弥足珍贵。这就是似贬实褒。

《固庵文录》中还有一篇《蔡梦香先生墓志铭》，其中一段写到蔡公的书法："夙研法书，自擘窠小楷，波磔点画靡不殚究，若有鬼神役其指臂，而执笔之法屡易；老而日新，自出机杼，俯仰古今，无当意者。晚岁书所造益奇，而解人益不易得矣。"这则是正面的评论。与上文的奇变互参，正可悟文章奇正之法。

饶宗颐以其卓越的古典文学创作，为古人继绝学。在诗词、俪体文、古文辞等方面，都取得了足以颉颃古代名家的成就。不仅继承了这些濒临灭绝的传统文学体裁，而且使其得到进一步的发展，丰富了古典体裁的表现力，延续了古典文学的生命。饶宗颐这些作品的存在，是现当代中国文学的珍贵财富，值得我们认真地研究，好好的继承。他同时也为当今中国文学提供了一个特别的榜样，在五四以来的新文学之外，为我们树立了一个古典文学在现当代获得新生的榜样。饶宗颐的文学创作，将和他的学术研究一样，对后世发生深远的影响。

注释:

①《选堂诗词集·选堂诗词续集·钱序》，台湾新文丰出版有限公司，1993年1月版，第235页。

②施议对《饶宗颐形上词访谈录》，载《文学遗产》1999年第5期。

③胡晓明《饶宗颐学记》，香港教育图书公司，1996年初版，第7页。

④刘梦芙《二十世纪名家词述评·论选堂乐府》，安徽文艺出版社，2006年12月，第101页。

⑤《选堂诗词集·选堂诗词续集·钱序》，台湾新文丰出版有限公司，1993年1月，第235页。

⑥季美林《〈清晖集〉序》，见郭伟川编《饶宗颐的文学与艺术》，香港天地图书有限公司，2002年，第53页。

⑦苏文擢撰《佛国集·后序》，见《选堂诗词集》，第12页。

⑧日本清水茂撰《揽辔集·日本纪行诗序》，见《选堂诗词集》，第258页。

⑨罗忼烈撰《晞周集序》，见《选堂诗词集》，第192页。

⑩饶宗颐著《澄心论萃》，胡晓明编，上海文艺出版社，1996 年 7 月，第 64 页。

⑪饶宗颐述，胡晓明、李瑞明整理《饶宗颐学述》，浙江人民出版社，2000 年 9 月，第 93 页。

⑫饶宗颐述，胡晓明、李瑞明整理《饶宗颐学述》，浙江人民出版社，2000 年 9 月，第 93 页。

⑬《选堂诗词集·钱序》，台湾新文丰出版有限公司，1993 年 1 月版，第 2 页。

⑭胡晓明《饶宗颐学记》，香港教育图书公司，1996 年初版，第 80 页

⑮胡晓明《饶宗颐学记》，香港教育图书公司，1996 年初版，第 81 页

⑯胡晓明《饶宗颐学记》，香港教育图书公司，1996 年初版，第 81 页

⑰饶宗颐著《澄心论萃》，上海文艺出版社，1996 年 7 月，第 68 页。

⑱胡晓明《饶宗颐学记》，香港教育图书公司，1996 年初版，第 9

⑲饶宗颐语，见施议对《饶宗颐形上词访谈录》，载《文学遗产》1999 年第 5 期。

⑳饶宗颐《固庵文录》，辽宁教育出版社，2000 年 1 月，第 158 页。

㉑宋·郭熙《林泉高致·画意》，转引自钱锺书《七缀集》，上海古籍出版社，1995 年 5 月，第 5 页。

㉒宋·苏轼《书摩诘蓝田烟雨图》，见《苏东坡全集》（中），岳麓书社，1997 年 1 月，第 492 页。

㉓宋·黄庭坚《次子瞻子由题憩寂图》，见《山谷诗》，岳麓书社，1992 年 2 月，第 56 页。

㉔清·邹一桂《小山画谱》下，转引自饶宗颐《固庵文录》，辽宁教育出版社，2000 年 1 月，第 161 页。

㉕饶宗颐《饶宗颐二十世纪学术文集》第 20 册卷十四，台湾新文丰出版有限公司，2003 年，第 753 页。

㉖饶宗颐《词与画——论艺术的换位问题》，见《画䫆》，台北时报文化出版企业有限公司，1993 年 6 月，第 220 页。

㉗饶宗颐《固庵文录》，辽宁教育出版社，2000 年 1 月，第 160 页。

㉘杨子怡《江山助凄惋，代有才人出——漫谈饶宗颐教授旧体诗创作成就》，见《饶宗颐学术研讨会论文集》，翰墨轩出版有限公司，1997 年 11 月，

第 416 页。

㉙宗白华《艺境》，安徽教育出版社，2000 年 10 月，第 40 页。

㉚赵松元、刘梦芙、陈伟著《选堂诗词论稿》胡晓明《序》，黄山书社，
2009 年 2 月，第 4—5 页。

㉛《饶宗颐二十世纪学术文集》第 17 册卷十二《诗学论集》，台湾新文丰出
版有限公司，2003 年 10 月，第 165 页。

㉜钱仲联《选堂诗词集·序》，见《饶宗颐二十世纪学术文集》（第 20 册卷
14），第 342

㉝饶宗颐《选堂诗词集·南征集》，见《饶宗颐二十世纪学术文集》（第 20
册卷 14），第 507 页。

㉞赵松元、刘梦芙、陈伟著《选堂诗词论稿》，黄山书社，2009 年 2 月，第
125 页。

㉟赵松元、刘梦芙、陈伟著《选堂诗词论稿》，黄山书社，2009 年 2 月，第
142 页。又：此节阐述饶宗颐词学思想的文字，参考、吸收了刘梦芙《论
选堂乐府》中的有关论述，特此说明。

㊱罗忼烈《论周清真词二事》，郭伟川编《饶宗颐的文学与艺术》，香港天地
图书有限公司，2002 年，第 91 页。

㊲、㊳、㊴施议对《饶宗颐形上词访谈录》，载《文学遗产》1999 年第 5
期。

㊵参赵松元《一上高丘百不同——论选堂先生的哲理诗》，载《选堂诗词论
稿》，黄山书社，2009 年 2 月，第 46—55 页。

㊶施议对《饶宗颐形上词访谈录》，载《文学遗产》1999 年第 5 期。

㊷胡晓明《饶宗颐学记》，香港教育图书公司，1996 年初版，第 14 页。

㊸钱仲联"以古茂之笔，抒新纪之思"——序饶宗颐教授《固庵文录》，见
《固庵文录》，辽宁教育出版社，2000 年 1 月。

㊹《选堂赋话》，见饶宗颐《清晖集》，海天出版社，2006 年 11 月，第 19
页。

㊺陈槃《〈固庵文录〉书后》，见《固庵文录》，第 281 页。

㊻钱仲联"以古茂之笔，抒新纪之思"——序饶宗颐教授《固庵文录》，见
《固庵文录》，辽宁教育出版社，2000 年 1 月。

㊼郑炜明《饶宗颐教授在中国文学上之成就》，见郭伟川编《饶宗颐的文学

与艺术》，天地图书有限公司，2002年，第22页。

㊽饶宗颐述，胡晓明、李瑞明整理《饶宗颐学述》，浙江人民出版社，2000年9月，第4页。

㊾钱仲联"以古茂之笔，抒新纪之思"——序饶宗颐教授《固庵文录》，见《固庵文录》，辽宁教育出版社，2000年1月。

2010年2月14日正月初一凌晨　完稿

2010年2月17日正月初四夜修订

饶宗颐学艺年表

1917　饶宗颐教授，字伯濂，又字选堂，号固庵，斋名梨俱室；生于广东省潮安县城（今潮州市湘桥）。

1924　初从师作人物画，继习山水。

1929　从金陵杨栻习书画，攻山水及宋人行草，开始抵壁作大幅书画。

1930　练习因是子静坐法。

1932　续成其先人饶锷先生之《潮州艺文志》。

1935　任中山大学广东通志馆纂修。

1936　于中山大学文科研究所语言文学专刊发表《广济桥志》。

1938　助王云五编定《中山大辞典》。助叶恭绰编订《全清词钞》初稿。

1939　助叶恭绰编定《全清词钞》。

1943　赴广西任无锡国学专修学校教授。成《瑶山诗草》。

1945　开始编纂《潮州志》。

1946　任广东文理学院教授。任汕头华南大学文史系教授、系主任。任《潮州志》总纂。被推选为广东省文献委员会委员。

1948　入台湾考察高雄县潮州镇。

1952—1968　任香港大学中文系讲师，后为高级讲师及教授。

1954—1955　于日本东京大学讲授甲骨文及于日本京都大学从事甲骨学研究。

1956　出席巴黎国际汉学会。出版《楚辞书录》、《巴黎所见甲骨录》、《敦煌本老子想尔注校笺》。

1957　《战国楚简笺证》出版。

1958　游意大利，在贝鲁特晤高罗佩。

1959　作《敦煌写卷之书法》附《敦煌书谱》。出版《九龙与宋季史料》、《殷代贞卜人物通考》。

1962　获法国法兰西学院颁授"汉学儒莲奖"。

1963　应邀于印度班达伽东方研究所从事学术研究，成为该所永久会员。

1965　于法国国立科学中心从事研究，研究巴黎及伦敦所藏敦煌画稿及法京所藏敦煌写卷。《敦煌白画》定稿。

1966　与戴密微教授同游瑞士，有诗《黑湖集》纪游，后由戴密微译为法文。《白山集》出版。

1968—1973　任新加坡大学中文系首位讲座教授及系主任。

1969　《星马华文碑刻系年》出版。

1970—1971　任美国耶鲁大学研究院客座教授，《欧美亚所见甲骨录存》出版。

1970　《香港大学冯平山图书馆善本书录》出版。

1971　《敦煌曲》出版，分中法两种文字在巴黎刊行。《睎周集》出版。

1972　任台湾中央研究院历史研究所教授、法国远东学院院士。

1973—1978　香港中文大学中文系讲座教授及系主任。

1978　从香港中文大学退休后，应聘为法国高等研究院宗教部客座教授。香港中文大学艺术系主办"饶宗颐书画展"。

1978—1979　任教于法国高等研究院。

1980　于日本京都大学、九州大学、北海道大学讲学。获选为巴黎亚洲学会荣誉会员。澳门东亚大学（后改名为澳门大学）文学院讲座教授，后于研究院创办中国文史学部，并任该部主任（1984—1988）；10月，在武昌参加全国语言学会后，参观国内博物馆33所，足迹遍及14个省市，历时3月。

1982　获香港大学颁授荣誉文学博士学位。被邀为国务院古籍整理小组顾问。任香港中文大学中文系及艺术系荣誉讲座教授、香港中文大学中文系荣休讲座教授。

1985　任香港中文大学中国文化研究所荣誉讲座教授。

1987　任香港大学中文系荣誉讲座教授。任中国敦煌研究院名誉研究员。

1989　《固庵文录》、《甲骨文通检》（一）出版。

1993　由其倡议召开的"潮州学国际研讨会"在香港中文大学举行。获巴黎索邦高等研究院颁授建院125周年以来第一个人文科学荣誉博士学位，和法国文化部颁授文化艺术骑士勋章。《甲骨文通检》（二）出版。

1994　中国美术家协会、中国书法家协会、中央美术学院、中国艺术研究院及中国画研究院于北京中国书画院联合举办"饶宗颐书画展"。

1995　获香港岭南学院（现已改名为岭南大学）荣誉人文博士学位。潮州市"饶宗颐学术馆"落成。《甲骨文通检》（三）出版。

1996　香港大学美术博物馆举办"饶宗颐八十回顾展"。

1997　创办《华学》。获香港艺术发展局颁发第一届终身成就奖。

1998　受聘为中国社会科学院历史所客座研究员。香港中文大学伟伦荣誉讲座教授及台北华梵大学荣誉讲座教授。获中华文学艺术家金龙奖"当代国学大师"荣誉。

1999　获香港公开大学荣誉人文科学博士学位。

2000　获香港特别行政区政府颁授"大紫荆勋章"。获国家文物局及甘肃省人民政府颁发"敦煌文物保护特殊贡献奖"。

2001　于北京中国历史博物馆、上海、中山、深圳，澳门及潮汕地区举行巡回书画展。获选为俄罗斯国际欧亚科学院院士。

2002　哈佛大学举行"楚简"学术讲座。捐赠私人藏书及个人艺术品给香港大学，成立香港大学饶宗颐学术馆。

2003　香港大学"饶宗颐学术馆"成立并出版《古意今情》饶宗颐画路历程。《饶宗颐二十世纪学术文集》出版，全集共分14卷，20册，收入著作60种。获香港科技大学文学荣誉博士学位，香港中文大学荣誉文学博士学位。

2004　获澳门大学人文科学荣誉博士学位。

2005　所书"心经简林"刻木树立于大屿山昂平。

2006　获日本创价大学名誉博士学位。与澳门艺术博物馆合办"普荷天地"饶宗颐九十华诞荷花特展。与香港大学美术博物馆合办"心罗万象"饶宗颐丙戌书画展。与香港大学图书馆合办"饶宗颐教授与香港大学"展览。香港大学饶宗颐学术馆主办"光普照——心经简林摄影展"。香港大学饶宗颐学术馆与康乐及文化事务署及香港公共图书馆合办"走近饶宗颐"饶宗颐教授学艺兼修展览。香港九所大学合办"学艺兼修"汉学大师饶宗颐教授90华诞国际学术研讨会。《饶宗颐艺术创作汇集》出版，全集共12册，收入书画作品约1500件。潮州饶宗颐学术馆新馆落成。

2007　10月，香港大学饶宗颐学术馆与创价学会饶宗颐展筹备委员会主办，于日本兵库县关西国际文化中心展览馆举行"长流不息——饶宗颐之艺术世界"展览，并出版展品图录。11月，《敦煌研究》刊出"绘画西北宗说"，正式提出中国山水画应有"西北宗"，也就是以新的线条与笔墨来表达中国西北地区的风土人情。

2008　"学艺兼修·汉学大师——饶宗颐教授九十华诞国际学术研讨会"论文集（全6册），以《华学》第九、十辑合刊形式出版。10月，香港大学与故宫博物院合办，香港大学饶宗颐学术馆执行，于北京故宫神武门大殿举行"陶铸古今——饶宗颐学术艺术展"展览，并出版展品图录。

2009　中华人民共和国国务院总理温家宝聘请其为中央文史研究馆馆员。获香港艺术发展局颁发终身成就奖。8月，香港大学饶宗颐学术馆与澳州塔斯马尼亚美术博物馆合办，于澳州塔斯马尼亚美术博物馆美术厅举行"心通造化——一个学者画家眼中的寰宇景象"展览，并出版展品图录。中国人民大学出版社出版《饶宗颐二十世纪学术文集》简体字版，全集共分14卷，20册。

2010　1月，香港大学饶宗颐学术馆举办"普荷天地——饶宗颐荷花展"。8月，中央文史研究馆、敦煌研究院及香港大学饶宗颐学术馆合办，于敦煌研究院展览厅举行"莫高余馥——饶宗颐敦煌书画艺术特展"，同时出版图录。8月，香港特别行政区政府民政事务局及香港大学饶宗颐学术馆合办，于上海世界博览会香港馆展览区举行"香江情怀——饶宗颐作品展览"。9月，由中共中央党校与中央人民政府驻香港特别行政区联络办公室主办，香港大学和皇朝翰林文化传播有限公司协办，"天人互益——饶宗颐学艺展"于中共中央党校举办。12月，香港饶宗颐文化馆举行启动仪式，同月，于惠州市举办"雪堂余韵——饶宗颐书画作品展"。

2011　4月，"饶宗颐研究所"在广东韩山师院成立，"粤东考古中心"在饶宗颐学术馆揭牌。5月，《饶宗颐书画册页丛刊》在深圳文博会发行。同月，获澳洲塔斯曼尼亚大学首名华人名誉博士学位。

潑墨齋法帖

僕不起数人乐尝夢轉亦發

至力甚㳄常書我

詳告三日院丝错

代　后　记

2010 年 8 月 6 日下午，温家宝总理在中央文史研究馆的贵宾厅会见饶宗颐教授，这是党和国家领导人发扬"敬老崇文"传统美德的又一次彰显。会见结束后，饶教授对我说，总理与他对和了两句话八个字，总理用了"天下归仁，大爱无疆"和了两年前饶教授送给他的两句话——"百姓昭明，协和万邦"。这种心灵的呼应，令教授十分感动。饶教授兴致十足地讲了和韵诗创作，和韵诗从宋朝开始演绎至今，皆是借他人酒杯，浇自身块垒。说白了，就是要按照原诗每句的字数和用韵，回复一首，要求意境比原诗更高、更远、更正面、更向上。我知道满纸生辉的《清晖集》集中了饶教授和阮籍、谢灵运、韩愈、苏轼等人之作，占用了很大的比例。饶教授说，《长洲集》遍和阮籍咏怀诗 82 首，这是他第一次和诗；那时，他住在香港长洲岛上的"勺瀛楼"，不知哪里来的神力，让他在短短的五天时间内，便和完阮籍的 82 首咏怀诗。现在回想起来，他仍觉得有点不可思议，似乎有神力帮忙。

《长洲集》诗篇雄浑动人，饶教授和韵诗创作的诗学观在这里一显无遗，"和阮非阮"，"步古人之韵，而为今人之诗"，这恰恰是对超越世俗社会的精神境界追求，是诗人之诗、学人之诗的完美结合后，再升华到真人之诗的具体表现。为了让人们学习、了解选堂诗学，将饶教授的神秘体验传达到读者的心灵深处，我主动向他提出评注《清晖集》，并以其中的《长洲集》作为开篇，饶教授欣然应允并赐题书名，并嘱咐我，出书时记得要将长洲的照片附上，让大家看到这个可爱的美丽小岛，以便大家更好地去享受《长洲集》的美餐。

陈韩曦

2011 年 4 月 11 日于羊城广州